Fröken Clara och markisen

EN SÖT HISTORISK ROMANS OM HÄSTAR, SKANDAL OCH FUNNEN FAMILJ

CATHERINE BILSON

SHENANIGANS PRESS

Innehållsförteckning

Kapitel ett

Juni 1812

Varje år de senaste nio åren hade hertigen av Allanworth packat sina väskor och lämnat familjens säte på Allanworth Abbey i två veckor mitt i juni. Att hertigen ibland fann skäl att resa var inte särskilt förvånande; han var trots allt en man av stor betydelse med affärer och egendomar som sträckte sig över hela England. Att hans far skulle hålla sig borta en exakt fjorton dagar varje sommar hade, fram till nyligen, förefallit Matthew Whitmore, markisen av Whitmore, hertigens ende son och arvtagare, som en sak av liten betydelse.

Det enda besynnerliga var att hertigen alltid vägrat avslöja syftet och destinationen med denna resa, bortsett från vaga mumlanden om "personliga angelägenheter". Det var mycket olikt hertigen, som i allmänhet var en öppen man som inte ansåg att hemligheter skulle hållas för sonen och arvingen, i det att Matthew en dag skulle ärva hertigdömet och behövde känna till varje detalj av dess affärer och innehav.

Först under de senaste tio månaderna, sedan moderns bortgång, hade Matthew börjat undra över regelbundenheten i just denna resa. Hertiginnan hade aldrig sagt ett ord om den, hade hävdat okunnighet och likgiltighet när Matthew en gång frågade vart hans far kunnat bege sig. Hennes uttryck hade dock varit stramt av ogillande, och Matthew hade till och med undrat om hans far besökte en älskarinna. Hans föräldrars äktenskap kunde kanske bäst beskrivas som distanserat; ett förnuftsäktenskap mellan två personer som tycktes ha föga gemensamt utöver att vara födda i ytterst aristokratiska familjer, och som endast hade givit ett barn. Hertigen och hertiginnan hade behandlat varandra med utsökt hövlighet, men inget mer.

Matthew hade märkt subtila förändringar hos sin far sedan hertiginnans bortgång. Hertigen verkade mindre stel, på något sätt, som om han befriats från sin hustrus stränga krav på proprietet. Inte för att han på något vis hade blivit opassande, men det fanns en lätthet i hans hållning som Matthew aldrig tidigare bevittnat. Och när hertigen gjorde sig redo att ge sig av på sin årliga mysterieresa, som Matthew för länge sedan döpt den till i sina tankar, hade denna lätthet påtagligt ökat, och med den Matthews nyfikenhet.

Så kom det sig att Matthew befann sig utanför sin fars gemak en varm junimorgon, och dröjde bara ett ögonblick innan han knackade knogarna mot den polerade ekdörren.

"Stig in", kom hertigens röst, lugnt auktoritativ som alltid.

Matthew sköt upp dörren och fann sin far stående bredvid en öppen koffert, dirigerande sin betjänt i den omsorgsfulla packningen av flera plagg. Hertigens gemak såg ut som de alltid gjort: smakfullt möblerade i djupa blå toner och rik mahogny. Rummet doftade sandelträ och läder, en doft Matthew alltid förknippat med sin far.

"Ah, Matthew", konstaterade hertigen, kastade en snabb blick upp innan han återgick till kofferten. "Är det något ni behöver?"

Matthew klev längre in i rummet och betraktade det metodiska sätt på vilket faderns betjänt vek varje plagg innan det lades i kofferten. "Jag önskade bara fråga om er resa, far. Ni reser i dag, har jag förstått."

Hertigen nickade, hans mörka hår, strimmigt av silver, fångade morgonljuset från de höga fönstren. Vid femtiofem års ålder var William, hertigen av Allanworth, alltjämt en imponerande gestalt, lång och rakryggad, med samma mörkbruna ögon som Matthew hade ärvt. "Så är det. Till och med inom timmen. Brighton har underrättats om att ni kommer att övervaka angelägenheterna i min frånvaro."

Brighton, hertigens förvaltare, hade skött Allanworths och Whitmores godskomplex effektivt i årtionden, och

Matthew visste mycket väl att hans egen övervakning till stor del var ceremoniell. Ändå nickade han. "Naturligtvis. Jag undrade dock om ni kunde dela med er av vad denna årliga resa gäller. Ni har aldrig talat om den."

Faderns uttryck förblev oberört, men Matthew anade en lätt stelhet i hans axlar. "Det är en privat angelägenhet", svarade hertigen och vände sig om för att välja ett par ridvantar ur en låda. "Inget som behöver angå er."

"Men som er arvinge borde jag väl vara invigd i allt som rör familjen", envisades Matthew och ställde sig vid fönstret. Härifrån kunde han se gårdsplanen nedanför, där faderns resvagn gjordes i ordning. "Särskilt sådant som återkommer med sådan regelbundenhet."

Hertigen dröjde och betraktade sin son med en prövande blick. "Allt en mans göranden är inte hertigliga angelägenheter, Matthew. Vissa saker är personliga."

"Personliga", upprepade Matthew och försökte hålla irritationen ur rösten. "Ni har gjort samma resa varje sommar i nästan ett decennium. Det måste väl röra någon familjeangelägenhet."

"Det rör en förpliktelse jag väljer att uppfylla", sade hertigen, med en ton som blev svalare. "Det är allt ni behöver veta."

Matthew såg hur fadern valde ut flera böcker från en hylla och räckte dem till betjänten. Det var inte de tunga juridiska eller agrara volymer som hertigen vanligtvis föredrog, utan romaner av det slag Matthew ibland sett sin far läsa i studiekammarens avskildhet sent om kvällarna.

"Är det en kvinna?" frågade Matthew, och överraskade sig själv med sin djärvhet.

Ett blixtsnabbt uttryck – vrede? smärta? – for över faderns ansikte innan det försvann bakom hans vanliga hertigliga mask. "Den frågan ämnar jag inte hedra med ett svar."

"Förlåt mig", sade Matthew och ångrade genast sin impertinens. "Jag tänkte bara, med mor borta sedan snart ett år..."

"Ni tänkte fel", sade hertigen bestämt. Han mildrades något vid Matthews uttryck. "Jag förstår er nyfikenhet, men vissa delar av mitt liv förblir mina egna. Ni kommer att förstå när ni är äldre."

Matthew tvivlade starkt på det. Vid fem och tjugo kände han sig fullt gammal nog att tas i förtroende av sin far, och ändå behandlade hertigen honom ibland som om han vore en grön sextonåring.

"Jag borde väl åtminstone veta hur jag når er?" försökte Matthew.

Hertigen suckade och avfärdade sin betjänt med ett fingerknäpp. Tjänaren bugade och gick, och stängde dörren varsamt bakom sig.

"Matthew", sade fadern och vände sig direkt mot honom, "det finns saker i livet som förblir privata, även mellan far och son. Denna resa är en sådan sak. Det är varken godsangelägenheter eller något som någonsin kommer att beröra er som min arvinge. Det är helt enkelt en personlig förpliktelse som jag uppfyller varje sommar, och jag vore tacksam om ni respekterade min integritet i detta. Brighton vet hur han når mig om någon katastrof skulle inträffa i min frånvaro, vilket jag har svårt att föreställa mig. Ni och han klarar utmärkt att sköta allt tillsammans."

"Jag menar ingen respektlöshet", sade Matthew försiktigt. "Jag tänkte bara att, ju äldre jag blir, desto mer kanske ni vill ta mig i förtroende i sådana frågor."

Hertigens uttryck mildrades en aning. "Det är inte en fråga om tillit, Matthew. Det finns bara delar av en mans liv som förblir hans egna. Och nu, om ni ursäktar mig, måste jag fullborda mina förberedelser. Jag ämnar nå Watford före mörkrets inbrott."

Watford. Åtminstone en plats, om än den sade Matthew föga. Staden låg för långt västerut för att London skulle vara faderns mål, om man reste från deras egendom i Cambridgeshire. Vilka ärenden kunde hans far ha där som krävde sådan hemlighetsfullhet? Eller var det bara ett nattkvarter på väg mot någon annanstans?

"Naturligtvis", svarade Matthew och böjde lätt på huvudet. "Jag önskar er en trygg resa, far."

Hertigen nickade och vände åter till sin koffert. "Jag är tillbaka om fjorton dagar, som alltid. Skulle någon brådskande fråga uppstå i min frånvaro, rådgör ni med Brighton. Även om jag i de flesta fall litar på ert omdöme."

I de flesta fall, men tydligen inte alla. Matthew bugade lätt och tog avsked, och stängde dörren med kanske något mer kraft än strikt nödvändigt.

Ute i korridoren stannade han och övervägde. Faderns tystlåtenhet var inte ovanlig, men det var något med just denna hemlighet som väckte Matthews nyfikenhet bortom allt förnuft. Efter år av att ha formats till den perfekte arvingen, av att lära sig varje aspekt av de gods och titlar han en dag skulle ärva, kändes det som en oväntad avvisning att medvetet utestängas från någon del av sin fars liv.

Matthew begav sig till sina egna gemak och lät tankarna mala. När han steg in i rummet såg hans betjänt upp från kravatten han höll på att pressa.

"Är det något särskilt ni önskar i dag, min herre?" frågade mannen.

Matthew tvekade, med början till en idé. "Ja, Simmons. Jag tror att jag kommer att resa i dag. Vänligen packa för en resa av osäker längd, men inte mindre än tre dagar. Främst ridkläder, inget formellt. Endast en lätt väska; jag far ensam, till häst."

"Mycket gott, min herre. Får jag fråga vart färden går?"

Matthew gick fram till fönstret och såg hur faderns vagn lastades på gårdsplanen nedanför. "Söderut", sade han svävande. "Mot Hampshire, kanske. Jag har inte riktigt bestämt mig."

Han hade aldrig varit en impulsiv man. Ansvar hade präglat honom sedan barndomen, och med det en viss avsiktlig försiktighet. Men nu, när han såg faderns förberedelser, kände Matthew en för honom ovanlig drift att handla.

Vilken skada kunde det vara att få veta vad som låg bakom faderns årliga pilgrimsfärd? Han skulle hålla diskret avstånd, bara iaktta, och kanske stilla den nyfikenhet som vuxit inom honom. Om inte annat skulle det ge honom viss insikt i mannen som alltid varit mer hertig än far för honom.

Och om resan rörde någon aspekt av godsen som han en dag skulle förvalta, var det då inte hans plikt att förstå den? Matthew ignorerade rösten i huvudet som påpekade hur bräcklig denna rättfärdighet var. Han var fem och tjugo, inte ett barn som skulle hållas i okunnighet. Vilken hemlighet fadern än bar på, borde han väl ha rätt att känna till den.

Beslut fattat vände sig Matthew om för att ge betjänten konkreta instruktioner. Han skulle följa på avstånd, diskret, och en gång för alla ta reda på vad som förde fadern bort varje sommar.

När faderns vagn rullade bort längs Abbeyns långa uppfart hade Matthew redan instruerat stallmästaren att göra i ordning hans favoritryttare. Han skulle resa lätt och snabbt, hålla hertigliga vagnen inom synhåll men inte så nära att han uppmärksammades. Och kanske skulle han, när resan nått sitt slut, äntligen förstå något av mannen som avlat honom men i mångt och mycket förblivit en främling.

Den första dagen av Matthews förföljande förflöt utan incidenter. Han höll faderns vagn inom synhåll, på ett avstånd av minst en halv mil, lagom nära för att se den distinkta vapenskölden på dörrarna när solskenet föll i rätt vinkel. Det hertigliga ekipaget var omisskännligt, lackerat i djup midnattsblått med Allanworths vapen i guld och silver på panelerna.

Sommarsolen gassade obönhörligt när Matthew styrde sin häst längs vägen. Fält av mognande vete sträckte sig gyllene på båda sidor, avbrutna av en och annan lund av ek och alm. Själva vägen var någorlunda väl underhållen, även om Matthew var tacksam för sin hästs säkra fot när de kom till sträckor som fått hjulspår efter nyliga regn.

Hans fullblod, Ajax, var ett magnifikt djur med uthållighet som matchade dess hastighet, men även en sådan fin häst krävde regelbunden vila. Matthew var noga med att stanna när faderns vagn gjorde uppehåll vid ett gästgiveri, men han valde medvetet andra etablissemang eller väntade tills hertigen gett sig av innan han gick in på samma och använde sedan hästens fart för att ta in avståndet igen. Det skulle inte duga att bli ertappad med denna föga värdiga spioneriakt, och han visste ju att fadern planerade att avsluta dagen i Watford. Tur var att Watford hade mer än ett värdshus, annars hade han fått söka sig till en höskulle för natten!

En mild bris förde doften av vilda blomster och nyslaget hö, en behaglig motvikt till dagens tilltagande hetta. Matthew lättade något på halsduken och kände sig redan en aning ovårdad. Han var inte van att resa utan betjänt, och det visade sig mer utmanande än väntat att upprätthålla ett gentlemannamässigt yttre medan han följde efter sin far.

"Det här är fullkomligt löjligt", muttrade han för sig själv. "En man av min ställning som smyger omkring som en simpel spion."

Ingen hörde hans självförebråelser utom Ajax, som vred ett öra bakåt vid ljudet av sin herres röst. Matthew klappade disträ hästens hals, tyngd av tankar.

Vad skulle fadern tänka om han upptäckte sonens svek? Hertigen var inte en man som visade häftigt humör, men hans besvikelse kunde vara förkrossande i sin stilla intensitet. Matthew hade sällan upplevt den, då han i allmänhet strävat efter att leva upp till de höga krav som ställts på honom. Detta beteende skulle sannerligen inte vinna gillande.

Ändå fann han att han inte kunde överge sitt uppsåt. Hemligheten med faderns årliga resa hade slagit rot i hans sinne och krävde en lösning. Det var inte enbart nyfikenhet; något djupare var i rörelse, en önskan att förstå mannen som format hans liv men i mångt och mycket förblev en gåta.

Solen stod fortfarande högt på himlen när de nådde Watford; de hade gjort god fart, och Matthew undrade om hertigen skulle fortsätta, men vagnen svängde in vid ett ansenligt gästgiveri och stalldrängarna fick order att sela av och stalla in hästarna. Etablissemanget tedde sig respektabelt, dess vitkalkade väggar och skiffertak vittnade om välstånd. När han från avstånd såg hur fadern marscherade självsäkert in med en mans uppenbara förtrogenhet med stället, drog Matthew slutsatsen att hertigen ämnade stanna, och letade efter ett annat värdshus. Det fanns ett till bara en kvarts mil längre bort längs vägen, ett anspråkslöst ställe som erbjöd rena, om än enkla, nattkvarter.

Matthew fann till sin förvåning att han njöt av anonymiteten. Här var han blott en resande gentleman, inte markisen av Whitmore, arvtagare till ett av Englands äldsta hertigdömen. Värdshusvärdens hustru serverade honom en bastant måltid med fårgryta och nybakat bröd, och han åt med en aptit vässad av dagens resa.

Sömnen kom lätt den natten av ren trötthet, trots de ovana omgivningarna och den gnagande samvetets röst som ifrågasatte hans handlande. Matthew steg upp före gryningen, fast besluten att vara på vägen tidigt nog för att återuppta sin spaning.

Den andra dagen visade sig avsevärt mindre bekväm än den första. Sommarhettan tilltog, luften var tjock och tryckande redan under morgontimmarna. Vid middagstid klibbade Matthews linneskjorta mot ryggen, och han hade för länge sedan övergett alla försök att behålla en kravatt. Ansiktet kändes svedet trots hattens skydd, och han föreställde sig att hans hy måste anta en ofashionabel rödton.

"Jag ser mer ut som en bonde än en markis", muttrade han när han fångade sin spegelbild i en bäck medan han lät Ajax dricka. Hästen verkade lika besvärad av hettan, dess mörka päls glänste av svett.

De hade rundat söder och väster om London, passerat Slough, Camberwell och Basingstoke, och var nu väl inne i Hampshire, även om Matthew inte trodde att de siktade på Winchester. De hade svängt av huvudvägen efter Basingstoke och följde nu allt mer lantliga småvägar. Hertigens vagn höll jämn fart, kusken tvekade inte ens vid varje avtag. Det slog Matthew då att resan kanske inte varit nödvändig alls; självfallet visste James, faderns kusk, precis vart han for, och det gjorde även stalldrängen och lakejen som följde med! Någon av dem kunde lätt ha låtit informationen slinka ur sig över en eller två sejdelar öl.

Nåväl, han hade kommit så här långt. Han kunde lika gärna fortsätta; det kunde inte vara mycket längre. Ytterligare tio miles, tänkte han, och sedan skulle landet ta slut, så om inte hans far planerade att ta skepp till Isle of Wight, måste hertigens destination vara nära.

Landskapet här var särskilt vackert, trots den obarmhärtiga hettan. Ängar beströdda med vilda blommor övergick i täta skogar, som gav korta stunder av skugga när vägen gick under urgamla ekar och bokar. På en sådan skuggig plats där en bäck porlade längs vägen, steg Matthew av för att låta sin törstiga häst dricka, medan han såg sin fars vagn fortsätta i jämn takt på den slingrande vägen där framme.

Medan Ajax drack sig otörstig, kom Matthew åter att tänka på syftet med sin fars resa. Hertigen hade nämnt en förpliktelse, en plikt han valde att uppfylla. Vilken sorts förpliktelse krävde sådan hemlighetsfullhet? Var det möjligt att hans stränge far upprätthöll någon form av hemlig bindning? Tanken tedde sig nästan skrattretande, men Matthew kunde inte komma på någon annan förklaring till så regelbundna, privata besök.

"Fast varför han skulle resa till Hampshire för ett sådant syfte övergår mitt förstånd", sade Matthew högt och förtjänade ännu ett spel med Ajax öron. "London erbjuder gott om möjligheter till diskretion i sådana angelägenheter."

Det var inte så att han någonsin känt sin far ägna sig åt det slaget av beteende, hur vanligt det än kunde vara bland män av hans rang. Hertigen av Allanworth hade varit berömt trogen sin hertiginna, även när sådan trohet ansågs omodern bland societeten, och trots att deras äktenskap tycktes rymma föga tillgivenhet. Inte ens under året sedan hennes bortgång hade Matthew sett någon antydan om att hans far sökte kvinnligt sällskap av något slag.

"Vad då, i så fall?" frågade han den tomma luften. "Vad för dig hit år efter år?"

Inget svar kom, och Matthew satt upp igen och drev på Ajax till trav för att minska avståndet till den nu avlägsna vagnen. Ekipaget skymtade just där framme när det svängde runt en krök på vägen.

Framåt eftermiddagen hade hettan blivit nästintill outhärdlig. Matthews hals var torr, och till och med Ajax jämna gång hade fått ett visst lufsande som tydde på att hästen kände av vädret. När de nådde en by med en respektabelt utseende värdshus, fattade Matthew beslutet att stanna till kort för en förfriskning.

"Bara en kvarts timme", sade han till sig själv när han steg av och räckte över Ajax tyglar till en stallpojke, och bad gossen att se till att hästen fick gott om vatten som inte var för kallt, annars kunde han få kolik. "Fars vagn rör sig tillräckligt långsamt för att jag ska kunna komma ikapp."

Värdshuset var svalt och dunkelt efter det bländande solljuset utanför. Matthew beställde öl och en kall köttpaj och slog sig ner vid ett bord nära fönstret, där han kunde hålla uppsikt över vägen. Ölen, när den kom, var överraskande god, och han drack djupt och kände hur vägdammets torrhet sköljdes från halsen.

"Ni är på genomresa, sir?" frågade värdshusvärden när han satte ned pajen.

"Ja", svarade Matthew, som inte ville uppmuntra till samtal. "Bara ett kort stopp."

”Klokt att komma undan den här hettan en stund”, fortsatte mannen obekymrat. ”Det sägs vara den hetaste juni någon minns.”

Matthew avslutade sin måltid med större brådska än vad som var strikt gentlemannamässigt, betalade notan med ett generöst dricks och hämtade Ajax från stallet. Hästen, uppfriskad av den korta vilan och vattnet, verkade ivrig att fortsätta, och Matthew drev honom till galopp när de lämnade byn.

Men när de nådde en vägkorsning bara hundra yards bortom byn, tog Matthew tvärt tillbaka. Det fanns inga spår av hans fars vagn åt något håll, och den dammiga vägbanan gav ingen tydlig fingervisning om vilken väg ekipaget hade tagit.

”Fördärra”, muttrade Matthew och lät blicken svepa av och an över båda vägarna. Den ena fortsatte söderut mot kusten, medan den andra vek av österut. Båda såg lika vältrafikerade ut.

Han beslutade sig för att fortsätta söderut, med resonemanget att hans far konsekvent hade färdats i den riktningen. Efter nästan en timmes alltmer ängslig ritt hade han emellertid inte sett skymten av den särpräglade hertigliga vagnen. Motvilligt vände han tillbaka, nådde åter vägskälet och tog den östra vägen den här gången.

Denna sträcka ledde honom till ytterligare en liten by framåt seneftermiddagen. Hettan hade börjat ge med sig något, men Matthews humör hade inte förbättrats. Han hade förlorat dyrbar tid, och det fanns all möjlighet att hans far hade fått ett sådant försprång att det skulle vara omöjligt att hinna ikapp.

Han stannade vid byns lilla gröning, där flera ortsbor hade samlats. En gammal man satt på en bänk under en vidsträckt kastanj, medan två kvinnor samtalade vid brunnen. En grupp barn lekte någon form av lek med en ring och en pinne.

"Ursäkta mig", ropade Matthew till den gamle mannen. "Var är jag?"

"King's Somborne, påg. Bortkommen, är ni?"

"Inte riktigt. Jag letar efter en blå vagn som kan ha passerat här i dag. Den skulle ha ett vapen på dörren, ett lejon och tre stjärnor."

Den gamle kisade upp mot honom. "Jodå, såg en sådan vagn. Passerade igenom för inte en timme sedan, skulle jag säga."

Matthew kände ett hopp stiga. "Åt vilket håll gick den?"

"Rakt igenom byn, söderut mot Timsbury."

En av kvinnorna vid brunnen vände sig om. "Nej, nej, Thomas, nu är du förvirrad igen. Den där fina vagnen gick norrut mot Andover. Jag såg det tydligt som dagen från stugfönstret."

"Det gjorde den alls icke", envisades den gamle. "Fortsatte rakt på, gjorde den."

"Du skulle inte känna igen rakt om det slog dig i ansiktet, gubbe", fräste kvinnan. "Du har inte sett rakt sedan kungen var ung."

Deras gräl fortsatte, och Matthew undertryckte en suck av frustration. Han vände sig till en ung man som ledde en kärrhäst förbi gröningen. "Såg ni möjligen en blå vagn passera tidigare i dag? Med ett vapen på dörren?"

"Det gjorde jag, sir", sade den unge mannen och rörde vid mössan i respekt. "Den svängde av på Horsebridge-vägen, gjorde den. Västerut."

Matthew stirrade på honom. "Västerut? Är ni säker?"

"Ja, sir. Min bror arbetar vid tullbron på den vägen över River Test. Han sade att en ståtlig vagn passerade, och gentlemannen där inne betalade med en guldsovereign och bad inte om växel!"

Det lät som hans far, som alltid hade varit frikostig mot folk av enklare stånd, trots sitt formella sätt. Men västerut? Det motsade både den gamles och kvinnans uppgifter.

En fjärde bybo, som hörde samtalet, erbjöd ytterligare en riktning och försäkrade med stor säkerhet att den blå vagnen hade tagit den östra vägen mot Winchester, vilket inte stämde alls eftersom det var vägen Matthew just hade ridit in på!

Solen började sjunka på himlen och kastade långa skuggor över bygrönskan. Matthew drog handen genom håret, rufsat av resa och frustration. Ajax stod tålmodigt bredvid honom, men hästens hängande huvud antydde att han var lika trött som sin herre.

"Nå, gamle vän", sade Matthew lågt och strök hästen över mulen, "det verkar som att vi har tappat bort honom."

Insikten bar på en märklig blandning av besvikelse och lättnad. Resan hade varit obekväm, sveket motbjudande, och nu när möjligheten att upptäcka hans fars hemlighet hade glidit honom ur händerna, fann Matthew sig undra om det inte var lika gott.

Kanske var vissa hemligheter ämnade att förbli just det. Hans far var en privat man, och vilken förpliktelse som än drog honom till Hampshire varje sommar, ville han uppenbarligen fullgöra den utan insyn. Var inte Matthew skyldig honom den respekten?

"Kom, Ajax", sade han och tog upp sin trötta hästs tyglar. "Jag tror det är dags att vi överger detta dårföretag och vänder hem. Far skulle bli förfärad om han visste vad jag haft för mig, och med rätta. Låt oss hitta ett värdshus för natten och ta oss hem i morgon."

Det fanns ingen poäng i att fortsätta jakten när han inte hade en aning om åt vilket håll han skulle ta. Bättre att erkänna nederlag och återvända till Allanworth Abbey, där plikter väntade som var långt mer passande för markisen av Whitmore än denna ovärdiga jakt över landsbygden.

Det fanns åtminstone ett värdshus, där lakanen var rena och maten enkel men riklig. Madrassen var knölig, men Matthew var för trött för att bry sig och sov gott nog. När han steg upp på morgonen övervägde han olika alternativ för hemfärden och beslöt sig för att följa den västliga vägen en liten bit i alla fall. Berättelsen om att hans far överbetalat vid tullbron hade verkat mest sannolik av alla, och han tänkte förhöra tullvakten.

Han hade emellertid föga framgång, eftersom tullvakten förnekade all kännedom om att den hertigliga vagnen hade passerat föregående dag, och Matthew suckade och accepterade nederlaget. Efter att ha betalat sin egen tull korsade han floden och svängde norrut, med visshet om att denna väg skulle ta honom till Andover, och därifrån kunde han åter ansluta till Londonvägen och rida sina steg tillbaka hem.

River Test var inte särskilt bred på denna plats, men dess klara vatten flöt mellan gräsbevuxna stränder prickade med pilar, och vägen löpte för det mesta längs floden, där vattnet och den sporadiska skuggan från träden gav visst lindring från den ihärdiga, utmattande hettan. Ajax gick i maklig takt och tycktes uppskatta den lugnare färden nu när de inte längre jagade efter den hertigliga vagnen. Matthew själv kände en märklig blandning av besvikelse och lättnad. Hans impulsiva uppdrag hade misslyckats, men kanske hade det misslyckandet besparat honom en besvärlig konfrontation med sin far.

"Vad skulle jag ha sagt om han hade ertappat mig med att följa efter honom?" frågade Matthew Ajax, som vek ett öra bakåt i uppenbart intresse. "God dag, far, jag bestämde mig för att följa dig över halva England eftersom jag inte kan respektera din integritet? Det hade sannerligen blivit väl mottaget, är jag säker."

Floden svängde mjukt framför dem och bredde ut sig något där den mötte en liten biflod. Stigen följde dess konturer och steg då och då en aning för att sedan sjunka tillbaka och löpa nästan i höjd med vattnet. I fjärran kunde Matthew se en bykyrkas spira resa sig över en träddunge, vilket antydde att civilisationen inte låg långt borta.

Kanske skulle han stanna där för en middagsmåltid innan han fortsatte norrut. Värdshuset i King's Somborne hade bjudit på en torftig frukost, och hans mage började påminna honom om att gentlemän på fem och tjugo, särskilt de som tillbringat flera dagar i sadeln, behövde regelbunden näring.

Han funderade på vilken enkel lantkost som kunde stå till buds när ett ljud nådde över vattnet, svagt men omisskännligt. En människostämma, höjd i något som kunde vara alarm eller ansträngning. Matthew tog tillbaka Ajax till halt och lyssnade intensivt.

Där kom det igen, ett rop med en ton av förtvivlan. Matthew drev på Ajax i snabbare tempo och spanade längs flodbanken där framme efter källan till nöden.

En ung kvinna simmade i strömmen nära flodens mitt, med klänningen svällande kring henne i vattnet. Hon höll något tryckt mot bröstet och försökte hålla det över vattenytan, och ropade inte på räddning utan till synes åt någon på motsatta stranden.

”Ditt hjärtlösa odjur! Hur vågar du göra något sådant!”

Matthew följde hennes blick och fick syn på en gestalt i grova bondekläder som skyndade bort från flodbanken med vad som tycktes vara väl beräknad likgiltighet inför kvinnans rop. Mannen varken vände sig om eller saktade farten när han försvann in i en träddunge.

”Fröken!” ropade Matthew. ”Är ni i knipa?”

Hon vred på huvudet vid hans ankomst, och han såg att hennes ansikte var rodnat av ilska snarare än av nöd. ”Den skurken kastade en säck valpar i floden!”

Matthew gjorde snabbt en bedömning. Kvinnan var uppenbarligen en skicklig simmare, eftersom hon höll sin position i vattnet utan svårighet, men den våta säckens tyngd och dess dyrbara last skulle göra det nästintill omöjligt att simma i land. Banken på hennes sida av floden var brant och lerig och gav föga fäste att ta sig upp på.

”Håll i”, ropade han och drev Ajax ut i vattnet.

Hästen gick ut i floden med den stoiska resignation som anstår ett djur som vant sig vid sin herres stundom excentriska krav. Strömmen var starkare än den såg ut, den drog i Ajax ben och krävde varsam navigering för att undvika de djupare fårorna. Matthew styrde hästen stadigt mot kvinnan och övervägde den bästa angreppsvinkeln.

Kvinnan var yngre än han först trott, insåg han när han kom närmare och fick en god blick på hennes ansikte. Knappast mer än en flicka egentligen, de blonda lockarna som var upplindade ovanpå hennes huvud hade lossnat av ansträngningen och låg våta över axlarna.

”Jag kommer att lyfta upp er”, ropade han när Ajax kom intill henne. ”Kan ni hålla fast vid säcken?”

”Jag är fullkomligt kapabel att reda mig”, svarade hon med en värdighet som något undergrävdes av hur hon måste sträcka på nacken för att se upp på honom. ”Fast jag medger att assistans vore välkommen.”

Matthew lutade sig ned från sadeln och sträckte ut armen. ”Tag min hand.”

Vad som följde var möjligen den mest ovärdiga räddningsinsats som någonsin företagits i riddarlighetens namn. Kvinnan visade sig vara tyngre än hennes spensliga gestalt antydde, när hon var nedtyngd av vatten och valpar. Matthew måste dra upp henne med ren kraft, och hon hamnade på Ajax bogar med all den grace som en säck säd, i ett virrvarr av våta tyger och indignerade protester.

"Hör ni, det fanns väl ändå ett elegantare sätt!" flämtade hon. "Jag är inte ett kolli som ska vinschas omkring!"

"Jag ber om ursäkt", svarade Matthew, även om han inte helt kunde undertrycka sitt nöje över hennes förtret. "Under omständigheterna föreföll elegans mindre viktigt än effektivitet."

Hon vred sig för att se på honom, vattnet droppade från hennes hår, och han kom på sig själv med att stirra in i det mest ovanliga par gröna ögon han någonsin skådat. De gnistrade av intelligens och inte så lite irritation, och han insåg att hon möjligen var den vackraste kvinna han någonsin sett, även i sitt nuvarande bedrövade tillstånd.

"Jag klarade mig alldeles utmärkt på egen hand", upplyste hon honom med avsevärd värdighet. "Jag behövde blott hjälp att nå stranden, inte en fullkomlig räddning."

"Självfallet", instämde Matthew gravallvarligt och styrde Ajax varsamt mot strandbrinken. "Jag ser att ni hade situationen helt under kontroll."

"Det hade jag!" envisades hon, men tycktes sedan uppfatta den milda ironin i hans tonfall. "Nå, kanske inte helt under kontroll, men jag var sannerligen inte nära att drunkna. Jag har simmat i den här floden sedan jag var barn."

Säcken i hennes armar gav ifrån sig ännu en kör av små kvidanden, och hon såg ned på innehållet med sådan öm omsorg att Matthew kände något skifta inom bröstet. En kvinna som riskerade sin egen säkerhet för att rädda oönskade valpar från drunkning var uppenbart försedd med en karaktär värd att beundra.

"Ni var mycket modig", sade han stilla och belönades med en förvånad blick som antydde att hon inte var van vid sådant beröm.

När Ajax bar dem i trygghet mot land blev Matthew smärtsamt medveten om kvinnans närhet. Hon var av nöden tryckt mot honom, hennes våta kläder lämnade fuktiga fläckar på hans väst, och han anade en svag doft av lavendel under flodvattnet. Situationen var synnerligen otillbörlig, och han visste att han borde tänka ut ett sätt att skyndsamt avhjälpa den.

I stället kom han på sig med att önska att den korta färden till strandkanten på något vis kunde vara lite längre.

Kapitel två

Clara Bell brukade inte se sig själv som en kvinna med livlig fantasi, men att bli slängd tvärs över en hästs manke som en potatissäck skulle få även den mest förnuftiga unga dam att överväga mord. Främlingens starka händer greppade henne stadigt om midjan när de närmade sig stranden, hans beröring tillräckligt anständig med tanke på omständigheterna men ändå alldeles för familjär för att kännas bekväm. Vatten rann från hennes dyblöta klänning, håret hade gått upp på ett rent förödmjukande sätt och värst av allt, hon såg sina systrar stå på flodbanken, med uttryck som svävade mellan oro och ohämmad munterhet.

"Ni kunde ha bett om lov innan ni tog i mig på det där viset", muttrade Clara och höll den sprattlande säcken med valpar hårt mot bröstet. Deras små pip var den enda anledningen till att hon inte helt enkelt hade glidit tillbaka ner i vattnet och simmat i land själv, med värdigheten i behåll.

"Och ni kunde ha drunknat medan jag frågade", svarade främlingen, med irriterande lugn röst och en ton av förströdd munterhet.

Clara var plågsamt medveten om hur klänningen klibbade fast vid varje kurva av hennes kropp på ett sätt som skulle få till och med hennes ytterst förnuftiga mor att sträcka sig efter dofthalten. Den fina muslinen, så lätt och luftig när den var torr, klängde nu vid henne som en andra hud. Kalla rännilar av flodvatten kröp nerför ryggraden och fick henne att rysa trots sommarhettan.

När hästen nådde stranden såg Clara Anna och Eliza tydligare. De stod sida vid sida, Annas fina drag präglade av oro medan Eliza inte gjorde minsta försök att dölja sitt flin. Hur de hade lyckats dyka upp precis i fel ögonblick övergick Claras förstånd, även om hon misstänkte att det hade något att göra med Elizas kusliga förmåga att nosa upp varje tänkbar källa till förlägenhet för sin storasyster.

"Clara!" ropade Anna och sprang fram när hästen fick fast mark under hovarna. "Är du oskadd? Vi hörde rop och kom springande."

"Jag mår alldeles utmärkt", svarade Clara med så mycket värdighet man kan uppbåda när man droppar vatten och sitter osäkert på den vassa manken hos en stor fullblodshäst, med en fullkomligt främmande man som håller henne stadigt om midjan. "En dräng kastade de här valparna i floden, och jag gick i efter dem."

"Så heroiskt", sa Eliza, med mörka ögon som glittrade av bus. "Fast jag måste säga att din räddning verkar aningen mer dramatisk än situationen krävde."

Främlingen satt av med flytande grace och sträckte sedan upp händerna för att hjälpa Clara ner. Hans händer spände åter om hennes midja, och i ett ögonblick svävade hon i luften innan fötterna nådde marken. Känslan var högst förbryllande.

"Tillåt mig presentera mig", sa han och bugade lätt. "Matthew Whitmore, till er tjänst."

Clara tog ett steg tillbaka, hennes blöta stövlar klafsade obehagligt. Lera hade kletat fast vid fållen på hennes forna vita klänning, och hon kände hur håret låg klistrat mot nacke och axlar på ett högst osmickrande vis. Hon var inte upplagd för artigheter.

"Tack för er hjälp, sir, men den behövdes inte. Jag är en utmärkt simmare."

"Verkligen? Jag får bekänna att jag inte stannade för att efterfråga era akvatiska färdigheter innan jag erbjöd hjälp." Hans läppar ryckte till i ett halvt leende som Clara fann djupt provocerande.

"Min syster har simmat i den här floden sedan hon kunde gå", upplyste Eliza hjälpsamt. "Hon räddade en gång vår väns hund när den gick genom isen på vintern."

"Eliza", sa Clara skarpt, ivrig att tysta henne innan systern avslöjade för mycket om dem, "valparna behöver vår uppmärksamhet."

Herr Whitmore såg på henne med frågande mörka ögon, väntande på en presentation som Clara inte hade för avsikt att ge. Hon var smärtsamt medveten om sitt opassande yttre, och ju förr hon kunde avlägsna sig från den här mannens sällskap, desto bättre.

"Och ni är...?" uppmanade han när ingen presentation kom.

"Har bråttom", svarade Clara kort. "Dessa djur behöver omedelbar vård."

Hon hade kunnat svära på att han nästan skrattade, även om han lyckades upprätthålla en fernissa av artighet. "Naturligtvis. Kanske en annan gång, då."

Clara räckte den sprattlande säcken till Anna, som kikade ner i den med ett mjukt förfärat utrop. "De är fem, och så små! De har inte ens öppnat ögonen ännu."

"Den usling som kastade i dem förtjänar att bli piskad", sa Clara och vred vattnet ur kjolarna så gott hon kunde. Företaget var fåfängt; hon anade att hon skulle förbli genomblöt tills hon kunde byta kläder.

"Jag instämmer helt", sa herr Whitmore. "Hade jag kommit tidigare hade jag kanske haft ett ord med karln."

Clara kastade uppmärksamt en blick på honom, för hon hörde något i tonen som antydde att "ett ord" kunde ha följts av något mer handgripligt. I ett kort ögonblick tillät hon sig att föreställa sig denna store, välklädde främling konfrontera den buttre drängen, och fann bilden inte helt oangenäm.

"Vi borde ta hem de små", sa Anna, ständigt praktisk. "De behöver mjölk och värme."

"Tillåt mig att eskortera er", erbjöd herr Whitmore och nickade mot sin häst. "Ajax kan utan vidare bära två, och ert hem kan inte ligga långt bort."

"Det behövs inte", sa Clara bestämt. "Vi bor alldeles nära, och promenaden hjälper mig att torka."

Detta var en ogenerad osanning, då Belle Haven låg mer än en engelsk mil bort, men Clara gick hellre tio mil i dyblöta kläder än tillbringade en minut till i den här mannens sällskap, i synnerhet uppflugen på hans häst.

"Som ni önskar", svarade han med en lätt bugning. "Fast jag hoppas att ni tillåter mig att komma i morgon för att höra hur det går för valparna. Ert hem...?"

"Det finns ingen anledning till sådan omtanke." Clara samlade sin värdighet omkring sig som en mantel, smärtsamt medveten om sitt sjabbiga skick. "God dag, herr Whitmore. Tack för er hjälp, hur onödig den än var."

Hon vände sig bort, ryggen rak och hakan höjd, även om vatten fortfarande droppade från håret och den dyblöta fällen släpade i smutsen. Anna och Eliza föll in bredvid henne, Anna bar valparna varsamt medan Eliza kastade en sista blick över axeln mot främlingen.

"Han tittar på dig", viskade Eliza med ohöljd förtjusning.

"Låt honom titta", svarade Clara utan att se sig om. "Han ser inget annat än tre unga damer som sköter sitt."

Men hon kände hans blick i ryggen lika säkert som om han hade sträckt ut handen och rört vid henne, och känslan dröjde sig kvar långt efter att de hade nått krönet och lämnat honom bakom sig.

Sommarsolen gassade mot Claras axlar när hon marscherade över Belle Havens fält, klänningen stelnade gradvis i takt med att den började torka. Valparna pep i Annas armar, deras små rosa munnar öppnades och slöts i jakt på näring som de uppenbarligen hade förvägrats en tid. Claras irritation hade inte mildrats med avståndet; snarare hade den kristalliserats till något hårdare och mer distinkt, som socker som stelnar till karamell. Att den mannen vågade, att behandla henne som en hjälplös mö i en gotisk roman när hon mycket väl kunde klara sig själv!

”De är knappt en vecka gamla”, sa Anna och kikade bekymrat ner i säcken. ”Jag uppskattar att de behöver mat varannan timme i minst fjorton dagar. Sedan kan vi gradvis glesa ut matningarna till var tredje timme, sedan var fjärde, tills de är redo för fast föda vid ungefär fyra veckor.”

Clara sneglade på sin syster, för ett ögonblick distraherad från sin förtrytelse. Annas matematiska sinne räknade oavbrutet, vare sig det gällde foderkvantiteter för hästarna eller hushållets räkenskaper.

”Vi måste göra mjölk med honung och vatten”, sa Clara, och hennes praktiska läggning gjorde sig gällande trots förtretet. ”Och hitta något de kan dia från.”

”Jag kan tänka mig att herr Whitmore skulle anmäla sig frivilligt om vi bad”, kommenterade Eliza med ett illmarigt grin. "Han verkade mycket angelägen om att bistå dig, Clara."

Clara gav sin yngsta syster en blick som kunde få mjölk att skära sig. "Herr Whitmore kan erbjuda sina tjänster någon annanstans. Jag behövde inte hans inblandning, och jag tänker sannerligen inte söka den i framtiden."

"Åh, men snälla", fortsatte Eliza och skuttade några steg i förväg för att sedan vända sig och gå baklänges, vänd mot sina systrar. "Han var ovanligt stilig, eller hur? De där ögonen! Och så breda axlar. Märkte du hur lätt han lyfte dig?"

"Jag märkte att han behandlade mig som en säck säd", svarade Clara vasst. "Det finns ingenting beundransvärt i det."

"Eliza, sluta retas", sa Anna milt. "Clara har fått nog av prövningar för i dag."

"Jag undrar om han bor här i närheten?" funderade Eliza. "Kanske känner morbror William honom?"

"Eliza, hertigen kom bara i går, gå inte och stör honom. Han vill tillbringa tid med Laura och Charlotte." Anna gav Clara en blick. "Och jag tycker det är bäst att han aldrig får höra om den här eskapaden. Han är väldigt snäll och eftergiven, men... det är rätt så otypiskt för en ung dam."

Claras klänning började skava obehagligt i takt med att den torkade, tyget var stelt av flodvatten och klängde vid huden på ett högst motbjudande sätt. Håret, som hade varit prydligt uppsatt tidigare på morgonen, hängde nu i fuktiga, trassliga testar längs ryggen, och hon kände hur lera torkade mellan tårna i stövlarna. Varje steg gav ifrån sig ett litet klafsande ljud som hade varit komiskt under andra omständigheter.

Stigen de följde slingrade genom några av Hampshires mest pittoreska landskap. På båda sidor bredde mjukt böljande gröna kullar ut sig så långt ögat nådde, och på varje fält gick ston och föl på bete; Belle Havens skatt och framtid. En mild bris förde med sig kaprifolens sötma från häckarna, och långt borta steg och föll en lärkas sång i näpna arpeggion. All denna skönhet tycktes göra sig lustig över Claras sjaskiga tillstånd och sura humör.

"Jag förstår inte varför du är så tvär", sa Eliza och föll in i takt bredvid Clara igen. "De flesta unga damer skulle vara överlyckliga över att bli räddade av en stilig gentleman."

"Jag är inte 'de flesta unga damer'", svarade Clara värdigt. "Och jag behövde ingen räddning. Jag kunde utan vidare simma i land."

"Det kunde du säkert", höll Anna lugnande med. "Men det hade kunnat bli svårt med de här små. Och strömmen var ganska stark i dag efter den kraftiga stormen sent i går kväll."

Clara suckade, och en del av ilskan rann av henne. "Jag vet att du menar väl, Anna, men jag avskyr att bli behandlad som om jag inte klarar något. Jag har simmat i den där floden sedan jag var barn och jag behövde inte någons hjälp."

"Nåväl, det är gjort nu", sa Anna praktiskt. "Och vi har de här små att tänka på."

Clara nickade och sträckte ut ett finger för att smeka en av de pyttesmå valparna varsamt. Pälsen var fortfarande fuktig, men den lilla kroppen var varm, vilket hon tog som ett gott tecken. Vreden som hållit henne uppe började ge vika för en mer trängande oro: vad skulle Theresa säga när de kom hem i det här skicket?

Deras adoptivmor var den vänligaste av kvinnor, men hon hade med allt större frekvens milt påmint Clara om att man vid arton års ålder förväntades uppföra sig med större värdighet. Deras förestående resa till London för den lilla säsongen upptog Theresas tankar, och därmed även Claras.

"Mama blir orolig om vi inte kommer snart", sa Clara och ökade takten något. "Och jag borde byta kläder innan jag blir förkyld."

"Mitt i sommaren?" skrattade Eliza. "Knappast. Men jag håller med om att Mama blir orolig. Hon trodde att vi skulle ta en enkel promenad, inte ge oss ut på ett valpräddningsuppdrag."

De nådde krönet på en liten höjd och Belle Haven bredde ut sig i dalen nedanför. Huset var inte lika ståtligt som några av Englands riktigt stora gods, men det var ansenligt: en vacker byggnad i gyllene sten med tre våningar, vars stora fönster fångade eftermiddagssolen. Runtom låg hagarna och stallen fyllda med de hästar som hade gett Sir Richard Bell rykte och förmögenhet som en av landets skickligaste uppfödare.

I en av de närmare hagarna kunde Clara just skymta den ljusa gestalten av Snowstar, den skimmelvalack hon tränat med sådan omsorg. Hästen representerade alla hennes förhoppningar inför den kommande säsongen i London, en nyckel i Planen hon hade utarbetat för att övervinna nackdelen med sitt oäkta ursprung.

Gruset på uppfarten knastrade under deras stövlar när de närmade sig huset. Clara försökte släta till sitt vilda hår och rätta till den skrynkliga klänningen, fåfänga gester men ändå instinktiva. När de nådde trappan öppnades dörren och Theresa, Lady Bell, kom ut, hennes söta runda ansikte visade omedelbart oro när hon tog in Claras sjaskiga uppenbarelse.

"Herre min tid!" utbrast Theresa och skyndade nerför trappan. "Vad i all världen har hänt? Clara, du är genomblöt!"

Clara öppnade munnen för att förklara, men fann sig plötsligt ordlös. Hur skulle hon kunna återge det förödmjukande mötet med herr Whitmore på ett sätt som inte lät fullkomligt opassande?

"Clara räddade valpar ur floden", förklarade Anna och höll upp bylten så att Theresa kunde se. "Någon kastade i dem för att dränka dem."

"Åh, de stackars små", sa Theresa, och den vänliga uppsynen mjuknade när hon kikade på valparna. Sedan vände hon blicken tillbaka till Clara och tog in den dyblöta klänningen, den lerstänkta fållen och det trassliga håret. "Och du gick ner i floden efter dem? I dina kläder?"

Clara nickade och gjorde sig redo för en mild tillrättavisning om hur en ung dam bör uppträda. I stället ryckte det lätt i Theresas läppar, som om hon försökte kväva ett leende.

"Nåväl", sa Theresa med en suck som inte riktigt dolde hennes munterhet, "vi får väl se till att få in dig och få dig torr. Och hitta något åt de små att äta."

Clara kände en våg av tillgivenhet för sin mor. Vilken predikan som än väntade senare var Theresa först och främst mån om deras välbefinnande, mänskligt såväl som djurens.

”Anna, Eliza, ta valparna till köket och ordna mat åt dem”, instruerade Theresa och marscherade mot trappan. ”Och be pigorna fylla tvättbaljan. Clara, du får ta ett bad. Det där flodvattnet kan inte stanna i håret.”

”Ja, Mama”, sjöng Anna och Eliza i kör, och Anna gav Clara en medlidsam blick innan de styrde mot köket.

Ett spår av vatten markerade Claras väg över det polerade golvet när hon följde i Theresas kölvatten, och hon vred sig vid tanken på husmornas reaktioner. Theresa däremot verkade mer road än irriterad när hon stängde sängkammardörren bakom dem och granskade Claras ostyriga tillstånd med den resignerade ömhet som tillkommer en kvinna som vant sig vid sådana missöden.

”Jag antar att det vore lönlöst att fråga vad som for i dig när du dök fullt påklädd ner i floden”, sa Theresa och tog en ren handduk ur linneskåpet. ”Fast jag måste säga att just den här eskapaden har resulterat i ett särskilt imponerande tillstånd av oordning.”

Clara tog tacksamt emot handduken och tryckte den mot det fuktiga håret. ”Jag kunde inte bara stå och se på när valparna drunknade efter att den där förfärlige drängen kastat i dem.”

”Naturligtvis inte”, instämde Theresa, med varma bruna ögon. Hon gick bakom Clara och började hjälpa till med de dyblöta snörningarna i hennes klänning. ”Ingen som känner dig skulle vänta sig något annat. Men jag kan tänka mig att det måste ha funnits ett sätt att genomföra räddningen utan fullt så mycket... drama?"

"Jag hade klarat mig alldeles utmärkt själv", sa Clara, och kände hur den tidigare indignationen bubblade upp igen. "Jag hade valparna och simmade mot stranden när en gentleman dök upp och insisterade på att 'rädda' mig. Som om jag vore en hjälplös varelse som inte kunde simma några ynka famnar!"

Theresas fingrar stannade till för ett ögonblick. "En gentleman? Ute vid flodstigen? Det är ovanligt."

"Han hörde mig ropa och kom över floden, från Arundelvägen", svarade Clara och klev ur klänningen när Theresa löste upp den. Det blöta tyget klibbade envist mot huden och krävde åtskilligt tålamod för att få av. "Han hivade upp mig på sin häst som en säck säd. Det var fullständigt förödmjukande."

Theresas läppar ryckte till. "Det kan jag föreställa mig. Även om man kan påpeka att en gentleman som kommer en dam till undsättning knappast borde orsaka sådan upprördhet."

"Jag behövde ingen undsättning", envisades Clara, även om hettan i rösten hade dämpats något. Med de blöta kläderna av var det svårt att upprätthålla samma nivå av rättfärdig vrede.

Theresa tog upp en ren näsduk ur fickan och torkade varsamt bort en smutsfläck från Claras kind. "Kanske inte. Men du måste medge, Clara, att den här sortens upptåg behöver bli mer sällsynta. Du är arton nu, inte längre ett barn som ursäktas för varje impulsiv handling."

Clara suckade och visste att Theresa hade rätt. "Jag vet. Men jag kunde inte låta valparna drunkna."

"Ingen föreslår att du borde ha gjort det", sa Theresa vänligt. "Bara att det kunde ha funnits andra lösningar. Ropa på hjälp, kanske?"

"Det fanns ingen att ropa på", svarade Clara. "Och innan hjälp hunnit fram hade det varit för sent."

Theresa nickade och medgav poängen. "Nå, gjort är gjort. Men försök minnas att vi reser till London om bara några veckor. Den lilla säsongen blir din första introduktion i societeten, och första intryck är av yttersta vikt."

"Jag har inte glömt! Allt hänger på det."

"Inte allt", rättade Theresa milt och hjälpte henne på med en torr morgonrock. "Även om jag förstår att det känns så för dig."

En säsong i London var Claras bästa chans att trygga sin framtid. Som oäkta dotter till Sir Richard Bells avlidna syster hade Clara ingen hemgift och ingen egentlig plats i societeten. Hennes far hade tagit henne till sig informellt och uppfostrat henne sida vid sida med Anna och Eliza med alla fördelar utbildning och bekvämlighet ger, men omständigheterna kring hennes födelse förblev ett hinder som inte helt gick att undanröja.

Om inte, förstås, hennes Plan lyckades.

"Snowstars träning går strålande", sa Clara och pignade till vid tanken på den vackra skimlen. "I går gjorde han en perfekt capriole, alla fyra hovarna i luften. Till och med far blev imponerad."

Theresa log. "Din far har varit imponerad av dina hästkunskaper sedan du var nio och bestämde dig för att rida in din nya ponny själv, innan han hann hitta en jockey liten nog att göra det åt dig."

Clara skrattade, ett kärt minne. "Peppar var en bra ponny! Som de flesta djur svarade han bättre på respekt än på rädsla."

"Och du tror att prinsregenten blir lika imponerad av Snowstars klassiska dressyrträning?" frågade Theresa.

"Hur skulle han inte bli det?" svarade Clara med övertygelse. "Prinsen älskar skådespel, och det finns inget mer spektakulärt än en riktigt välskolad dressyrhäst."

Det var hörnstenen i Claras Plan: att presentera prinsregenten för Snowstar, tränad till fulländning i de klassiska rörelserna. En sådan gåva skulle säkert vinna hans ynnest och med den en grad av acceptans i societeten som annars vore omöjlig för en ung kvinna med hennes bakgrund.

"Det är en solid strategi", höll Theresa med. "Men jag hoppas att du inte sätter allt på ett kort. Det finns andra vägar till lycka, Clara."

"Kanske", medgav Clara, om än utan att vara övertygad. Hon hade iakttagit världen omkring sig med klara ögon och visste att utan antingen förmögenhet eller gynnsamma förbindelser var hennes möjligheter starkt begränsade. "Men det här är vägen jag har valt, och jag tänker fullfölja den."

Theresa betraktade henne med en blandning av stolthet och oro. "Du har alltid varit den mest målmedvetna av mina flickor, ännu mer än Molly. Lovar du bara att försöka undvika fler flodräddningar? Jag tror inte att Lady Jersey blir särdeles imponerad om du dyker upp på Almack's dyngsur, och vi ska få biljetter till Almack's; Lady Bridgnorth lovade på Mollys bröllop att hon skulle ordna dem åt dig."

Clara skrattade, och en skymt av den tidigare förlägenheten återvände. "Jag lovar att förbli fullkomligt torr och korrekt från nu till slutet av den lilla säsongen, vad sägs om det?"

"Det vore ett välkommet ombyte", sa Theresa med kärleksfull uppgivenhet. "Kom nu. Vi ska få dig i bad och håret ordentligt rent."

När de gick ner mot köket for Claras tankar för ett ögonblick tillbaka till Matthew Whitmore. Det fanns något i hans mörka ögon, en glimt av intelligens och humor som fångat hennes uppmärksamhet trots irritationen. Inte för att det spelade någon roll; hon skulle sannolikt aldrig se honom igen, och även om hon gjorde det, vad skulle det kunna leda till? Hennes framtid låg i London, med Snowstar och prinsregentens gunst, inte hos någon lantlig godsägare i Hampshire, även om han nu råkade ha en rätt trevlig häst.

Ändå kunde Clara, när de steg in i det varma köket där Anna och Eliza försiktigt matade de små valparna med tygremsor doppade i mjölk, inte riktigt fördriva minnet av de där ögonen, eller den besynnerliga känslan som svept genom henne när han lyft upp henne ur vattnet och upp i sadeln.

Det var bara chocken i stunden, sa hon strängt till sig själv och vände uppmärksamheten till valparna. *Ingenting mer än så.*

"Bad!" utropade Theresa när Clara sträckte sig efter en av valparna från Eliza. "Innan hertigen och din far kommer tillbaka från sin promenad och vill veta vad du haft för dig så att du blivit dyngsur och lerig mitt på eftermiddagen!"

Skrattande räckte Clara tillbaka valpen och skyndade in i grovköket, där pigorna hade pumpat den stora kopparkaret fullt med vatten. Det kom direkt ur brunnen och var kallt, nästan lika kallt som floden, men mycket friskare doftande, och hon drog efter andan och sjönk helt under ytan för att skölja håret.

Inga fler upptåg, lovade hon när Theresa kom in med tvålen för att skrubba hennes hår. *Jag ska bli den perfekta societetsdebutanten, som aldrig sätter foten fel. Jag ska visa societen att det inte är avgörande för en människas värde att vara född på fel sida om filten.*

Jag ska visa dem allihop.

Kapitel tre

September 1812

Matthew stod i utkanten av Lady Caldwells bal-
sal och blängde ner i sitt champagneglas som om den
oskyldiga drycken personligen hade förolämpat honom.
Den lilla säsongen var i full gång, och med den kom alla
de tröttande sociala plikter som Matthew gärna hade und-
vikit, om det inte hade varit för faderns enträgna krav på
hans närvaro. Hertigen av Allanworth hade varit ovanligt
bestämd med att Matthew måste delta just denna säsong
och hade antytt, inte särskilt subtilt, att det var hög tid,
vid fem och tjugofem, att han började överväga lämpliga
äktenskapskandidater.

Matthew tog en klunk till av champagnen och grimaserade åt tanken. Självklart behövde hertigdömet en arvtagare – den enda arvtagaren var en avlägsen äldre kusin utan egna söner – men pressen på Matthew att skaffa en omgående var obekväm. Han var bara fem och tjugofem! Det fanns gott om tid!

Den vidsträckta balsalen var en virvel av siden och satäng, avbruten av juvelers glittrande och solfjädrars ljusa fladdrande. Orkestern spelade en livlig countrydans, och par rörde sig i ordnade mönster över golvet, med ansikten blossande av ansträngning och upphetsning.

Matthew hade placerat sig strategiskt nära en hög krukväxt med palm, som åtminstone gav illusionen av skydd från äktenskapsivriga mödrars rovgiriga blickar. Han hade redan uthärdat tre sådana närmanden denna kväll, vart och ett mer genomskinligt än det förra. Lady Fitzhugh hade praktiskt taget tryckt sin dotter i hans armar under öppningsdansen, medan fru Pembarton hade levererat en detaljerad uppräkning av sin systerdotters färdigheter som, utöver förväntad musik och teckning, också inkluderade en encyklopedisk kunskap om antik grekisk keramik, ett ämne som Matthew inte kunde bry sig mindre om.

Han granskade rummet med den vaksamma blicken hos en man som är van vid att bli jagad. Vid förfriskningsbordet fnissade en klunga unga debutanter bakom sina solfjädrar och kastade förstulet blickar i hans riktning. Matthew undertryckte en suck. Kvällen bredde ut sig framför honom, ändlös och förutsägbar.

Hans far hade anlänt separat och var för närvarande försjunken i samtal med deras värdinna, Lady Caldwell, en änka vars sociala inflytande bara matchades av hennes fruktade rykte som äktenskapsmäklerska. Hertigen verkade avslappnad, till och med jovialisk, ett tillstånd som Matthew fann märkligt med tanke på faderns vanliga återhållsamhet i sådana sammanhang. Sedan hans mors bortgång förra året hade hertigen gradvis lagt ifrån sig en del av sin stelhet, men i kväll tedde han sig rent av sällskaplig.

Matthew övervägde klokheten i en strategisk reträtt till spelrummet när en glimt av gyllene hår på andra sidan salen fångade hans uppmärksamhet. Något med lutningen på den unga kvinnans huvud, den graciösa linjen av hennes nacke, slog honom som märkligt bekant. Hon stod med ryggen mot honom och samtalade med en äldre dam vars runda gestalt var innesluten i en klänning av mörk bourgognesiden. När den unga kvinnan vred sig en aning kom hennes profil i dagen, och Matthew kände ett sting av igenkänning.

Det var hon, flickan från Hampshire. Den dränkta råttan som han obarmhärtigt hade svingat upp på Ajax rygg efter att hon störtat ner i River Test för att rädda en säck valpar. Här stod hon nu, förvandlad till oigenkännlighet, hennes slanka gestalt draperad i en klänning av ljusblått siden som smickrade hennes ljusa hy. Hennes blonda hår, som den där dagen i Hampshire hade hängt i våta tovor nedför ryggen, var nu elegant uppsatt i ett massivt virrvarr av lockar på hjässan med trådar av små pärlor inflätade.

Matthew rätade på sig, grundligt intresserad. Vad gjorde hon här, på en av de mest exklusiva sammankomsterna under den lilla säsongen? Han hade antagit att hon var dotter till någon lokal gentlemann från Hampshire, kanske till och med en bondflicka med tanke på hennes praktiska uppförande och nonchalans inför kläder. Ändå stod hon här med den självklara lätthet hos en som var van vid sådana omgivningar och tog emot ett glas lemonad från en förbipasserande lakej med en nådig nick.

Hans nyfikenhet tilltog bara när han såg hur fadern lösgjorde sig från Lady Caldwell och tog sig över rummet mot den unga kvinnan och hennes sällskap. Hertigens ansikte lyste upp i ett varmt leende när han kom fram, och till Matthews häpnad hälsade han den äldre damen med den lätta familjariteten hos lång bekantskap och böjde sig för att kyssa hennes kind.

"Lady Bell, ett nöje som alltid", sade hertigen, med rösten så pass bärig att Matthew uppfattade den. "Och Sir Richard, så roligt att se er."

Matthew såg med växande förbryllan på när hans far hälsade på en lång, stilig man med mörkt hår och klarblå ögon, som måste vara Sir Richard Bell. De båda männen grep varandras händer med uppenbar värme innan hertigen vände sig till den guldhåriga unga kvinnan.

"Fröken Bell", sade hertigen, tog hennes handskklädda hand och bugade sig över den med hovmannamässig grace. "Ni ser synnerligen ljuvlig ut i kväll. Jag hoppas ni njuter av er första lilla säsong?"

Fröken Bell – inte bara någon landsortsherres dotter, utan dotter till en riddare, och en som hans far uppenbarligen kände väl. Matthews tankar rusade. Kunde detta vara skälet till faderns årliga resor till Hampshire? Fanns det någon förbindelse mellan hertigen och familjen Bell som han inte känt till? Han kunde inte minnas att han någonsin sett det namnet i någon av den korrespondens han haft insyn i bland faderns papper.

Matthew rynkade pannan, champagnen glömd i handen. Hans far hade aldrig nämnt någon koppling till en Sir Richard Bell eller dennes familj. Ändå stod han här och samtalade med dem som om de vore gamla vänner, eller till och med släktingar. Hertigen lade en faderlig hand på fröken Bells axel medan han talade, en kärleksgest Matthew aldrig hade sett sin far ge någon.

Gåtan med faderns årliga pilgrimsfärder till Hampshire tycktes plötsligt anta nya dimensioner. Matthew hade följt hertigen så långt som till en by vid namn King's Somborne innan han tappade spåret, men platsen där han hade träffat fröken Bell låg inte långt därifrån. Var det möjligt att faderns mål hade varit denna familjs hem? Men varför hemlighetsmakeriet? Varför hade fadern aldrig talat om dem?

Medan Matthew grubblade över dessa frågor såg fadern upp och fångade hans blick tvärs över rummet. I ett ögonblick såg hertigen förvånad ut, sedan gled uttrycket över i resignation blandad med en antydan till munterhet. Med en diskret gest kallade han Matthew till sig.

Matthew tvekade bara ett ögonblick innan han ställde ifrån sig glaset. Om fadern var beredd att presentera honom för dessa mystiska bekantskaper, kunde kanske några av hans frågor äntligen få svar. Och, medgav han för sig själv, han var mer än lite nyfiken på att åter tala med den unga kvinnan som en gång hade läxat upp honom för en onödig räddning och som nu stod hemtam i en av Londons mest exklusiva balsalar.

Han rätade på sin redan oklanderliga väst och tog sig genom rummet mot fadern och familjen Bell, medan nyfikenheten växte för varje steg.

”Åh, Matthew”, sade hertigen och vinkade fram honom. ”Låt mig presentera Sir Richard Bell och hans familj. Sir Richard, detta är min son, Matthew, markisen av Whitmore.” Matthew bugade artigt, och hans blick gled förbi Sir Richard för att stanna på mannens dotter, vars kinder hade fått en tydligt rosig ton. Hennes gröna ögon vidgades en bråkdel innan uttrycket föll tillbaka i artigt intresse.

”Ett nöje att göra er bekantskap, Lord Whitmore”, sade Sir Richard, med ett fast och rättframt handslag. ”Er far talar synnerligen väl om er.” Han vände sig en aning för att markera damerna vid sin sida. ”Min hustru, Lady Bell, och min dotter, Clara.”

Matthews uppmärksamhet förblev fäst vid Clara medan han bugade för varje dam i tur och ordning. När han nådde fram till henne lät han läpparna krökas i en knappt skönjbar antydan till leende. ”Fröken Bell”, mumlade han, och höll hennes blick en aning längre än vad som var helt lämpligt. ”Jag tror att vi har mötts förut.”

Claras haka höjdes nästan omärkligt, och hennes hållning blev ännu stelare. ”Jag är rädd att ni misstar er, sir”, svarade hon, med en röst sval och kontrollerad trots rodnaden som spred sig uppför halsen. ”Detta är mitt första besök i London.”

”Är det så?” Matthew höjde på ögonbrynen, allt mer road. ”Hur märkligt. Jag hade kunnat svära på att jag träffade en ung dam som liknade er påfallande i Hampshire för knappt tre månader sedan. Vid en flod, såvitt jag minns."

Rodnaden på Claras hals fördjupades och spred sig till kinderna. "Hampshire är ganska stort, mylord. Ni har kanske mött någon som är lik mig."

Lady Bell steg ett halvt steg fram, en subtil rörelse som ändå placerade henne skyddande vid Claras sida. "Hampshire är vårt hem, Lord Whitmore. Belle Haven, Sir Richards gods, är känt för sina hästar." Hennes ton var vänlig men bar en antydan till varning.

"Hästar", upprepade Matthew eftertänksamt. "Ja, jag minns att min egen springare blev ganska skrämd den dagen. Något med en ung dam och en säck valpar, vill jag minnas."

Claras solfjäder slog upp med onödig kraft. "Värmen i det här rummet är rent kvävande", sade hon utan att tilltala någon särskild. "Kanske kunde vi ställa oss närmare terrassdörrarna."

"Ett utmärkt förslag", inflikade hertigen smidigt, även om han såg egendomligt på Matthew, och Matthew insåg plötsligt att hertigen inte hade den blekaste aning om att Matthew hade följt efter honom till Hampshire – eller åtminstone hade han inte haft det förrän just i denna stund. "Sir Richard, får jag fresta er med ett glas av Lady Caldwells utmärkta madeira? Jag tror hon skaffade den från samma handlare som levererar till källarna på Carlton House."

När Sir Richard och hertigen gick därifrån, med Lady Bell efter dem efter en kort tvekan, blev Matthew ensam kvar med Clara, som betraktade honom misstänksamt.

"Hur finner ni London, fröken Bell?" frågade Matthew Clara, med avsiktligt nonchalant ton. "Har ni sett mycket intressant arkitektur? Det finns några förnäma fontäner, även om jag kanske inte borde fråga om vattenanläggningar, givet er tidigare erfarenhet av dem."

"Jag finner London precis som jag förväntat mig, mylord", svarade Clara, med en röst spröd av ansträngd artighet. "Fyllt av människor som ser och hör bara det som passar dem."

"Så fascinerande", mumlade Matthew. "Jag finner det fyllt av människor som låtsas vara vad de inte är, eller, i sanning, låtsas att de inte är vad de är."

Claras gröna ögon glimmade av ilska. "Jag skulle uppskatta om ni upphörde med dessa anspelningar, mylord. Vad ni än tror hände, försäkrar jag att ni misstar er."

Matthew studerade hennes ansikte, lade märke till spänningen i käklinjen och hur hennes behandskade fingrar greppade solfjädern så hårt att de sköra elfenbensribborna kunde brista. "Är valparna välbehållna?" frågade han plötsligt, med lägre röst, inte längre retfull.

Clara blinkade, tagen på sängen. "De... vad?"

"Valparna", upprepade Matthew. "Dem ni räddade ur floden. Har de överlevt?"

En kort tvekan, sedan: "De frodas. Mina yngsta systrar har behållit varsin, och de andra har fått hem hos grannfamiljer."

"Ah", sade Matthew med tillfredsställelse. "Så ni minns vår sammankomst."

Claras ögon smalnade. "Ni är *omöjlig*."

"Det har jag fått höra, åtskilliga gånger." Han lät blicken svepa runt och lade märke till att flera gäster i närheten hade börjat följa deras samtal med ogenerat intresse. "Kanske kunde ni förklara varför ni är så fast besluten att förneka vårt tidigare möte? Jag försäkrar er, jag fann ert räddningsförsök tämligen beundransvärt, om än något impulsivt."

"Därför att", väste Clara mellan sammanbitna tänder, "unga damer som har presenterats i societeten kastar sig inte fullt påklädda i floder för att rädda valpar. De låter sig inte hanteras som säckar med säd av obekanta gentlemän. Och de vill sannerligen inte bli påminda om sådana episoder under sin första riktiga sociala tillställning i London."

"Jag förstår", sade Matthew, och insikten grydde. "Detta är alltså er debut."

"Det är det", bekräftade Clara stelt. "Och jag vore er synnerligen tacksam om ni lät den fortskrida utan fler hänvisningar till *floder*."

Matthew lade märke till den genuina oron under hennes behärskning och kände ett stick av samvete. Hans munterhet över hennes obehag tedde sig plötsligt ovärdig. "Min ursäkt, fröken Bell. Jag hade inte övervägt de sociala följderna av vår samvaro."

Clara betraktade honom misstänksamt, som om hon anade en fälla. "Tack", sade hon efter en stund. "Er diskretion skulle uppskattas."

De stod tysta några ögonblick, medan orkestern påbörjade en ny omgång, en livlig countrydans som fick paren att skynda ut på golvet. Matthew fann sig studera Claras profil, lade märke till den nätta bågen på hennes kind och den beslutsamma linjen hos hennes haka. I lampornas sken glänste hennes hår som spunnet guld, långt ifrån de tovig-grådaskiga lockar han mindes. Ändå fanns samma stolta värdighet i hennes hållning, även i dessa helt andra omständigheter.

"Kanske", sade Matthew impulsivt, "skulle ni tillåta mig att begära en dans senare i kväll? Som en vänlig gest."

Claras blick for tillbaka till hans ansikte. "Det tror jag inte, mylord. Jag anser att vi har samtalat mer än nog för en kväll."

Innan Matthew hann svara kom en ung man fram och bugade artigt för Clara. "Fröken Bell, jag tror detta är vår dans", sade han och räckte armen.

Claras lättnad var påtaglig när hon tog den unge mannens arm. "Det är det, Lord Carroway. Om ni ursäktar mig, Lord Whitmore."

När hon vände sig bort kallade Matthew efter henne, precis så högt att hon hörde: "Se upp för vattenhindren, fröken Bell."

Hon stelnade men såg inte tillbaka, ryggen rak när hon lät Lord Carroway leda henne ut på dansgolvet. Tvärs över rummet fångade Matthew faderns blick; hertigen betraktade utbytet med ett gåtfullt uttryck.

Flera matrondamer i närheten stirrade nu öppet och viskade bakom sina solfjädrar. Matthew tvivlade inte på att spekulationerna om hans samtal med Clara Bell nästa dag skulle cirkulera i Londons salonger. Om detta skulle gynna eller stjälpa hennes sociala ambitioner återstod att se, men Matthew fann att han hoppades på det förstnämnda.

Medan han såg Clara inta sin plats i dansen, med rörelser lika graciösa som säkra trots hennes tidigare obehag, erkände Matthew en växande nyfikenhet på denna unga kvinna och hennes koppling till hans far. Gåtan med faderns årliga resor till Hampshire verkade nu oupplösligt förbunden med familjen Bell, och särskilt med Clara.

Vad än denna förbindelse bestod i, beslöt Matthew sig för att ta reda på det. Och kanske kunde han därigenom också upptäcka mer om den fascinerande unga kvinnan som ena dagen räddade valpar och nästa dag dansade i Londons balsalar.

Allanworth Houses trädgårdar glödde av färg i höstsolen, sent blommande rosor klättrade uppför spaljéer i skiftningar av karmosin och guld, medan omsorgsfullt skötta rabatter av riddarsporrar och fingerborgsblommor ritade bårder av purpur och blått runt de oklanderliga gräsmattorna. Matthew stod i skuggan av en urgammal bok vars blad just börjat gulna och betraktade samlingen av Londons finaste sällskap med en blandning av resignation och nyfikenhet. Hans far hade inte sparat på något till denna trädgårdsbjudning – från den franska champagnen som flödade rikligt till stråkkvartetten som spelade stilla från en liten paviljong. Men det var gästlistan som verkligen avslöjade tillställningens tyngd, för bland myllret av aristokratiska ansikten rörde sig den omisskännliga gestalten av prinsregenten själv, strålande i en himmelsblå rock med blänkande gyllene knappar.

Under veckan som gått sedan Lady Caldwells bal hade Matthew iakttagit sin fars beteende med växande misstänksamhet. Hertigen hade varit ovanligt aktiv i societeten, närvarat vid fler tillställningar än han brukade och särskilt sett till att synas samtala med vissa inflytelserika medlemmar av ton. Nu, medan han betraktade den strategiska placeringen av gäster över trädgården, kunde Matthew inte undkomma slutsatsen att fadern iscensatte något högst avsiktligt. Han hoppades bara att det inte gällde honom; fadern hade börjat släppa tydliga antydningar om att han ansåg att Matthew borde börja söka en brud på allvar.

Prinsregenten höll hov vid den centrala fontänen, omgiven av sin sedvanliga krets av fjäskare och gunstlingar. Till hans höger, placerade med omsorgsfull nonchalans, stod Sir Richard Bell och hans familj. Lady Bell samtalade stilla med grevinnan av Bridgnorth, med vilken hon tycktes stå på mycket förtrolig fot, de två kvinnorna arm i arm medan de pratade. Och där var Clara, en syn i en klänning av blekgul muslin, hennes gyllene lockar åter uppsatta på huvudet och prydda med ett enkelt band som matchade hennes klänning. Hon stod en aning avskild från sina föräldrar, till synes helt uppfylld av trädgårdarnas skönhet, även om Matthew lade märke till hur hennes blick då och då for mot den kunglige gästen.

"Lord Whitmore", lismade en röst vid hans armbåge, "så förtjusande att se er igen."

Matthew vände sig om och fann Lady Lullingley på väg rakt mot honom, med sin dotter i släptåg. Fröken Lullingley var en behaglig flicka med råttbrunt hår och en mycket blek hy som antydde att hon skulle få alarmerande fräknar om hon utsattes för direkt solljus alltför länge. Hon bjöd på en tveksam nigning, med blicken stadigt fäst vid marken.

"Lady Pembrooke", hälsade Matthew med en bugning. "Fröken Lullingley. Jag hoppas att ni njuter av trädgårdarna."

"Åh, i högsta grad", bubblade Lady Lullingley. "Er fars smak är oklanderlig. Tycker ni inte det, Honoria? Honoria har sådan blick för trädgårdskonst, Lord Whitmore. Hon har ritat om hela östra trädgården på vårt lantgods."

"Så... fascinerande", mumlade Matthew, medan han desperat sökte en flyktväg. Hans blick fastnade på Clara, som nu talade med en äldre herre han kände igen som Lord Haversham, en välkänd hästentusiast.

"Honoria spelar också pianoforte alldeles utomordentligt", fortsatte Lady Lullingley, uppenbart oberörd av Matthews tydliga brist på intresse. "Kanske behagar ni komma till vår musiksoaré nästa vecka, tillsammans med er far? Jag är säker på att hertigen skulle bli mycket imponerad av hennes färdigheter."

"Jag är rädd att min far inte bryr sig nämnvärt om musik", svarade Matthew och gled en aning åt sidan. "Om ni ursäktar mig, tror jag att jag ser en bekant jag måste hälsa på."

Han tog sig därifrån innan Lady Lullingley hann invända, och slingrade sig målmedvetet genom folkmassan. Något bestämt mål hade han inte, bara en önskan att undvika fler äktenskapsfällor, eller åtminstone trodde han det, tills han insåg att han inte kunde finna fröken Clara Bell. Han hade letat efter henne, och hon fanns ingenstans.

Innan han hann fundera över vart hon tagit vägen, ljöd dock hans fars röst över trädgården och krävde uppmärksamhet. "Mina damer och herrar, er uppmärksamhet, om jag får be!"

Sorlet dog bort när huvuden vändes mot hertigen, som stod på terassens trappsteg. "Ers Kungliga Höghet", fortsatte hertigen och bugade djupt för prinsregenten, "hedrade gäster. Jag har ordnat en liten underhållning för ert nöje denna eftermiddag."

Matthew rynkade pannan och svepte med blicken över trädgården. Han kände inte till någon ytterligare planerad underhållning. Stråkkvartetten hade tystnat, och tjänstefolket hade diskret dragit sig tillbaka till ytterkanterna av sällskapet. Allas blickar var fästa vid hertigen, vars uttryck bar en aning tillfredsställelse som Matthew fann intressant.

"Många av er känner till Sir Richard Bells rykte som en av Englands främsta hästuppfödare", fortsatte hertigen. "I dag har vi privilegiet att bevittna en uppvisning i klassisk ridkonst, framförd av Sir Richards dotter, fröken Clara Bell."

Ett sus av intresse gick genom skaran, och en rörelse längst bort i trädgården fångade Matthews uppmärksamhet. Han vände sig, liksom resten av sällskapet, för att se.

Clara syntes vid grinden som ledde från stallen, ridande damsadel på ryggen av den mest magnifika häst Matthew någonsin sett. Djuret var kritvitt, dess päls glänste som nysnö i eftermiddagssolen. Den rörde sig med en följsam grace som vittnade om oklanderlig härstamning och träning. På dess rygg satt Clara med perfekt hållning, ryggen rak, händerna höll tyglarna med en sådan finstämd kontroll att hon tycktes styra hästen enbart med tanken.

Borta var den gula muslinklänningen; Clara bar nu en ridkostym i djup skogsgrönt, kjolen artigt ordnad över benen. Håret var uppsatt under en liten hatt som matchade dräkten, en enda vit fjäder böjde sig elegant längs brättet. Fullkomligt samlad såg hon ut, ansiktet lugnt, blicken fäst framåt medan hon förde hästen mot samlingens mitt i en långsam, hög och uppdriven trav, som Matthew visste kallades *passage*. Han hade sällan sett det utföras, och aldrig i sitt liv sett det göras av en kvinnlig ryttare.

Hästen rörde sig med en precision som bara kunde komma av oräkneliga timmars träning. Halsen var stolt välvd, stegen höga och avsiktliga, som visade den muskulösa kraft som dolde sig i den eleganta kroppen. När Clara styrde den mot prinsregenten, märkte Matthew att han höll andan, fängslad av bilden de utgjorde, och blev sedan häpen när hon passerade honom av ytterligare en insikt: Clara red denna magnifika varelse barbacka, utan sadel. Det fanns inte ens en läderrem att se som omgav den ståtliga hästens kropp.

De samlade gästerna skingrade sig nästan andäktigt och skapade en gång som ledde rakt fram till där prinsen stod, hans vanliga uttryck av uttråkad överseende ersatt av genuint intresse. Clara stannade hästen på respektfullt avstånd från den kunglige gästen och gav sedan, med en rörelse så subtil att Matthew inte ens kunde urskilja den, något slags signal till djuret.

Som svar utförde hästen något som bara kunde beskrivas som en bugning. Den böjde elegant höger fram, sänkte huvudet i en perfekt reverens för prinsregenten och rörde vid marken med mulen framför hans fötter. Rörelsen var så avsiktlig, så kontrollerad, att djuret nästan verkade mänskligt i sin förståelse av den sociala etikett det uppförde.

Ett gemensamt häpnadens andetag drogs in av skaran. Claras ansikte förblev lugnt, men när hästen rätade upp sig efter bugningen, vidrörde den svagaste antydan till leende hennes läppar. Det var inte leendet hos någon som solade sig i beundran, utan den privata tillfredsställelsen hos en plan som fulländat fallit ut. I den stunden förstod Matthew att denna uppvisning inte var ett blott tidsfördriv; den var ett kalkylerat drag i ett större spel, ett där hans far uppenbart var en nyckelspelare.

Prinsregentens utrop av förtjusning spräckte den bedövade tystnad som sänkt sig över trädgården. "Magnifikt!" ropade han och slog ihop händerna som ett upprymt barn som fått en länge åtrådd leksak. "Helt enkelt magnifikt!" Hans rödblommiga ansikte strålade av belåtenhet när han steg fram, helt övergivande all fernissa av kunglig värdighet i sin iver att undersöka hästen närmare. "Jag har aldrig sett något liknande! Så perfekt dresserad! Så utsökt utfört!"

Hästen stod orörlig trots prinsens entusiastiska närmande. Med en grace som fick rörelsen att verka ansträngningslös satt Clara av, gled mjukt från hästens bara rygg och landade lätt på fötterna trots det långa fallet till marken, vilket fick Matthew att ta ett ofrivilligt steg fram, som om han hade kunnat nå henne för att fånga henne. Hon utförde en djup, fulländad nigning inför prinsregenten, med huvudet böjt i vördnad.

"Ers Kungliga Höghet", sade hon, klar och stadig i rösten, som bar över den nu tysta trädgården. "Jag har äran att skänka er denna häst som en gåva. Han heter Snowstar, en av Belle Havens finaste, och jag har tränat honom enligt de klassiska traditionerna, särskilt för ert nöje."

Prinsens ögon vidgades, hans uttryck var ren barnslig förtjusning. "Till mig? Denna enastående varelse är till mig?" Han sträckte ut handen för att smeka Snowstars hals, hans knubbiga fingrar nästan vördnadsfulla när de vidrörde den glänsande vita pälsen. Hästen stod helt stilla, utan att ens vrida på ett öra åt den ovana beröringen.

"Ja, Ers Höghet", bekräftade Clara. "Han är skolad i alla klassiska rörelser, inklusive kapriol, courbette och levad. Med ert tillstånd skulle det vara mig en ära att demonstrera hans färdigheter när det passar er."

"Min kära flicka", sade prinsen, varm av bifall, "ni måste absolut göra det. Vilken remarkabel gåva! Vilken remarkabel skicklighet!" Han vände sig till en sträng man som svävade vid hans armbåge. "Bloomfield, arrangemang måste omedelbart göras för denna magnifika varelses transport till Royal Mews. Och vi ska låta fröken Bell demonstrera dessa klassiska rörelser på Carlton House, kanske nästa vecka? Ja, en liten tillställning, utvalda gäster. Det kommer att bli vad hela London talar om!"

Hovmannen bugade stelt. "Genast, Ers Höghet."

Matthew betraktade detta meningsutbyte med växande insikt. Den strategiska briljansen i alltihop höll på att klarna. En gåva värdig en kung, eller åtminstone en prinsregent, framförd med skicklighet och grace av en ung kvinna vars börd annars kunde ha begränsat hennes utsikter i sällskapslivet. Och hans far hade orkestrerat allt, från den omsorgsfulla odlingen av familjen Bells plats i societeten till denna kulmination inför Londons mest inflytelserika personer.

Hertigen stod i närheten, med ett uttryck av stilla tillfredsställelse när han betraktade scenen. Det fanns något faderligt i hans blick där den vilade på Clara, en stolthet som gick bortom framgången för en social strategi. Matthew hade sett den blicken förr, men sällan riktad mot honom själv. Det var en fars blick när han ser sitt barn briljera, och den rörde upp frågor i Matthews sinne som aldrig tidigare fallit honom in.

Kunde det finnas en djupare förbindelse mellan hans far och familjen Bell? Något mer personligt än en blott bekantskap? De årliga resorna till Hampshire fick plötsligt mening om hertigen hade besökt Belle Haven, men varför hemlighetsmakeriet? Varför hade hans far aldrig talat om sin relation till Sir Richard Bell och hans familj?

Medan prinsen fortsatte att beundra Snowstar, började de andra gästerna röra på sig, och sorlet återupptogs i en upprymd brusning. Matthew märkte hur tonläget i viskningarna hade förändrats. Där det tidigare funnits artig nyfikenhet på familjen Bell, fanns nu livligt intresse, särskilt för Clara.

”Vem är denna enastående unga kvinna?” frågade Lady Jersey högt, utan att bry sig om att sänka rösten när hon tilltalade grevinnan av Bridgnorth, som också log självtillfreds – och vad var Bridgnorths koppling till familjen Bell? Ännu en gammal och djupt aristokratisk familj, uppenbart angelägen om att se fröken Clara Bell bli Londons nya gunstling. Mysteriet fördjupades.

”Fröken Clara Bell, Sir Richard Bells dotter”, svarade grevinnan. ”En anmärkningsvärd familj alltigenom. Sir Richard föder upp de finaste hästarna i Hampshire, kanske i hela England.”

”Flickan har en ovanlig gåva”, förkunnade Lord Haversham, den äldre hästentusiasten Matthew sett tala med Clara tidigare. ”Att lära en häst att buga så där! Och såg ni hennes sits, utan ens en sadel? Fullständig balans, fullständig kontroll. Jag har inte sett sådan ridkonst på tjugo år, och aldrig av en kvinna!”

”Och sådan utstrålning”, lade en annan dam till. ”Inte minsta spår av nervositet inför prinsen. De flesta unga damer hade blivit överväldigade.”

Gästerna hade börjat samlas kring Clara, som nu stod omgiven av beundrare, med handen fortfarande lätt vilande på Snowstars hals medan hon besvarade frågor med samlad värdighet. Förvandlingen av hennes sociala ställning skedde inför Matthews ögon, en fjäril som trädde ur sin puppa rakt ut i kungligt solsken.

Och allt hade noggrant planerats, insåg Matthew. Hästens skolning, uppvisningen på hans fars trädgårdsbjudning, tidpunkten under Little Season när societeten törstade efter nya förströelser – allt var beräknat för att lansera Clara Bell i societeten med största möjliga fördel. Men varför skulle hans far ta ett sådant intresse för hennes framtid? Om det inte fanns någon förbindelse, någon förpliktelse som band hertigen till familjen Bell?

Hertigen rörde sig nu genom folkmassan och tog emot gratulationer till den lyckade underhållningen, som om det bara varit en trevlig förströelse ordnad för gästernas nöje. Men Matthew såg den omsorgsfulla uppmärksamhet hans far ägnade åt hur Clara togs emot, det subtila sätt på vilket han ledde inflytelserika gäster mot henne med ett ord eller en gest.

"Sannerligen en triumf för er far", sade en röst vid Matthews armbåge. Han vände sig om och fann Lord Carroway, den unge mannen som hade dansat med Clara på Lady Caldwells bal. "Fast jag måste erkänna att jag är förbryllad över hans intresse för familjen Bell. Känner ni till kopplingen?"

"Jag är rädd att jag inte gör det", medgav Matthew och studerade den andres ansikte. "Ni tycks själv vara rätt intresserad, Carroway."

Den unge lorden ryckte elegant på axlarna. "Fröken Bell är en fascinerande ung dam. Vacker, begåvad och nu i besittning av prinsregentens gunst. Och hennes far må vara en enkel knight, men alla har hört talas om Belle Haven och dess hästar; han måste vara en av de rikaste männen i England vid det här laget. Ingen har ännu redogjort för storleken på hennes hemgift, men jag skulle tro att den är högst ansenlig. Man vore en narr om man inte lade märke till en ung dam med såväl förmögenhet som förbindelser."

Matthew kände en oväntad stickande irritation över den nonchalanta värderingen. "Otvivelaktigt", sade han kallt. "Fast jag misstänker att det finns mer hos fröken Bell än hennes sociala fördelar."

Carroway höjde på ögonbrynen. "Kanske det. Jag ämnar ta reda på det själv. Jag har redan begärt första dansen på Almack's i morgon kväll." Med en lätt bugning drog han sig undan och lämnade Matthew med den obehagliga känslan av att på något vis ha blivit utmanövrerad.

Tanken föll dock snabbt i glömska när Matthew fick syn på sin far på väg mot Sir Richard. De två männen skakade kort hand, ett utbyte av gratulationer eller kanske tacksamhet passerade mellan dem. Det fanns en förtrolighet i gesten som vittnade om lång bekantskap, rentav vänskap. Och åter undrade Matthew över hemligheten som hans far hade bevarat i så många år.

Folkmassan kring Clara hade glesnat något när några gäster följde prinsregenten, som nu leddes av den kunglige hovmannen för att i lugnare hörn av trädgården betrakta Snowstar närmare. Clara stod lite avsides och tog emot de kvarvarande gästernas komplimanger med nådiga nickar och korta svar. Hennes självbehärskning var anmärkningsvärd för en så ung, hennes manér vare sig överdrivet stolta eller falskt blygsamma.

Som om hon kände Matthews blick på sig, såg hon plötsligt upp, och hennes gröna ögon fann hans tvärs över trädgården. I ett ögonblick betraktade de varandra i tystnad, och Matthew såg i hennes uttryck en komplex blandning av triumf, lättnad och något som kunde vara en utmaning. Sedan kröktes hennes läppar i ett litet, privat leende, inte den artiga sällskapsmin hon erbjudit andra, utan något mer äkta, mer avslöjande.

Det var leendet hos en kvinna som tagit en beräknad risk och sett den löna sig rikligt. En kvinna som använt de medel hon haft till hands – sin skicklighet och sin intelligens – för att placera sig själv längst fram i Londons societetsliv, inom blott några veckor efter sin ankomst till staden.

Hon höll hans blick ett ögonblick till, vände sig sedan bort när Lady Jersey kom fram för att göra anspråk på hennes uppmärksamhet. Men det korta utbytet hade förskjutit något i Matthews sätt att se henne. Gåtans svar om hans fars koppling till familjen Bell återstod, men den hade nu överlagrats av en ny och brännande fråga: vem var egentligen Clara Bell, bortom den omsorgsfullt presenterade fasad hon visade societeten?

Det var en fråga som Matthew plötsligt fann sig ivrig att besvara. Och medan han såg henne röra sig med fullkomligt självförtroende bland Londons elit, beslöt han sig för att ta reda på sanningen – inte bara för att stilla sin nyfikenhet över faderns hemliga resor, utan för att förstå den anmärkningsvärda unga kvinna som fångat hans intresse som ingen annan hade lyckats göra.

Kapitel fyra

Clara Bell hade aldrig kunnat föreställa sig den rusning av belåtenhet som följde med att träda in i Almack's Assembly Rooms och upptäcka att dussintals blickar genast vändes mot henne. Hon stannade ett ögonblick på tröskeln, med rak rygg och lyft haka, och lät blicken svepa över Londons mest exklusiva mötesplats, där kristallkronorna spred gyllene ljus över den krämfärgade och förgyllda inredningen. För bara tre dagar sedan hade hon varit ännu en debutant som hoppades på acceptans; nu var hon "flickan med den vita hästen", viskningar följde henne när hon tillsammans med Theresa rörde sig in i salen, hennes omsorgsfullt utvalda klänning i blekgrön siden som prasslade mjukt för varje steg.

”Där, ser du?” viskade Theresa, hennes goda ansikte strålande av stolthet. ”Jag sa ju att prinsregentens ynnest skulle ändra allt.”

Clara nickade och behöll ett behagligt samlat uttryck trots den inre kittlingen av triumf. ”Jag måste medge att jag inte väntade mig så omedelbara resultat.”

”Din far och jag är så stolta”, sa Theresa och kramade försiktigt hennes arm. ”Och hertigen av Allanworth verkar också synnerligen belåten.”

När hertigen nämndes följde tankar på hans son, och Clara sköt dem bestämt åt sidan. Lord Whitmore hade betraktat henne på tok för intensivt på trädgårdsfesten, hans mörka ögon följde varje rörelse hon gjorde. Hon tvivlade inte på att han mindes deras möte vid floden i fullständig detalj, trots hennes försök att förneka det, och hon kunde bara hoppas att han skulle behålla sin diskretion offentligt.

Innan Clara hann försjunka mer i saken stod Lord Carroway plötsligt framför dem och bugade med övad elegans. Han var en stilig ung man, kanske fem och tjugo, med moderiktigt friserat ljust hår och ett leende som blottade utmärkta tänder.

”Fröken Bell”, sa han och rätade på sig. ”Ni ser förtrollande ut i kväll. Jag tror att ni lovade mig den första dansen?”

Clara lade märke till värmen i hans blick, så mycket mer uttalad än på Lady Caldwells bal. ”Jag är hedrad över att ni mindes, mylord”, svarade hon och tog hans erbjudna arm efter en kort, uppmuntrande nick från Theresa.

När Lord Carroway förde henne mot dansgolvet kände Clara tyngden av många blickar på sig. Samtalsfragment drev till hennes öron: "enastående kontroll över den där magnifika hästen" och "prinsen var fullständigt fängslad" och, oftast av alla, "flickan med den vita hästen".

"Ni har blivit kvällens stora sensation, fröken Bell", konstaterade Lord Carroway när de intog sina platser för kotilljonen. "Man kan inte gå någonstans utan att höra berättelser om er remarkabla ridkonst."

"Ni är alltför vänlig, mylord", svarade Clara och behöll sitt blygsamma uttryck även om en tillfredsställelse spirade inom henne. "Jag överräckte bara Hans Kunglig Höghet en gåva som speglade Belle Havens finaste traditioner."

"Sådan blygsamhet", sa han med ett uppskattande leende. "Fast jag misstänker att det inte var något 'bara' med att lära en häst att buga för kungligheter. Jag har aldrig sett något liknande, och det har ingen annan heller, såvitt jag har förstått."

Musiken började, och Clara rörde sig genom dansens steg med noggrann precision, smärtsamt medveten om att varje rörelse iakttogs och bedömdes. Lord Carroway dansade väl, hans hand lätt på hennes när figurerna förde dem samman. Under hela omgången höll han en ström av komplimanger och iakttagelser vid liv som Clara besvarade på passande vis, samtidigt som hon noga avläste omgivningens reaktioner.

När dansen var slut förde Lord Carroway henne tillbaka till salens sida där Theresa samtalade med Lady Bridgnorth. "Jag hoppas att jag får be om ännu en dans senare i kväll", sa han, och hans blick dröjde vid hennes ansikte.

”Kanske”, svarade Clara med ett avvägt leende. ”Mitt kort är ännu inte fullt.”

Han bugade igen och drog sig tillbaka, och lämnade Clara att fundera över den tydligt ökade uppmärksamhet han visade henne. Innan hon hann diskutera denna utveckling med Theresa, hördes dock en ny röst vid hennes sida.

”Fröken Bell, jag måste helt enkelt få lära känna er ordentligt.”

Clara vände sig om och stod plötsligt inför den mest slående unga kvinna hon någonsin sett. Lång och slank, med glänsande mörkt hår arrangerat i en utsökt frisyr som säkert krävt timmar av en kammarjungfrus omsorger, betraktade den unga damen Clara med remarkabla safirblå ögon. Hennes klänning i djupblått siden kom uppenbart från en av Londons främsta modister, den fina silverbrodyren fångade ljuset vid minsta rörelse. Bredvid henne kände sig Clara plötsligt medveten om sin egen jämförelsevis enkla klänning, även om den omsorgsfullt valts för att smickra hennes ljusa färger.

”Jag är Lady Virginie de Mortimer”, fortsatte den unga kvinnan med en utdragen, aristokratisk ton som på något vis genast krävde uppmärksamhet. ”Dotter till Earlen av Westbourne. Er ridkonst på hertigen av Allanworths trädgårdsfest var det mest fascinerande jag har bevittnat på tre säsonger.”

”Ni är mycket vänlig, Lady Virginie”, svarade Clara och gjorde en liten nigning. ”Det gläder mig att göra er bekantskap.”

"Åh, nöjet är helt och hållet mitt", försäkrade Virginie och hakade sin arm i Claras med förvånande familjäritet. "Ni måste absolut träffa mina särskilda vänner. De är alla förtvivlat angelägna om att lära känna er bättre."

Innan Clara hann formulera ett svar fann hon sig föras tvärs över rummet mot en liten grupp elegant klädda unga personer. Virginies grepp var mjukt men bestämt, utan att tillåta motstånd, och Clara lät sig ledas, medveten om att just sådan uppmärksamhet från en earls dotter var precis den typ av socialt avancemang som hennes Plan var utformad för att åstadkomma.

"Allihop", tillkännagav Virginie för gruppen, "det här är fröken Clara Bell, den extraordinära ryttarinnan som fängslade prinsregenten i går. Clara, min kära, det här är mina käraste vänner."

Presentationerna flöt förbi i en virvel av titlar och namn: den hedervärda fröken Winslow, vars far var någon sorts diplomat; Lord Henry Fitzroy, son till markisen av Exeter; fröken Amelia Cavendish, vars farfars far hade varit hertig; Lady Persephone Pemberton, ännu en earls dotter, och flera andra vars detaljer Clara gjorde sitt bästa för att lägga på minnet.

"Vi var allesammans alldeles betagna av er uppvisning", utbrast fröken Winslow. "Vilken skicklighet! Vilken utstrålning! Och att rida utan sadel, inför prinsregenten själv! Jag skulle ha dött av skräck."

"Sannerligen anmärkningsvärd fattning", tillade Lord Henry. "De flesta unga damer skulle darra av att vara föremål för så mycket uppmärksamhet, särskilt från kungligt håll."

Clara kände en märklig blandning av stolthet och försiktighet när hon tog emot deras komplimanger. Bekräftelsen av hennes färdigheter var tillfredsställande, men det var något i sättet de studerade henne på, som om hon vore ett fascinerande nytt exemplar på utställning, som gjorde henne på sin vakt.

"Fröken Bell stannar väl i London resten av lilla säsongen?" frågade Virginie, och hennes utdragna ton fick frågan att låta nästan lättjefull.

"Jo, min far har hyrt ett hus vid Hanover Square", bekräftade Clara.

"Utmärkt", förklarade Virginie. "Då får vi hoppas att vi ser mycket av varandra. Stan kan vara så förfärligt trist utan nya ansikten som livar upp den."

Clara höll på att formulera ett passande svar när hon märkte hur en krusning av reaktion gick genom gruppen. När hon såg upp förstod hon orsaken: Lord Whitmore närmade sig, hans höga gestalt drog blickarna till sig även i denna aristokratiska samling. Hans mörka ögon fann hennes genast, med den där välbekanta, retfulla glimten i djupet som fick hennes hjärta att slå ett ögonblick snabbare.

"Fröken Bell", sa han och bugade för henne. "Jag hoppas att ni har nöje av Almack's berömda tillställning."

"Lord Whitmore", svarade hon och höll rösten stadig. "Ja, verkligen. Sällskapet är synnerligen underhållande."

"Whitmore, älskling!" utropade Virginie, och hela hennes uppträdande förvandlades till något mer livfullt, mer avsiktligt förföriskt. Hon sträckte ut handen och rörde vid hans arm med obesvärad intimitet. "Så alldeles förträffligt att se dig här. Jag började frukta att du skulle göra oss alla besvikna genom att stanna i kortspelsrummet hela kvällen."

"Lady Virginie", svarade han med en mindre djup bugning än den han erbjudit Clara. "Jag försäkrar er, inget kunde hålla mig borta från kvällens nöjen, särskilt inte när jag visste att fröken Bell skulle närvara."

Clara kände hur en rodnad hotade stiga vid denna direkta antydan om deras bekantskap. Virginies safirögon for mellan dem, något uträknande i blicken.

"Ni känner fröken Bell?" frågade hon, lätt till tonen men på något vis sonderande.

"Vi har haft nöjet att mötas tidigare", bekräftade Matthew, blicken alltjämt fäst vid Clara. "Om än under ganska andra omständigheter."

"Så fascinerande", mumlade Virginie. Hon gled omärkligt närmare Matthew, en gest så besittande att Clara fann den både upplysande och märkligt irriterande. "Du måste berätta allt. Jag älskar en bra historia."

"Jag fruktar att det inte skulle intressera er nämnvärt", sköt Clara snabbt in. "Ett tillfälligt möte utan större betydelse."

"Det skulle jag inte påstå", svarade Matthew, hans läppar drog sig till ett halvt leende. "Det gjorde sannerligen intryck på mig."

Clara behöll fattningen med ren viljestyrka, medveten om att Virginie följde detta meningsutbyte med skarp nyfikenhet. "Lord Whitmore är alltför vänlig", sa hon.

Orkestern började stämma för nästa dans, och Virginies uppmärksamhet skiftade omedelbart. "Åh, gavotten! Whitmore, du måste dansa med mig."

När Virginie drog med sig Matthew mot dansgolvet såg Clara dem försvinna med en egendomlig känsla av olust. Lady Virginie var uppenbart van vid att befalla över uppmärksamhet och beundran, särskilt männens. Ändå hade hon utsett Clara till vän, trots Claras relativt enkla bakgrund.

Frågan var varför, och vad det kunde betyda för Claras omsorgsfullt uppbyggda Plan.

Earlen av Westbournes Londonresidens reste sig imponerande på en av Mayfairs mest fashionabla torg, möjligen av en slump precis granne med Allanworth House, platsen för Claras triumf med Snowstar. Inte undra på att Lady Virginie var så förtrogen med Lord Whitmore, tänkte Clara. De var grannar! Clara steg ur vagnen, och hennes kammarjungfru Benson följde diskret efter när hon gick uppför de breda trappstegen till den blänkande svarta dörren. En livréklädd lakej släppte in dem, med ett uttryck så perfekt neutralt att det lika gärna kunde ha varit hugget ur samma sten som huset självt.

"Fröken Bell för att träffa Lady Virginie", tillkännagav Clara med vad hon hoppades var passande nonchalans, som om hon blev inbjuden att besöka earls döttrar var dag.

”Den här vägen, miss”, intonerade lakejen och ledde henne genom en entréhall med marmorgolv. Benson ombads vänta i ett förmak medan Clara följde lakejen djupare in i huset, förbi nischer med klassiska byster och väggar prydda med målningar i förgyllda praktramar.

Salongen hon visades in i verkade särskilt utformad för att övertyga besökare om familjen Westbournes upphöjda börd och rikedom. Clara befann sig i ett rum av andlöst överdåd, där solsken föll in genom höga fönster draperade i tungt siden och belyste möbler som tycktes valda mer för sin skönhet än för sin bekvämlighet. Förgyllda porträttramar kantade väggarna, förfäder med strama ansikten i utsirade dräkter blickade ner med aristokratisk föraktfullhet. En porslinssamling som skulle göra museer avundsjuka stod uppställd i vitriner, och en matta med så intrikat mönster och rika färger att Clara tvekade att kliva på den täckte golvet.

”Lady Virginie kommer strax”, meddelade lakejen innan han drog sig tillbaka och lämnade Clara ensam mitt i prakten.

Hon rörde sig försiktigt till en nätt stol klädd i ljusblått siden och slog sig ner på kanten hellre än att riskera att lägga hela sin tyngd på den. Familjen Bells hyrda hus vid Hanover Square, hur respektabelt det än var, tedde sig plötsligt direkt provinsiellt i jämförelse. Till och med Belle Haven, med sina bekväma, välmöblerade rum fyllda av generationers samlade ägodelar, saknade denna överväldigande känsla av dynasti och avsiktlig rikedomsexponering.

"Clara, min kära!" Virginies utdragna röst föregick henne in i rummet. Hon gled fram, en vision i en morgonklänning av lavendelfärgat siden, hennes mörka hår arrangerat i en konstfullt enkel frisyr som Clara misstänkte tagit kammarjungfrun mer än en timme att åstadkomma. "Så förtjusande att ni kom. Jag har varit fullständigt desperat efter sällskap i dag."

"Tack för inbjudan, Lady Virginie", svarade Clara och reste sig för att ta emot luftkyssen som Virginie placerade någonstans i närheten av hennes kind. "Ert hem är rent av magnifikt."

"Åh, det här gamla stället", avfärdade Virginie med en nonchalant handrörelse, även om hennes ögon glänste av belåtenhet över Claras uppenbara beundran. "Man blir rätt blind för det med tiden. Slå er ner, var en ängel. Teet kommer strax."

Som på given signal kom två lakejer in med en silverbricka med en tekanna av utsökt hantverk, åtföljd av nätt porslin som såg så genomskinligt ut att Clara fruktade att det skulle splittras vid minsta beröring. En tredje lakej följde efter med ett fat små bakelser arrangerade med matematisk precision.

"Pappa insisterar på att hålla alldeles för många tjänare", förtrodde Virginie när lakejerna utförde sina sysslor med militärisk precision. "Men man måste ju upprätthålla anständiga fasader, eller hur?"

Clara mumlade instämmande och tog emot en kopp som kändes lika skör som ett äggskal i händerna. Fyra dagar hade gått sedan deras möte på Almack's, under vilken tid Virginie hade skickat över en elegant skriven inbjudan till te som Clara knappast hade kunnat avböja utan att väcka anstöt. Trots sin kvarvarande försiktighet kunde Clara inte förneka den sociala fördelen i att ses som en särskild vän till Earlen av Westbournes dotter.

"Jag har tänkt tala med er om något ganska så specifikt", sa Virginie när lakejerna dragit sig tillbaka. Hon lutade sig en aning framåt, sänkte rösten som om hon delade en förtrolig hemlighet. "Det rör hästar, och därför tänkte jag genast på er."

"Jaså?" sa Clara och tog en klunk te, njöt av blandningens kvalitet. För Westbourne-familjen dög inget annat än det bästa, anade hon.

"Ja. Ser ni, pappa är själv en passionerad hästkarl. Till min födelsedag förra månaden gav han mig en rätt magnifik brun valack." Virginie suckade dramatiskt. "Problemet är att besten är en smula för het för att jag ska kunna hantera honom ordentligt."

"Jag förstår", sa Clara försiktigt. "Kanske vore en annan ridhäst mer lämplig för era behov?"

"Åh, det går bara inte!" Virginie såg uppriktigt förfärad ut vid förslaget. "Papa valde Pegasus just på grund av hans blodslinjer. Han är fruktansvärt stolt över att ha fått honom från Lord Harringtons stall. Om jag skulle medge att jag inte kunde hantera honom..." Hon lät rösten dö bort, med ett plågat uttryck. "Father skulle bli så besviken om han fick veta att jag inte klarar det. Han har sådan tilltro till mina ridkunskaper."

Clara nickade, och började förstå åt vilket håll samtalet drog. "Det är en svår sits."

"Jag tänkte kanske..." Virginie tvekade, sträckte sig sedan impulsivt fram och vidrörde Claras hand. "Ni är den enda som kan hjälpa utan att få mig att se dum ut. Om någon kan hjälpa mig att bemästra Pegasus, så är det ni."

Clara kände hur en rodnad av belåtenhet steg vid denna bekräftelse av hennes färdigheter, även om försiktigheten viskade i bakhuvudet. Det var något nästan alltför perfekt med Virginies vädjan till både hennes kunnande och hennes medkänsla.

"Jag hjälper gärna så gott jag kan", sa Clara. "Men jag kan inte lova något innan jag sett hästen och förstått hans lynne."

"Självklart, självklart", instämde Virginie ivrigt. "Skulle ni möjligtvis kunna möta mig i Hyde Park i morgon bitti? Jag försöker motionera Pegasus tidigt, innan de mondäna dyker upp, ifall jag gör bort mig. Säg, klockan åtta?"

"Det passar", höll Clara med.

"Klockan åtta vid ingången vid Serpentine, då. Den tidiga timmen borde ge oss relativ avskildhet för er undervisning."

När deras te var urdrucket och Clara reste sig för att gå, följde Virginie henne till salongens dörr. "Jag ser så fram emot i morgon", sa hon, och stannade sedan som slagen av en plötslig tanke. "Åh, jag kom just på något ni kanske vill veta, även om det inte rör mig, förstås."

"Ja?" frågade Clara, genast på sin vakt inför Virginies alltför lediga ton.

"Vår granne Lord Whitmore rider ofta i parken vid den tiden", sa Virginie och studerade Claras ansikte med skarpa ögon. "Han är mycket trogen sin morgonmotion, oavsett väder. Fast jag är säker på att ni kommer att vara alldeles för upptagen av att hjälpa mig med Pegasus för att lägga märke till någon annan."

Clara höll med ansträngning ansiktet neutralt. "Som ni säger, kommer vi att vara fullt sysselsatta med er häst. Lord Whitmores närvaro eller frånvaro är utan betydelse."

"Självklart, självklart", instämde Virginie med ett leende som inte riktigt nådde ögonen. "Jag tänkte bara nämna det, eftersom ni verkade ha någon tidigare bekantskap med honom. Ganska mystiskt, det där. Ni måste berätta historien för mig någon gång."

"Det finns inte mycket att berätta", svarade Clara jämnt. "God dag, Lady Virginie. Till i morgon."

När hon gick nedför den stora trappan för att hämta Benson, var Claras tankar i upplösningstillstånd. Virginies omnämnande av Matthew kunde inte vara en slump, lika lite som hennes uppenbara intresse för arten av deras bekantskap. Var denna vänliga invit rörande hästen bara ett svepskäl för att få veta mer om Claras koppling till markisen? Och i så fall, varför skulle Virginie bry sig?

Om inte, tänkte Clara när hon klev ut i den klara eftermiddagssolen, sträckte sig Virginies intresse för Lord Whitmore bortom den lättsamma flört som visats på Almack's. Kanske hade Earlen av Westbournes dotter siktet inställt på att bli framtida hertiginna av Allanworth, och såg Clara som en möjlig rival; en skrattretande tanke.

Clara beslöt att gå fram med försiktighet. Hennes Plan hade aldrig innefattat att trassla in sig i aristokratiska romantiska intriger. Hon kunde bara hoppas att vad än för spel Virginie ägnade sig åt inte skulle störa hennes egna omsorgsfullt uppgjorda planer.

Morgondimman klamrade sig fast vid gräset i Hyde Park som en skir slöja, mjukade upp de uråldriga trädens konturer och gav landskapet en nästan overklig lyster. Clara drog kappan tätare om axlarna mot den tidiga kylan medan hon styrde Guinevere längs stigen som ledde mot Serpentine. Det svarta stoet rörde sig med den flytande grace som var typisk för Belle Havens avel, hovarna gav dova dunsar mot den fuktiga marken. Efter dem red en stallknekt, en stadig närvaro vars sällskap anständigheten krävde under denna tidiga morgonritt. Parken var till stor del öde vid denna timme, fridfull på ett sätt den aldrig var under den mondäna eftermiddagspromenaden, och Clara drog djupt efter andan och njöt av de välbekanta dofterna av häst, läder och gräs som påminde henne om hemmet.

När de närmade sig den överenskomna mötesplatsen fick Clara syn på Virginie, redan väntande, en smärt gestalt till fots i en utsökt skuren ridkostym i djupt vinrött som fick Claras praktiska marinblå att verka nästan enkel i jämförelse. Bredvid henne stod en ståtlig fuxbrun valack, hållen av en knekt i Westbournes livré. Hästens andedräkt syntes i den svala morgonluften, små moln av ånga som löstes upp i dimman.

”Clara, älskling!” ropade Virginie och vinkade med en behandskad hand. ”Så förfärligt punktlig du är. Jag kom själv alldeles nyss.”

Clara satt av med van övning, räckte över Guineveres tyglar till sin knekt och gick fram. ”God morgon, Lady Virginie. Och detta måste vara Pegasus.”

Hon närmade sig den fuxbruna med det lugna självförtroende som den gör som hanterat otaliga hästar. Valacken var sannerligen ett fint exemplar, med stark bakdel och en stolt båge på halsen, men när Clara kom närmare noterade hon att det vita i ögat syntes och att öronen fladdrade nervöst fram och tillbaka. Han skiftade oroligt vikt när hon kom, med näsborrar som vidgades.

”Han är magnifik”, sa Clara och lät hästen få hennes doft innan hon rörde vid honom. ”Lord Harringtons stall har mycket gott rykte. Vad är han för härstamning?”

”Tre fjärdedelar fullblod, en fjärdedel arab, eller så sa Papa”, svarade Virginie och höll märkbart avstånd till sin häst. ”Han har imponerande blodslinjer, vilket är varför Father var så angelägen om att skaffa honom till mig. Men jag tycker han är rätt ohanterlig emellanåt.”

För att visa vad hon menade klev Virginie fram och tog tyglarna från sin knekt. Omedelbart kastade hästen med huvudet och krängde nervöst undan. ”Där ser ni?” sa Virginie, med rösten på väg upp. ”Han är fullkomligt omöjlig! Jag kan knappt komma nära honom, än mindre rida med någon slags trygghet.”

Clara iakttog samspelet med ett professionellt öga och lade märke till hur Virginies egen spänning förmedlade sig direkt till hästen. Valacken var nog inte svår i sig, misstänkte hon, utan svarade mest på ryttarinnans oro.

"Får jag?" frågade Clara och höll ut handen efter tyglarna.

"Åh, gör det", släppte Virginie taget med tydlig lättnad. "Jag är rådlös med honom."

I samma ögonblick som tyglarna låg i Claras hand började hon tala till Pegasus med låg, jämn röst, samma ton som hon använt för att lugna oräkneliga nervösa hästar på Belle Haven. "Nå, vad är det här för ståhej? Du är en stilig herre, eller hur? Stark och klok, det ser jag."

Den fuxbrunas öron spetsades vid hennes röst och hans rastlösa skiftande lugnade sig något. Clara lät händerna löpa över hans hals och manke och kände hur spänningen i musklerna gradvis släppte under hennes beröring. Hon rörde sig med avsiktliga, obekymrade rörelser, så att hästen fick vänja sig vid hennes närvaro och doft.

"Jag tror att det vore hjälpsamt om jag red honom själv", föreslog Clara och vände sig tillbaka till Virginie. "På så vis kan jag bättre bedöma hans lynne och reaktioner. Skulle ni vara bekväm med att rida Guinevere så länge? Hon är mycket välskolad, ni kommer inte ha några svårigheter med henne."

"Vilken utmärkt idé", höll Virginie villigt med och såg på den lugnt väntande svarta märren med uppenbar lättnad. "Fast jag varnar er, Pegasus kan vara ganska egen när man sitter upp."

De bytte hästar, och Claras knekt hjälpte henne upp på Pegasus medan Virginie fick hjälp upp på Guinevere. Skillnaden i hästarnas uppträdande blev genast tydlig: där

Guinevere stod tålmodigt och accepterade en ny ryttare utan bekymmer, dansade Pegasus i sidled i samma stund som Claras tyngd satte sig i sadeln.

Clara satt djupt, med rak rygg och stadiga händer om tyglarna. Hennes kroppsspråk förmedlade lugn auktoritet, och inom några ögonblick började den fuxbruna svara, hans fladdrighet lade sig när han kände sin nya ryttares säkerhet. Hon gav ett milt tryck med skänkeln och Pegasus gick framåt, stegen blev allt mer avmätta för varje tag.

"Nyckeln med en temperamentsfull häst som Pegasus", förklarade Clara medan hon förde valacken i cirkel runt Virginie och Guinevere, "är att vara konsekvent och lugn. Hästar är oerhört känsliga för sina ryttares känslor. Om man närmar sig med oro, speglar hästen den känslan."

Hon visade en serie enkla övergångar, bad Pegasus skritta, sedan trava, för att därefter återgå till skritt, med subtila viktförskjutningar och varsamt tygelstöd. Den fuxbruna svarade förträffligt, hans tidigare nervositet ersattes gradvis av uppmärksam lydnad.

"Du får det att se så lätt ut", förundrades Virginie där hon satt på Guinevere. "Han är som en annan häst med dig."

"Han är faktiskt ganska välskolad", konstaterade Clara. "Hans reaktioner är korrekta och snabba när han väl förstår vad som begärs. Jag misstänker att hans uppförande med er bottnar mer i osäkerhet än i något verkligt temperamentfel."

Hon visade hur man korrekt ger hjälpen för övergång från trav till galopp när ljudet av närmande hovslag fångade hennes uppmärksamhet. Clara lyfte blicken och såg en välbekant gestalt träda fram ur morgondimman: Matthew Whitmore till häst på sin fuxbruna fullblodsvallack, Ajax. Hästens päls glänste av lätt svett efter nylig motion, vilket antydde att Matthew ridit en god stund redan.

"Fröken Bell", ropade han när han kom fram. "Vilken angenäm överraskning att finna er här."

Clara tog tillbaka Pegasus till halt och behöll fattningen trots att hjärtat tog ett skutt. "Lord Whitmore", bekräftade hon med en nick. "God morgon."

"Whitmore!" utbrast Virginie med omisskännlig glädje. "Vilken tur! Jag sa just till Clara i går att du ofta rider här den här tiden."

Matthew förde Ajax intill dem, och hans mörka ögon tog in scenen med tydligt intresse. "Det gör jag verkligen. Parken är som bäst innan societeten väller in." Hans blick dröjde vid Clara på Pegasus. "Jag ser att ni delar med er av er betydande skicklighet, fröken Bell; jag tror mig ha sett Lady Virginie rida den hästen tidigare."

"Lady Virginie bad om lite hjälp med sin ridhäst", förklarade Clara, smärtsamt medveten om hans granskning. "Vi höll just på med några övningar."

"Whitmore, du måste helt enkelt slå följe med oss", insisterade Virginie och manövrerade Guinevere mellan Clara och Matthew med en skicklighet som motsade hennes påstådda brist på ridförmåga. "Clara har varit fullkomligt mirakulös med Pegasus. Du skulle inte tro förvandlingen."

Clara lade märke till hur Virginies hand vilade kort på Matthews arm när hon talade, en vardaglig beröring som ändå förmedlade en förtrolig ton. Virginies placering skilde nu kroppsligen Clara från Matthew, en uppställning som kändes avsiktlig snarare än tillfällig.

"Det har jag inga svårigheter att tro", svarade Matthew, fortfarande med blicken på Clara. "Fröken Bell har en anmärkningsvärd hand med hästar, som halva London har bevittnat."

Clara kände en värme stiga vid hans ord, men höll ansiktet neutralt. "Ni överdriver mina förmågor, min herre. Pegasus är en välavlad häst med god grundutbildning. Han behövde bara en säker hand."

"Och nu måste du visa mig precis hur jag ska göra", sköt Virginie in, och vände sig mot Clara med ett uttryck av uppriktig uppmärksamhet som inte helt dolde beräkningen i hennes ögon. "Whitmore kan också se på och säga om jag följer dina instruktioner rätt."

Under nästa kvarts timme demonstrerade Clara olika tekniker för att hantera en livlig häst, medan Virginie och Matthew såg på med uppmärksamhet. Hela tiden höll Virginie sig placerad mellan dem och styrde skickligt samtalet så att varje utbyte mellan Clara och Matthew förblev kort och opersonligt.

"Jag tror att ni nu har grunderna", sa Clara till sist, satt av från Pegasus och lämnade tillbaka honom till Virginies knekt. "Med regelbunden träning och konsekvent hantering borde ni finna honom betydligt mer lätthanterlig."

"Ni har varit oerhört hjälpsam", utbrast Virginie och satt också av för att ta tillbaka sin hästs tyglar. "Jag känner mig mycket säkrare redan. Tycker du inte att Clara är helt mirakulös med hästar, Matthew?"

"Sannerligen", höll han med, med en eftertänksam min när han betraktade Clara. "En sällsynt talang."

"Detta måste vi göra igen", fortsatte Virginie och flyttade sig omärkligt närmare Matthew medan hon talade. "Kanske senare i veckan? Fast jag förstår att du ska visa Snowstars färdigheter för prinsregenten på Carlton House i morgon, eller hur, Clara? Så spännande det måste vara."

"Ja", bekräftade Clara. "Hans kungliga höghet uttryckte intresse för att se Snowstars klassiska skolning demonstrerad."

"Jag kommer själv att vara där", anmärkte Matthew. "Min far fick en inbjudan och bad mig följa med honom."

"Hur förtjusande", utropade Virginie. "Då ses vi alla igen mycket snart. Jag ser så fram emot det."

"Till i morgon, fröken Bell", sa Matthew när de skildes, med så låg röst att Virginie, som nu talade med sin knekt, inte kunde höra. "Jag ser fram emot att få se er och Snowstar visa ert kunnande för Prinsen."

"Tack, min herre", svarade Clara och höll på den formella korrektheten trots värmen i hans blick. "Jag hoppas att det blir ett underhållande tidsfördriv för alla inblandade."

När hon red tillbaka mot Hanover Square fann Clara sig själv begrunda morgonens händelser. Lord Whitmore tycktes dyka upp var hon än befann sig, med sina mörka ögon som följde henne med den där märkliga blandningen av munterhet och intresse. Var det bara en tillfällighet, eller något mer avsiktligt? Och hur var det med Virginies uppenbara beslutsamhet att vara där Matthew var, samtidigt som hon odlade Claras vänskap?

Dimman började skingras under den allt starkare morgonsolen och blottlade parkens verkliga konturer. Clara önskade att det mänskliga landskapet framför henne kunde klarna lika tydligt. En sak var dock säker: morgondagens uppvisning på Carlton House skulle ses av fler än bara prinsregenten.

Kapitel fem

Matthew stod bland den samlade aristokratin i Carlton House och såg med öppet beundran när Clara Bell styrde den magnifika vita valacken genom en serie rörelser så precisa att de verkade nästan övernaturliga. Snowstar rörde sig med den flytande grace som rinnande vatten, varje steg, varje vändning utförd med fullständig kontroll, hans muskulösa kropp svarande på kommandon så subtila att de var osynliga för alla utom det mest tränade ögat. I morgonljuset som strömmade in genom de höga fönstren i den kungliga ridskolan tycktes häst och ryttare lysa med en nästan eterisk glans och fängslade alla närvarande, från den enklaste stalldräng till prinsregenten själv.

"Enastående! Fullkomligt enastående!" Prinsen slog ihop händerna som ett uppspelt barn, hans blommiga ansikte rodnade av förtjusning. "Jag har aldrig sett sådan utsökt kontroll, sådan fullkomlig harmoni mellan häst och ryttare!"

Carlton Houses inomhusarena hade ordnats särskilt för denna uppvisning, med stolar för de mest framstående gästerna placerade längs ena sidan. Prinsen satt i en förgylld stol i mitten, som med rätta kunde beskrivas som en tron, med tanke på dess utsirade sniderier och mjuka scharlakansröda klädsel. Runt honom trängdes hans nuvarande favoriter och flera inflytelserika medlemmar av societeten, alla med uttryck som sträckte sig från artigt intresse till genuin häpnad.

Clara förde in Snowstar i den svåraste rörelsen hittills, capriole. Den storslagna hästen samlade sig, musklerna buktade synligt under den skinande vita pälsen, och sköt sedan upp i luften. Under ett andlöst ögonblick lämnade alla fyra hovarna marken samtidigt, frambenen prydligt instoppade mot bringan, bakdelen sparkande ut bakom med kontrollerad kraft. Clara satt rörelsen med perfekt balans, ryggen rak, händerna stadiga på tyglarna, som om hon trotsade tyngdlagen själv.

Ett gemensamt sus gick genom åskådarna, följt av spontana applåder. Till och med de mest härdade i publiken kunde inte låta bli att imponeras av en sådan uppvisning i ridkonst. Matthew fann att han klappade lika entusiastiskt som de andra, en egendomlig värme spred sig i bröstet när han såg Clara ta emot applåderna med en blygsam nick.

”Hans Kunglig Höghet är fullständigt förtrollad”, mumlade en röst vid Matthews armbåge.

Matthew vände sig om och fann Lord Edward Debney vid sin sida, vännen med det änglalika ansiktet glödande av upphetsning, rödblonda lockar som studsade lätt när han skiftade från fot till fot på sitt sedvanliga sätt. Debney hade alltid haft en energi som knappt rymdes i hans lätt rundlagda figur, som om han när som helst skulle börja vibrera av sin entusiasm.

”Debney”, sade Matthew och nickade. ”Jag visste inte att du hade intresse för ryttaruppvisningar.”

”Käre vän, alla med något förstånd är intresserade av 'flickan med den vita hästen' nuförtiden”, svarade Debney, och sänkte rösten till en konspiratorisk viskning som ändå var fullkomligt hörbar för alla inom tre meters avstånd. ”Hon har blivit rena sensation. Lady Jersey har redan förklarat henne 'en frisk fläkt', och grevinnan av Lieven log faktiskt mot henne på Almack's. Log, Matthew! Du vet hur sällan det sker.”

Matthews läppar ryckte till trots sig själv. För det mesta hade han litet intresse för skvaller, men det var något oemotståndligt rart med Debneys oblyga entusiasm för sociala smådetaljer. ”Jag förstår att fröken Bell gjort stort intryck, då.”

”Ett intryck!” utbrast Debney, med vidgade ögon. ”Käre vän, hon har rentav revolutionerat det sociala landskapet. Varenda värdinna i London är desperat att säkra hennes närvaro vid sina tillställningar. Och gentlemännen, tja...” Han gestikulerade uttrycksfullt. ”Carroway går omkring och suckar, och unge Fitzroy höll på att ramla i Serpentine häromdagen när han sträckte på nacken för att se henne rida förbi. Till och med Westbournes flicka verkar ha tagit henne under sina vingar, även om jag inte begriper varför Lady Virginie skulle favorisera en möjlig rival.”

Matthew drogs åter med blicken till Clara, som nu genomförde en serie byten i språng med Snowstar, var och en höjd och svävande i en uppvisning av perfekt kontroll och timing. Prinsen lutade sig fram i sin stol, med hänförd uppsyn, och mumlade då och då kommentarer till sina följeslagare.

”Man måste medge att hon har en remarkabel skicklighet”, sade Matthew och kunde inte dölja en ton av beundran i rösten.

”Åh, utan tvekan”, höll Debney ivrigt med. ”Men så antar jag att Sir Richard har sett till att hon fått den bästa utbildning, oavsett hennes börd.”

Matthew vände tillbaka till sin vän, med rynkad panna. ”Hennes börd?”

”Har du verkligen inte hört?” Debney såg för ett ögonblick förbluffad ut och blev sedan förtjust över att få vara bärare av färskt skvaller. ”Nå, det är allmänt känt i våra kretsar. Fröken Bell är Sir Richards systerdotter, dotter till hans ogifta syster. Född på fel sida om filten, så att säga.”

Matthew kände en märklig stillhet lägga sig över honom, som om tiden själv saktade in. ”Jaså?” fick han fram, rösten avlägsen i hans egna öron.

”Ja visst. Den stackars kvinnan dog strax efter förlossningen, vad jag förstår. Sir Richard tog in spädbarnet och uppfostrade henne som sin egen.” Debney lutade sig närmare och sänkte rösten till en verklig viskning för en gångs skull. "Det finns de som viskar att fadern måste ha varit någon av ansenlig ställning, med tanke på Sir Richards beslutsamhet att se flickan etablerad i societeten. Inte för att någon vet säkert, förstås. Den mest romantiska gissningen omfattar en utländsk prins, även om jag själv tycker det låter långsökt."

Rummet kändes plötsligt luftlöst, larmet från folkmassan tonade bort till ett dovt brus i Matthews öron. Han kände hur blodet rann ur ansiktet när en fruktansvärd misstanke började ta form i hans sinne. Faderns årliga resor till Hampshire, alltid höljda i hemlighetsmakeri. Hertiginnans hårt sammanpressade läppar. Hertigens tydliga intresse för Claras debut i London. Bitarna började ordna sig i ett mönster han knappt vågade erkänna.

"Whitmore? Mår du verkligen bra?" Debneys röst trängde igenom dimman som lagt sig över Matthews tankar. "Du har blivit rätt blek."

"Det är bara varmt här inne", svarade Matthew automatiskt och lossade lite på halsduken med fingrar som kändes märkligt domnade. "När sa du att fröken Bell är född?"

"Det sa jag inte, men jag tror hon är arton eller däromkring", svarade Debney och studerade Matthews ansikte med växande oro. "Precis rätt ålder för en debut i London, även om somliga menar att Sir Richard varit överambitiös som pressat fram henne så fort."

Arton år. Hans far skulle ha varit i slutet av trettioårsåldern då, fortfarande i sin krafts dagar men sedan länge fångad i ett kallt, kärlekslöst äktenskap med Matthews mor. Ett äktenskap som bara gett ett barn, trots många års försök, om man fick tro de viskningar Matthew ibland snappat upp.

Matthew drog ett djupt andetag och försökte stadga sig. Hjärtat hamrade mot revbenen som om det ville fly, och en kall svett bröt fram i pannan. Framför honom fortsatte Clara sin uppvisning, ovetande om att hennes publik inkluderade en man vars värld höll på att falla sönder i bitar runt honom.

"Min far tycks väldigt intresserad av hennes framgång", sade Matthew, kämpande för att hålla rösten jämn.

"Åh ja, hertigen har varit en riktig förkämpe för familjen Bell", bekräftade Debney glatt, omedveten om Matthews oro. "Någon koppling via egendomar i Hampshire, tror jag? Fast den plötsliga intensiteten i hans beskydd denna säsong har höjt ett och annat ögonbryn. Jag antar att du möjligtvis kunde kasta något ljus över saken?"

Koppling, minsann, tänkte Matthew bittert. Blodsband, högst sannolikt. Den fruktansvärda möjligheten som slagit rot i hans sinne växte med illamående klarhet: Clara Bell var med all sannolikhet hans fars oäkta dotter.

Hans halvsyster.

"Och vad gäller fröken Bells mor?" frågade Matthew och avfärdade Debneys fråga med en egen, medan han försökte ge rösten en ton av blott vardaglig nyfikenhet snarare än den desperata törst efter bekräftelse som rev i honom. "Sir Richards syster, sa du?" Han tvingade händerna att vara stilla vid sidorna, fast de längtade efter att gripa tag i Debneys kavajslag och skaka fram informationen snabbare.

"Ja, just det. Jag tror hon hette Elizabeth eller Eleanor, något som börjar på 'E' i alla fall", svarade Debney, som riktigt värmde upp inför sitt ämne med den naturlige skvallerbyttans entusiasm, uppmuntrad av en lyhörd åhörare. "Ganska skandalöst på den tiden, vad jag förstår. Hon var ju en gentlemans dotter, inte någon krogflicka eller mjölkpiga. Sir Richards far levde då ännu, och ska ha varit en ganska sträng, oförsonlig typ. Han förvisade stackars kvinnan från familjehemmet, men Sir Richard behöll ändå kontakten med henne. Mycket lojal mot sin syster, sägs det."

Matthew nickade mekaniskt, tankarna skenade i förväg som skrämda hästar. "Och hennes... barnets far? Fanns det någonsin någon antydan om hans identitet?"

Debney lutade sig närmare, uppenbart förtjust över Matthews intresse. "Det är den stora gåtan, eller hur? Vem han än var trädde han aldrig fram för att göra anspråk på varken mor eller barn. Den allmänna uppfattningen är att han måste ha varit en gift man av viss ställning, med tanke på hur hemlighetsfullt allt hållits. Sir Richard har förstås aldrig talat offentligt om saken, men Lady Bridgnorth, som står familjen ganska nära, antydde en gång för min mor att fadern var en man av betydande vikt, som inte hade möjlighet att erkänna förbindelsen."

En man av betydande vikt. Som en hertig. En gift hertig med en kall, fjärran hustru och en enda arvinge. Rummet tycktes luta en aning under Matthews fötter och tvingade honom att sträcka ut handen och stödja sig mot en närbelägen kolonn.

"Mår du verkligen bra, Matthew?" frågade Debney, och omsorgen trängde för ett ögonblick undan hans skvalleriver. "Du ser rent grön ut."

"Bara lite dålig mage, skulle jag tro", fick Matthew fram. "Något vid frukosten passade mig inte. Jag tror faktiskt att lite frisk luft vore bra. Ursäkta mig, Debney? Jag tar mig en sväng ut."

"Självfallet, självfallet", instämde Debney genast. "Fast du missar slutet på fröken Bells uppvisning. Prinsen är fullkomligt trollbunden, eller hur? Åh, och innan du går, du måste få höra resten om den där extraordinära familjen. Sir Richard har adopterat inte mindre än sex flickor! Sex! Och den äldsta har redan gift sig väl, det är Bridgnorth-kopplingen, hon gifte sig med den yngre sonen..."

Men Matthew var redan på väg bort, mumlande ursäkter medan han trängde sig genom folkmassan mot närmaste utgång. Han hann få en sista skymt av Clara på Snowstar, hennes gyllene hår som glänste i solljuset som strömmade genom de höga fönstren, hennes ansikte lugnt av koncentration. Hade han någonsin tidigare lagt märke till hur den beslutsamma hakan verkade vara en kvinnlig spegling av hertigens egen min när han fokuserade på en uppgift?

Luften utanför Carlton House kändes tjock och tung, himlen mulen med regntunga moln. Matthew märkte knappt åt vilket håll han gick; benen bar honom av sig själva medan tankarna rusade genom konsekvenserna av vad han fått veta. De första kalla dropparna började falla när han nådde Green Park, men han gjorde ingen ansats att stoppa en vagn eller söka skydd. Det fysiska obehaget kändes avlägset, irrelevant jämfört med tumultet inom honom.

Nio år. Hans far hade gjort dessa hemlighetsfulla årliga resor till Hampshire i nio år. Clara var arton. Matematiken var enkel, förkrossande. Nio år sedan skulle Clara ha varit nio, kanske just den ålder då en avlägsen, skuldbelastad far äntligen kunde känna sig tvungen att intressera sig för ett barn han övergett. Och hertiginnan, med sin snörpta uppsyn så fort dessa sommarresor nämndes... hade hon vetat? Misstänkt? Den kyliga formaliteten i föräldrarnas äktenskap fick plötsligt fullkomlig mening i ljuset av denna nya insikt.

En vindstöt drev regnet hårdare mot ansiktet när Matthew korsade parken, oberörd av andra fotgängare som skyndade efter skydd. Vatten började tränga genom rocken, men det kroppsliga obehaget registrerades knappt. Han drunknade i insikter, varje ny koppling formades som en våg som slog över honom.

Faderns senaste, okarakteristiska sällskaplighet. Den omsorgsfulla odlingen av inflytelser som kunde jämna Claras väg in i societeten. Trädgårdsbjudningen, ordnad särskilt för att visa upp hennes färdigheter för prinsregenten. Hertigen hade metodiskt stakat ut vägen för sin oäkta dotters acceptans i samhällets högsta skikt och utnyttjat varje fördel hans ställning gav honom.

Och Matthew själv, som såg på Clara med beundran som snabbt utvecklats till något varmare, farligare. Han mådde fysiskt illa vid minnet av hur pulsen hade rusat när deras blickar möttes, hur han hade sökt sig till henne vid varje sammankomst. Ovetandes dragen till sin egen halvsyster.

Regnet föll nu jämnt, kletade fast håret mot pannan och rann i kalla rännilar nerför nacken. En avlägsen del av Matthews sinne noterade att han måste se ut som en galning som gick rakt genom ösregnet utan hatt eller paraply, men han förmådde inte bry sig. Den fysiska plågan kändes nästan välkommen, som en motvikt till det känslokaos som rasade inom honom.

Han tänkte tillbaka på jakten på sin far till Hampshire, hur han tappade spåret i den lilla byn. Hur nära hade Matthew inte varit att upptäcka sanningen redan då? Och hade det varit bättre eller sämre att få veta det i Hampshire, kanske rentav ställas öga mot öga med Clara i hennes hemmiljö, omgiven av den familj hans far hjälpt till att skapa?

Ett särskilt levande minne steg fram: Clara i floden, kämpande för att hålla säcken med valpar över vattenytan, hennes röst fylld av rättmätig vrede mot mannen som kastat i dem. Den glödande beslutsamheten i hennes gröna ögon, så påfallande lik hertigens egen min när han stod inför orättvisor. Hur hade Matthew inte sett likheten på en gång?

Därför att ingen väntar sig att av en slump hitta sin fars oäkta barn, tänkte han bittert. För sådant hör hemma i gotiska romaner, inte i aristokratins ordnade värld.

Förutom att det visst händer. Barn föds på fel sida om filten varje dag. Somliga överges åt barnhem eller avlägsna släktingar. Andra, som Clara, har turen att tas om hand av familjemedlemmar som vågar trotsa skandalen för ett oskyldigt barns skull. Och ett ytterst fåtal, tycks det, fick hemliga besök och stöd av skuldbelastade fäder som inte kunde erkänna dem offentligt men inte heller förmådde överge dem helt.

En vagn skvätte förbi och skickade en våg av lerigt vatten över Matthews redan dyblöta stövlar. Förödmjukelsen gick honom förbi. Han hade nått parkens kant nu, och Mayfairs välbekanta gator sträckte ut sig framför honom mot Allanworth House. Hans far skulle fortfarande vara i Carlton House, betraktandes Claras triumf, kanske just nu mottagande gratulationer för sin roll i att ha fört en sådan remarkabel ung kvinna till prinsregentens uppmärksamhet.

Hans far. Claras far.

"Gud", viskade Matthew, ordet förlorat i regnets jämna smatter. Han stannade tvärt mitt på trottoaren, oberörd av en irriterad förbipasserande som tvingades kliva runt honom. Skräckens fulla vidd sköljde över honom på nytt. Han hade utvecklat känslor för sin egen halvsyster, känslor som vida överskred den broderliga tillgivenhet han borde ha känt.

Och värre, han kände dem fortfarande, även nu, med kunskapen om deras verkliga band brännande i hans medvetande. Minnet av hennes leende, hennes grace uppe på Snowstar, gnistan av temperament när hon hade läxat upp honom för hans onödiga räddning... inget av det hade bleknat med denna insikt. Om något intensifierade förståelsen av deras band bara hans medvetenhet om henne.

Allanworth House trädde fram som ett spöke genom regnridån, den välbekanta fasaden utan tröst för hans oroade sinne. Han gick mekaniskt uppför trappan och lämnade pölar på den polerade marmorn i hallen när Simmons, hans betjänt, skyndade fram med ett uttryck av bestörtning.

"Min lord! Ni är genomblöt", utbrast Simmons och sträckte sig efter Matthews dyngsura slängkappa. "Jag ska genast ordna ett hett bad, och kanske te med konjak för att mota en förkylning."

"Inget bad", sade Matthew, rösten avlägsen även i hans egna öron. "Inget te. Låt mig vara, Simmons."

Betjäntens ansikte vecklades av oro. "Men, min lord, kläderna är fullständigt förstörda. Låt mig åtminstone hjälpa er i något torrt, innan ni blir sjuk."

"Jag sa att du skulle låta mig vara!" Orden kom skarpare än Matthew avsett och fick tjänaren att backa med sårat uttryck. Matthew suckade och drog handen över ansiktet. "Förlåt, Simmons. Jag är inte mig själv i dag. Jag behöver vara ifred, det är allt. Var snäll och meddela personalen att jag inte är hemma för några besökare. Och säg min far... säg honom att jag är på klubben."

"Mycket gott, min lord." Simmons bugade stelt och drog sig tillbaka, dock inte utan en orolig blick över axeln.

Matthew tog sig till sin privata arbetskammare och lämnade ett spår av våta fotavtryck över mattorna. Rummet var exakt som han lämnat det på morgonen, ett fridfullt tillhåll av skinnband, böcker och bekväma möbler, med utsikt över trädgården på husets baksida. Det hade alltid varit hans favoritplats i stadsbostaden, en plats där han kunde tänka klart, bortom samhällets ständiga krav och hans ställnings förväntningar. Inte ens hans far störde honom här, utan respekterade hans behov av eget utrymme.

Nu kändes det som en bur, för litet för att rymma tankarnas tyngd.

Han gick bort till skänken och grep efter konjaksdekantern, handen darrade så våldsamt att kristallstoppen klirrade mot flaskhalsen. Den bärnstensfärgade vätskan skvalpade ojämnt ner i glaset, en del spillde över den polerade träytan. Matthew stirrade på pölen ett ögonblick och såg den breda ut sig som sanningen han upptäckt, omöjlig att begränsa när den väl släppts fri.

Den första klunken konjak brände en väg nedför halsen, men den andra gick ner mjukare. Han ställde sig framför eldstaden, där ett porträtt av hans far hängde i en tung förgylld ram. Hertigen av Allanworth såg tillbaka på honom med samma mörka ögon som Matthew såg varje morgon i sin rakningsspegel, samma raka näsa och fasta käklinje. Likheten inom familjen hade alltid varit en stilla stolthet för Matthew, en synlig länk till den ädla härstamning han en dag skulle ärva.

Nu undrade han för första gången vem mer som kunde dela de där dragen. Var det därför Matthew känt sig dragen till henne redan vid första mötet, en omedveten igenkänning av deras gemensamma blod?

"Gud", mumlade han och vände sig bort från porträttet. Han lossade halsduken med fingrar som kändes som någon annans, slet i det drypande tyget som om det kvävde honom. Det fina linnet revs, men han märkte det knappt, kastade det åt sidan och gav sig på västknapparna.

Han började vanka av och an, tre steg åt ena hållet och tillbaka igen, som ett instängt djur som söker en utväg. De våta kläderna klibbade obekvämt mot huden och skavde vid varje rörelse, men det kroppsliga obehaget var nästan välkommet, en avledning från tumultet i tankarna.

Vad skulle han säga till sin far? Vad *kunde* han säga? *"Jag märker att ni har en oäkta dotter som ni aldrig nämnt. När tänkte ni informera mig om hennes existens?"* Eller kanske, *"Far, jag känner mig oroande dragen till en ung kvinna som verkar vara min halvsyster. Kunde ni möjligen ha nämnt detta samband innan jag gjorde mig till fullständig narr?"*

Konjaksglaset i handen var tomt. Matthew mindes inte att han druckit upp, men han gick ändå tillbaka till skänken för påfyllning. Det andra glaset försvann lika snabbt som det första, alkoholen spred värme genom den frusna kroppen men rundade inte av tankarnas vassa kanter.

Han fann sig stående vid fönstret och stirrade ut över den regnpiskade trädgården utan att egentligen se den. I stället spelade hans sinne upp varenda samspel med Clara i plågsam detalj, varje ögonblick nu fläckat av kunskapen om deras troliga släktskap.

Deras första möte vid floden, när han oförsiktigt slängt upp henne på Ajax rygg, vattnet som rann från hennes gyllene hår när hon läxade upp honom för hans onödiga räddning. Hur hennes gröna ögon hade flammat av indignation, hur smal men stark midjan känts under hans händer när han lyfte henne. Han hade varit fängslad redan då, inte bara av hennes skönhet utan av hennes glöd.

Sedan mötet på Lady Caldwells bal, när hon låtsades att hon inte kände honom. Blandningen av irritation och fascination han känt när han såg henne manövrera societetslivets snåriga vatten med förvånansvärd säkerhet för en nykomling. Hur han medvetet hade retat henne och glatt sig åt färgen som steg i hennes kinder när han nämnde deras möte vid floden.

Trädgårdsbjudningen på Allanworth House, där hon presenterade Snowstar för prinsregenten med sådan trygghet och skicklighet. Hur stolt han känt sig när hon triumferade, en stolthet som nu tedde sig fasansfullt opassande. Och genom allt, den långsamma, obönhörliga tillväxten av hans attraktion till henne, en attraktion som fördjupats för varje ny uppenbarelse av hennes karaktär.

"Hon är min syster", viskade han ut i det tomma rummet, prövande orden, i hopp om att de, uttalade högt, kanske kunde släppa taget om hans fantasi. "Min halvsyster."

Orden ändrade ingenting. Minnet av Claras leende värmde fortfarande något i hans bröst. Erinran om hennes mod och beslutsamhet fyllde honom fortfarande med beundran. Och Gud hjälpe honom, tanken på hennes skönhet rörde honom fortfarande på sätt som nu var outsägligt fel.

Matthew lutade pannan mot det svala fönsterglaset och slöt ögonen för den skamliga sanningen. Även med allt han nu visste ville en del av honom henne fortfarande. Inte som en bror ser på en syster, med beskyddande tillgivenhet, utan som en man vill ha en kvinna han beundrar och begär.

Ett ljud undslapp honom, halvt skratt, halvt stön. Vad för slags odjur gjorde det honom till? Att begära sitt eget blod, även när han kände till bandet? Avskyn mot sig själv var fysisk, som ett gift som vred sig i magen.

"Det slutar nu", sade han högt och rätade på ryggen med avsiktlig ansträngning. "Vad jag än kan ha känt, vad det än var som höll på att växa mellan oss, det slutar i dag."

Han skulle hålla distans till Clara, undvika hennes sällskap närhelst det gick. När oundvikliga sociala plikter förde dem samman skulle han vara artig men avmätt, utan att ge henne skäl att tro att han hyste något särskilt intresse. Han skulle styra uppmärksamheten åt ett annat håll, kanske till och med mot Lady Virginie, som gjort sitt intresse smärtsamt tydligt. Allt för att kapa det olämpliga bandet innan det kunde växa sig starkare.

Och hans far... Matthews käke hårdnade när han tänkte på hertigen. Det var en konfrontation han ännu inte var redo för. Det fanns för många frågor, för mycket vrede och förvirring som förmörkade tankarna. Bättre att vänta, iaktta, kanske samla fler bevis innan han beslöt om han skulle avslöja sin insikt.

Natten hade fallit medan Matthew brottades med sina tankar, och regnet hade avtagit till ett stilla smatter mot rutorna. Trädgården låg nu insvept i mörker, synlig endast som vaga former i skymningen. Matthew såg upp mot fläcken av natthimmel mellan de skingrande molnen, en skära av måne som steg fram och kastade blekt ljus över de våta löven.

"Far", viskade han, ordet både bön och anklagelse, "vad har du gjort?"

Inget svar kom från det tysta huset, bara det mjuka tickandet från klockan som mätte tidens gång, en tid som aldrig kunde vridas tillbaka, aldrig återställas till den enklare tillvaro Matthew känt innan denna dag. Innan han upptäckt att kvinnan som börjat fånga hans hjärta var förbjuden honom av det äldsta och mest orubbliga av tabu.

I morgon skulle han påbörja den smärtsamma processen att släcka sina känslor för Clara Bell. I kväll tillät han sig ett sista ögonblick av erkännande, ett sista ärligt medgivande av vad som kunde ha varit, i ett annat liv där de inte bands samman av blod.

Sedan vände Matthew, med en beslutsamhet född ur nödvändighet snarare än vilja, bort från fönstret och mot en framtid som plötsligt smalnat av för att utesluta den enda person som under de senaste veckorna gjort den ljus av möjligheter.

Kapitel sex

OKTOBER 1812

CLARA BELL STOD NÄRA förfriskningsbordet på markisinnan av Hertfords bal, med rak rygg och hakan lyft i den perfekta hållning som hade bankats in i henne sedan barndomen. Ett kristallglas med ratafia vilade lätt i hennes behandskade hand medan hon såg Lord Whitmore föra Lady Virginie de Mortimer genom valsens intrikata mönster. Hans mörka huvud böjdes nära Virginies, deras rörelser så perfekt synkroniserade att de kunde ha dansat tillsammans i åratal... och det hade de förmodligen också, med tanke på att de var grannar. Clara tog en kontrollerad klunk ur sitt glas och tvingade ansiktet att förbli behagligt neutralt trots den märkliga åtstramning som spred sig över bröstet.

Matthews hand vilade på Virginies smala midja, fingrarna utspärrade possessivt mot den ljusblå sidenklänningen. Han lutade sig närmare, läpparna nästan snuddande vid de intrikata lockarna i hennes mörka hår när han viskade något som fick henne att skratta, ljust och klingande. Den intima gesten fick en värme att sakta krypa upp över Claras hals, en fysisk förräderisk reaktion på känslor hon var fast besluten att dölja.

Hennes fingrar slöt sig omärkligt hårdare kring glasets skira stjälk. Vad hade hon för rätt att känna denna tomma värk? Lord Whitmore var henne inte skyldig någonting, allra minst sin uppmärksamhet eller aktning. Ändå hade hans plötsliga kylighet mot henne, efter veckor av vad som verkat som ett medvetet uppvaktande, gjort henne förbryllad. Övergången hade varit abrupt, hans sätt skiftande från varm iver till avmätt artighet praktiskt taget över en natt.

”Fröken Bell”, kom en behaglig röst vid hennes armbåge. ”Vilken tur att finna er obehindrad. Jag har hoppats få tala med er hela kvällen.”

Clara vände sig om och lade ett välkomnande leende tillrätta när hon hälsade Lord Carroway. ”Så vänligt sagt, min herre. Jag hoppas att ni njuter av kvällen?”

”Oerhört, nu när jag har funnit er”, svarade han, hans vackra ansikte ljusnande av tydlig glädje över hennes erkännande. ”Får jag hämta er ett nytt glas? Det ser ut som om det där nästan är slut.”

"Tack, men detta räcker", svarade Clara, leendet nådde inte riktigt ögonen när hon kastade en blick förbi honom mot var Matthew och Virginie fortfarande dansade. "Jag märker att jag har liten törst i kväll."

Lord Carroway följde hennes blick, uttrycket eftertänksamt. "Lady Virginie gör sannerligen intryck i kväll, eller hur? Fast jag måste säga att hennes partner verkar ovanligt upptagen i tankarna."

Clara tvingade sig att se bort från det dansande paret. "Det hade jag inte lagt märke till", ljög hon smidigt. "Men jag tycker att de kompletterar varandra rätt väl."

"Tycker ni det?" Lord Carroway betraktade henne med skarpt intresse. "Det var inte den uppfattning jag fått om er mening."

Innan Clara hann formulera ett svar på denna obehagligt klarsynta iakttagelse skar en skarp röst genom deras samtal som en kniv genom siden.

"Lord Carroway, så förtjusande att se er. Persephone sa just hur gärna hon skulle dansa med er igen!"

Grevinnan änka av Pemberton stod framför dem, hennes magra gestalt innesluten i en obeveklig klänning av grått siden som inte gjorde något för att mildra de strama dragen. Clara kände igen Lady Pemberton från tidigare möten, inga av dem särskilt trevliga. Lady Pemberton var, så förstod hon, Lord Whitmores faster, hans avlidna mors syster. Clara undrade om Matthews mor hade varit lika högdragen och stram och avfärdade tanken som ovärdig. Sådana drag ärvdes inte! Man behövde bara se på Lady Pembertons dotter, Lady Persephone, som var sin mors motsats; rund där Lady Pemberton var mager, tyst där hon var högljudd, och vänlig där den äldre kvinnan ofta var avsiktligt elak.

"Lady Pemberton", hälsade Lord Carroway med en bugning. "Fröken Bell och jag talade just om dansen. Kanhända får jag nöjet av en dans med Lady Persephone senare i kväll?"

Lady Pembertons tunna läppar pressades samman i uppenbart missnöje. "Självfallet. Fast jag vågar säga att fröken Bell nog föredrar att iaktta snarare än att delta i sådana aktiviteter."

Clara kände hur kinderna hettade men höll uttrycket lugnt. "Jag finner iakttagelse vara en synnerligen värdefull färdighet, Lady Pemberton", svarade hon. "Man lär sig mycket om karaktär och avsikter bara genom att se på."

"Sannerligen", instämde den äldre kvinnan med ett leende som hade all värme av en januarifrost. "Fast jag kan tänka mig att det finns sådant som inte ens den mest noggranna iakttagelse rår på. Blod, till exempel. Kvaliteten på ens härstamning." Hon kastade en menande blick mot dansgolvet, där Matthew nu förde Virginie genom en särskilt komplicerad vändning. "En blivande hertiginna kräver oförvitlig börd, eller hur? Hertigen av Allanworth väntar sig inget mindre för sin son och arvinge."

Den avsiktliga grymheten i kommentaren träffade Clara som ett fysiskt slag, men hon lät inte minsta tecken på det nå hennes ansikte. "Jag kan tänka mig att hertigen, som vilken far som helst, skulle önska sin sons lycka framför allt", svarade hon, rösten stadig trots den plötsliga torrheten i halsen.

"Lycka?" Lady Pemberton gav ett litet, skört skratt. "Kära fröken Bell, äktenskap inom vårt stånd ordnas för fördel och allians, inte för känslors skull. En sanning som Lord Whitmore är väl medveten om." Hon vände sig till Lord Carroway med ett tvärt skifte i ton. "Nå, min herre, ni måste helt enkelt dansa med Persephone."

När Lady Pemberton ledde bort den motvillige Lord Carroway drog Clara ett lugnande andetag. Valsen gick mot sitt slut och paren skingrades över balsalsgolvet. Matthew förde Virginie tillbaka till hennes krets av beundrare med korrekt artighet, handen i svanken på henne, uttrycket allvarligt men uppmärksamt. När de passerade nära förfriskningsbordet fladdrade hans mörka blick kort över Claras ansikte, för att genast vika undan igen, ett erkännande så flyktigt att det knappt kunde kallas vid namn.

Clara kände snarare än såg Theresa nalkas, hennes adoptivmors välbekanta lavendeldoft nådde henne ett ögonblick innan en mild hand rörde vid hennes arm.

"Mår du bra, min älskade?" frågade Theresa, bruna ögon mjuka av oro. "Du ser rätt blek ut."

"Alldeles utmärkt", försäkrade Clara och frammanade ett leende. "Kanske lite varm. Rummet är ganska trångt i kväll."

Theresa följde Claras blick till var Matthew nu hällde upp ett glas champagne åt Virginie, hans långa gestalt böjd uppmärksamt mot henne när hon tog emot det med ett strålande leende. "Lord Whitmore verkar ganska förtjust i Lady Virginie nu för tiden", konstaterade hon varsamt.

”Så tycks det”, höll Clara med och höll tonen lätt. ”De är ett vackert par.”

Innan Theresa hann svara vände Virginie själv bort från Matthew och kom fram till dem, safirblå ögon lysande av upphetsning, den ena behandskade handen sträcktes ut för att gripa Claras i vad som tycktes vara en uppriktig tillgivenhet.

”Kära Clara!” utbrast hon. ”Jag har letat överallt efter er. Är inte balen helt enkelt gudomlig? Champagnen är särskilt utsökt.” Hon lutade sig närmare, rösten sjönk till en förtrolig viskning. ”Whitmore har varit så uppmärksam på sistone. Visst är det underbart? Han eskorterar mig till musiksoarén på Devonshire House i morgon, och mamma säger att han varit och hälsat på hos oss två gånger bara den här veckan, fast jag var hos modisten båda gångerna.”

Clara kände något kallt och tungt sjunka i magen, men hon åstadkom ett entusiastiskt leende. ”Så fint för er, Virginie. Lord Whitmore är mycket beundrad.”

”Eller hur?” Virginies ögon glänste av triumf, illa dold som flickaktig iver. ”Mellan oss, pappa har redan haft ett mycket intressant samtal med hertigen. Inget formellt ännu, förstås, men...” Hon tryckte Claras hand, en aning för hårt. ”Jag vet att vi inte har känt varandra länge, men jag hoppas att ni står vid min sida när tiden är inne.”

Clara svalde förbi klumpen i halsen och lät uttrycket förbli varmt intresserat. ”Ni är alltför vänlig, Virginie. Men visst är sådana samtal väl tidiga?”

”Kanske”, medgav Virginie med ett hemlighetsfullt leende. ”Fast Whitmore sa något mycket intressant medan vi dansade. Han nämnde att en gentleman når en punkt när han måste överväga sina plikter mot titel och familjelinje. Är inte det precis den sorts sak en gentleman säger när tankarna vänder sig mot äktenskap?"

"Jag skulle inte förhäva mig att tolka Lord Whitmores mening", svarade Clara, rösten stadig trots den ihåliga värk som spred sig genom bröstet.

"Självklart inte, kära ni", instämde Virginie och klappade Clara över handen. "Åh, jag ser att Whitmore har skaffat mer champagne. Jag måste gå. Han ska sitta över nästa omgång med mig!" Med en sista, fast handtryckning gled hon bort, de sidenlena kjolarna virvlade elegant omkring henne.

Clara såg henne gå och höll noggrant kvar sitt behagliga uttryck medan en våg av sårad känsla sköljde över henne. Vad hon än i ett ögonblick hade inbillat sig fanns mellan henne och Matthew hade uppenbarligen inte varit annat än en ensidig fantasi, en dåraktig dröm spunnen av stunder som inte betytt någonting för honom.

"Clara", sa Theresa mjukt, "kanske kan vi gå ut på terrassen en stund? Luften skulle göra dig gott."

Clara nickade och lät Theresa leda henne mot glasdörrarna som öppnade ut mot terrassen. När de rörde sig genom folksamlingen fick hon en sista skymt av Matthew, hans mörka huvud böjt mot Virginie, uttrycket allvarligt och fokuserat. I ett ögonblick, bara ett hjärtslag, lyfte han blicken och mötte Claras tvärs över den trånga salen. Något fladdrade i djupet, en känsla hon inte kunde namnge, innan han åter såg bort, förlorad för henne i virvlet av siden och ljuslågor.

Under de följande två veckorna dansade Clara Bell mer än hon gjort i hela sitt liv. Hennes danskort fylldes vid varje bal, hennes sällskap efterfrågades av en rad äktenskapsdugliga herrar vars namn och ansikten började flyta ihop till en virvel av vita handskar och formella bugningar. Hon skrattade åt deras kvickheter, svarade som sig bör på deras komplimanger och rörde sig genom de intrikata mönstren i engelska danser och valser med samma perfekta kontroll som hon uppvisade till häst. Om hennes leenden aldrig riktigt nådde ögonen, om hennes skratt hade en skör klang som inte funnits där förut, tycktes ingen märka det, eller åtminstone kommenterade ingen det. Societeten såg bara vad den ville se: flickan med den vita hästen, gynnad av Prinsregenten, som njöt av sin triumferande säsong.

Lord Carroway förblev en ständig närvaro, hans uppmärksamhet blev mer uttalad för varje dag. Han skickade blommor till huset på Hanover Square, begärde samma danser vid varje bal och ordnade två gånger så att han red vid hennes sida under den moderna timmen i Hyde Park. Han var stilig, väl förankrad i societeten och i besittning av både förmögenhet och titel, allt som en ung dam kunde önska av en friare. Clara fann honom angenämt sällskap, hans samtal intelligent utan att bli domderande, hans maner oklanderliga. Om hennes hjärta inte slog snabbare när han närmade sig, om hans beröring över hennes behandskade hand lämnade henne likgiltig, sade hon till sig själv att det bara var en fråga om tid och tillvänjning.

Ändå, trots hennes beslutsamma fokus på andra herrar, kunde Clara inte låta bli att lägga märke till Lord Whitmore och Lady Virginie vid varje sammankomst. De var ofelbart tillsammans, hans långa gestalt som en skugga till Virginies lysande närvaro. Clara fick skymtar av dem tvärs över fullsatta balsalar: Matthew som böjde sig för att viska i Virginies öra, Virginies hand vilande på hans arm med vardaglig intimitet, deras huvuden lutade mot varandra i privat samtal. Varje sådan syn gav henne en skarp stickande smärta i bröstet, en fysisk värk som hon dolde med välövade leenden och livligt samtal med den som för stunden var hennes danspartner.

En särskilt fin tisdagskväll befann sig Clara på Lady Wexfords musiksoaré, en mindre och något mer intim tillställning än de praktfulla baler och middagar som fyllde de flesta kvällar. Salongen i Wexfords townhouse hade möblerats för framträdandet, med rader av förgyllda stolar vända mot en magnifik pianoforte placerad framför höga fönster som vette mot en liten men utsökt skött trädgård. Kristallkronor spred sitt varma sken över de samlade gästerna, och ljuset speglades i otaliga utsirade speglar som skapade en illusion av oändligt utrymme.

Clara satt bredvid Theresa, hennes ljusgröna klänning ett medvetet val för sin dämpade elegans snarare än prål. Håret var uppsatt i en enkel men klädsam frisyr, halsen prydd av en enkel rad pärlor som hade tillhört hennes mor, Elizabeth Bell, Sir Richards olycksdrabbade syster. Halsbandet var en av få konkreta förbindelser Clara hade till kvinnan som givit henne livet, och hon bar det som en talisman de kvällar då hon särskilt behövde styrka.

En ung dam med blygsam talang framförde ett tämligen ambitiöst stycke av Mozart, och fingrarna snavade då och då över de mer komplexa passagerna. Claras uppmärksamhet vandrade från musiken, blicken gled över de församlade. Matthew satt tre rader framför, de breda axlarna omisskännliga även bakifrån. Bredvid honom såg Virginie strålande ut i en klänning i djupt rosa som fullkomligt framhävde hennes mörka hår. När Clara såg på lutade sig Virginie en aning mot Matthew, med solfjädern höjd för att dölja deras ordväxling för nyfikna blickar. Vad hon än sade fick honom att nicka, profilen syntes ett ögonblick innan han vände tillbaka mot framförandet.

Med ansträngning riktade Clara åter sin uppmärksamhet, bara för att lägga märke till en ensam gestalt i änden av hennes egen rad. Lady Persephone Pemberton, dotter till den formidabla grevinnan änka, satt ensam trots att sammankomsten var välbesökt. Hennes runda figur var elegant klädd i en klänning av blekgrönt som smickrade hennes ljusa hy, och de glänsande bruna lockarna var vackert ordnade, ändå fanns något i hennes hållning som vittnade om obehag, en önskan att inte bli sedd.

Clara hade mött Lady Persephone tidigare vid olika tillställningar, men alltid i skuggan av hennes mor, vars sylvassa kommentarer och uppenbara besvikelse över dottern skapade en nästan synlig barriär mellan Persephone och möjliga bekantskaper. Nu, när hon såg den yngre kvinnans isolering, kände Clara en stingande medkänsla. När framförandet avslutats och gästerna reste sig för att umgås under pausen innan nästa musiker, valde Clara medvetet att gå fram till Lady Persephone i stället för att ansluta sig till kretsen runt Lady Virginie vid förfriskningsbordet.

"Lady Persephone", sa Clara med ett varmt leende och närmade sig den fortfarande sittande unga kvinnan. "Vi har haft liten möjlighet att lära känna varandra, och om ni ville ge mig den, skulle jag gärna råda bot på det. Vi har blivit presenterade, men jag heter Clara Bell, om ni inte råkar minnas det."

Persephone såg upp, överraskning tydlig i de klarblå ögonen. "Fröken Bell, förstås. Alla vet vem ni är." Hennes röst var mjuk, nästan tveksam, men den hade en behaglig klang som inbjöd till vidare samtal. "Flickan med den vita hästen."

Clara skrattade lätt. "Jag fruktar att Snowstar helt har överskuggat mig i ryktbarhet, vilket är rättvist nog eftersom hans talanger vida överstiger mina egna."

"Det betvivlar jag starkt", svarade Persephone, med en aning oväntad bestämdhet i tonen. "Hästar, hur begåvade de än är, tränar sig sällan själva." En lätt rodnad steg i hennes kinder. "Förlåt, det var ganska rättframmat."

"Inte alls", försäkrade Clara och tog den tomma platsen bredvid Persephone med ett konspiratoriskt leende. "Jag finner rättfram konversation oändligt mycket att föredra framför det vanliga utbytet av artigheter som inte säger någonting alls."

Persephones uttryck ljusnade. "Det gör jag med, även om mamma anser det vara min största brist. 'En dam bör tala endast för att ge komplimanger eller fråga efter hälsan', säger hon ofta till mig. 'Alla andra ämnen lämnas bäst åt herrar.'"

Imitationen av Lady Pembertons strama tonfall var så träffande att Clara inte kunde låta bli att skratta. Persephone följde med och avslöjade ett förvånansvärt smittande fnitter som förvandlade hennes ansikte från bara vackert till genuint älskligt.

"Jag måste nog tillåta mig att vara oense med er mor i den frågan", sa Clara när skratten lagt sig. "Några av de mest intressanta samtal jag haft har varit med damer som vågat uttrycka verkliga åsikter."

"Då kommer vi att komma utmärkt överens", deklarerade Persephone, "för jag har en stor mängd åsikter, varav de flesta mamma finner fullständigt olämpliga."

Deras samtal flöt sedan oväntat lätt, om böcker de läst, musik de tyckte om och iakttagelser om den innevarande säsongen. Persephone ägde en skarp kvickhet som hon uppenbarligen hade hållit tillbaka i offentliga sammanhang, och Clara fann sig genuint road av den yngre kvinnans träffsäkra observationer om olika medlemmar av societeten.

"Min kusin Matthew verkar ganska förtjust i Lady Virginie", anmärkte Persephone under en paus i samtalet, tonen varsam medan hon iakttog Claras ansikte. "Fast jag undrar om han verkligen vet vad han ger sig in i."

Clara höll sitt behagliga uttryck med möda, även om hon inte kunde hindra en lätt spänning i axlarna. "De verkar välmatchade", svarade hon diplomatiskt. "Lady Virginie är mycket begåvad, och hennes familj är av första rang."

"Ja, Westbournes är synnerligen stolta över sitt släkte", instämde Persephone. "Nästan lika stolta som de är över sin dotters skönhet. De har haft blicken inställd på en hertiglig förbindelse i åratal." Hon tvekade, och tillade sedan med lägre röst: "Fast mellan oss är jag inte helt övertygad om att Matthews hjärta är med i saken."

Clara kände en liten flämtning av något farligt likt hopp, vilket hon genast tryckte undan. "Lord Whitmores känslor är hans egen angelägenhet", sa hon försiktigt. "Jag är blott en bekant."

Persephones blå ögon var mer än lovligt skarpsynta. "Är ni det verkligen? Så märkligt. Jag fick ett helt annat intryck av sättet han såg på er på Almack's förra veckan, när ni dansade med Lord Carroway."

Clara blinkade förvånat. "Jag är rädd att ni tar miste, Lady Persephone. Lord Whitmore har inte visat något särskilt intresse för mina göranden och låtanden."

"Snälla, kalla mig Persephone, eller till och med Seph, som mina bröder gör", sade den yngre kvinnan med ett varmt leende. "Och jag misstar mig sällan i sådana här frågor. Jag må vara tystlåten, men jag iakttar mycket. Det är en av fördelarna med att bli förbisedd på sällskapsbjudningar, förstår ni, lite som att vara en del av inredningen."

"Jag har svårt att tro att någon skulle kunna förbigå er", sade Clara uppriktigt.

Persephone skrattade. "Det är för att ni tydligen ser till karaktär i stället för former. Säsongens diamanter är slanka och eleganta som Lady Virginie, medan jag är..." hon gjorde en gest mot sin runda figur, "betydligt mer stadgad. Min mor förtvivlar över att hitta en make åt mig, men hon insisterar på att försöka, vilket är varför vi är i London i stället för på vårt lantgods, där jag vore långt lyckligare med mina böcker och mitt måleri."

Clara märkte att hon tog den uppriktiga unga kvinnan till sitt hjärta. "Jag tror många gentlemän skulle finna er ärlighet uppfriskande efter en kväll av inövade grimaser och upprepade komplimanger."

"Vet ni", sade Persephone och lutade sig fram i konspiratorisk ton, "Lady Jersey sade till min mor förra veckan att en ung dam borde begränsa sig till fem samtalsämnen: vädret, hur trångt det är, musikens kvalitet, hennes förkärlek för landet och hennes senaste kyrkobesök. Allt därutöver ansågs farligt intellektuellt och kunde skrämma bort potentiella friare."

Clara skrattade igen, förtjust i Persephones kvickhet. "Utmärkta råd. Jag ska sträva efter att framstå som så tom på innehåll som möjligt på nästa bal."

"Åh, det får ni inte", sade Persephone med låtsad allvarlighet. "Ni har redan utmärkt er med er ridkonst. Det är alldeles för sent att retirera till korrekt konventionellt uppförande nu."

Deras gemensamma skratt skapade en liten bubbla av genuin värme i den annars så formella samvaron. För första gången på veckor kände Clara att något av hennes gamla livslust återvände. Det fanns något oerhört trösterikt i att finna en själsfrände mitt i Säsongens konstlade munterhet, någon som såg genom de polerade fasaderna ned till verkligheten under.

När nästa uppträdande tog plats vid pianot, viskade Persephone: "Ska vi ses på te i morgon? Jag har så många fler iakttagelser om societeten och dess dumheter att jag nästan spricker om jag inte får dela dem med någon som kan uppskatta dem."

Clara nickade, ett äkta leende spred ljus över hennes ansikte. "Det skulle jag tycka mycket om."

Hon återvände till sin plats bredvid Theresa med ett lättare hjärta än hon haft på veckor. Den oväntade vänskapen med Persephone skulle kanske inte läka värken som Matthews avstånd hade skapat, men den erbjöd en balsam av verklig förbindelse i en värld som alltför ofta värderade yta över substans.

Hösten hade målat Hyde Park i rostrött och guld, morgonljuset silade genom halvt kala grenar och prickade stigen framför Clara med skiftande mönster av skugga och solsken. Hennes andedräkt låg som en lätt dimma i den krispiga luften när hon förde Guinevere i jämn trav, den svarta märrens hovar slog en rytmisk takt mot den packade jorden. Det var tillräckligt tidigt för att parken till största delen skulle vara fri från moderiktiga ryttare, även om Clara hade skymtat några hängivna hästmänniskor vid Serpentine, inlindade mot kylan i kapprockar och halsdukar. Bakom henne red stallkarlen från deras hyrda hus, en nödvändig förkläde för anständighetens skull, även om Clara önskade att hon fått vara ensam denna morgon.

Hon hade inte tänkt fortsätta dessa lektioner med Virginie. Efter deras samtal på Hertfords bal och hennes egna iakttagelser av Virginies tilltagande närhet till Matthew hade Clara beslutat att komma med någon ursäkt, att skapa avstånd mellan sig själv och den vackra, beräknande unga kvinna som tycktes fast besluten att säkra den blivande hertigen av Allanworth som sin make. Men när Virginies lapp kom, där hon bönföll om Claras expertis inför en riduppvisning på Lord Pembertons gods nästa månad, kunde Clara inte förmå sig att säga nej. Virginie hade välkomnat Clara in i sin umgängeskrets, behandlat henne som jämlike, och det skapade en skuld. Hennes fars lärdomar om heder och plikt ljöd tydligt i minnet, och därför var hon nu här, på väg mot den överenskomna mötesplatsen vid parkens östra ingång.

Virginie väntade under en ståtlig ek vars löv antagit en djup kopparton, en färg som framhävde hennes eleganta gestalt. Hon bar en ridkostym i djup skogsgrön, det rika tyget slöt sig om hennes slanka figur på ett sätt som lyckades vara både anständigt och lockande. Hennes mörka hår var prydligt ringlat under en liten hatt, prydd med en enda grön fjäder som matchade dräkten perfekt. Bredvid henne stod Pegasus, den bruna valacken såg avsevärt lugnare ut än vid deras första möte, även om öronen fortfarande ryckte nervöst vid små ljud.

"Clara, älskade!" ropade Virginie och vinkade med en hand i handske. "Så förträffligt punktlig ni är. Jag har varit fullkomligt desperat efter er vägledning. Uppvisningen är bara fyra veckor bort, och jag är fast besluten att göra ifrån mig hedervärt."

Clara satt av med en mjuk rörelse, räckte över Guineveres tyglar till sin stallkarl och gick fram. "God morgon, Virginie. Pegasus ser fin ut i dag."

"Det bör han göra, med tanke på förmögenheten i äpplen och socker jag har mutat honom med", svarade Virginie med ett skratt. "Men jag tror att ert råd om att tala lugnt och röra sig med eftertanke har haft större verkan. Han tycks finna mig mindre skrämmande numera."

"Hästar svarar på självförtroende", sade Clara och lät en van hand löpa längs Pegasus hals. "De känner av rädsla eller osäkerhet hos en ryttare, och då blir de nervösa i sin tur."

"Som gentlemän", bemärkte Virginie med en slug liten leende. "De föredrar också en dam som vet sitt eget sinne."

Clara valde att bortse från kommentaren och fokuserade i stället på uppgiften. "Ska vi börja? Jag tänkte att vi kunde arbeta med er hållning i dag. Vid en uppvisning ser domarna först efter en ryttare som sitter korrekt, innan de bedömer några mer avancerade färdigheter."

Under den följande kvarten demonstrerade Clara korrekt hållning, visade Virginie hur hon skulle linjera axlar och ryggrad, hur hon skulle ha kontakt med säte och lår samtidigt som händerna hölls mjuka och följsamma på tyglarna. Det var välbekant mark för Clara, som hade tränat många unga ryttare på Belle Haven, och hon gled tacksamt in i instruktörsrollen med dess tydliga ramar och förväntningar.

"Håll axlarna bakåt men avslappnade", instruerade hon medan Virginie förde Pegasus i en volt omkring henne. "Tänk er en osynlig tråd som drar uppåt från hjässan. Ja, så där ja."

"Det känns ganska onaturligt", klagade Virginie och skiftade i sadeln. "Och nog kommer väl ingen att lägga märke till så små detaljer."

"En domare kommer sannerligen att göra det", svarade Clara. "Och viktigare ändå, Pegasus gör det. Känn hur han rör sig friare när er vikt är rätt fördelad? Hur han svarar snabbare på era hjälper?"

Virginies uttryck gled från tvivel till förvåning när den bruna valacken faktiskt rörde sig med större lätthet, steget blev längre när hon justerade sin position. "Åh! Jag förstår vad ni menar. Det är som om han kan läsa mina tankar tydligare när jag sitter så här."

"Just precis", höll Clara med. "Nu arbetar vi med er handställning. Tyglarna ska hållas precis så här, med tummarna överst och lillfingrarna underst; låt aldrig handlederna rulla inåt. En rak linje från armbåge till bett..."

Hon demonstrerade rätt position när ljudet av annalkande hovslag fångade hennes uppmärksamhet. Clara lyfte blicken och såg en välbekant brun fullblodshäst och dess lika välbekanta ryttare närma sig i samlad galopp. Matthew Whitmore satt Ajax med den lätta grace som en naturbegåvad ryttare har, de breda axlarna markerade av en perfekt skuren ridkappa, de starka låren omslutna av skinnbyxor. Claras hjärta gjorde ett förrädiskt litet skutt vid åsynen av honom, en kroppslig reaktion hon varken kunde förhindra eller kontrollera.

"Whitmore!" ropade Virginie med nöjd, klar röst. "Vilken förtjusande överraskning!"

Matthew tog tillbaka Ajax till halt bredvid dem, uttrycket behärskat när han lyfte på hatten till hälsning.

”Lady Virginie, fröken Bell. En utmärkt morgon för ridning.”

”Visst är det”, instämde Virginie och skänkte honom ett strålande leende. ”Clara har varit fullkomligt ovärderlig i att hjälpa mig inför uppvisningen på Pemberton Park. Jag hoppas att ni kommer? Hertigen har redan tackat ja, tror jag.”

”Sannerligen, jag kommer, jag skulle inte missa ett sådant evenemang på min kusins gods”, svarade Matthew, och lät blicken till sist glida över till Clara. ”Fröken Bell. Ni tycks vara en utmärkt instruktör. Lady Virginies sits har förbättrats märkbart sedan jag senast såg henne rida.”

”Fröken Bell är ett under med hästar”, sköt Virginie in innan Clara hann svara. ”Fast jag är inte helt övertygad om att hennes metoder inte innefattar en smula magi. Jag svär att Pegasus förvandlas till en helt annan häst under hennes ledning.”

Clara höll sin fattning med ren viljekraft, rösten jämn när hon svarade: ”Det är ingen magi inblandad, bara konsekvent hantering och tydlig kommunikation. Hästar svarar väl på trygghet och konsekvens.”

”Egenskaper som Lady Virginie snabbt utvecklar”, iakttog Matthew, hans mörka ögon outgrundliga när de vilade kort på Claras ansikte innan de återvände till Virginie. ”Er förbättring är synnerligen imponerande.”

Virginie strålade öppet vid berömmet, ryggen rätade sig precis så som Clara hade försökt uppmuntra den senaste kvarten. ”Tycker ni verkligen det? Jag är fast besluten att göra ett gott intryck på uppvisningen. Kanske ni kunde ge mig råd också? Clara har varit underbart hjälpsam, men en gentlemans perspektiv vore mycket värdefullt. Var snäll och se på, och säg vad ni tycker!"

Clara fortsatte lektionen med yttre sinnesro, demonstrerade korrekta övergångar mellan gångarterna medan Matthew såg på från ryggen av Ajax. Hennes röst förblev stadig, instruktionerna klara och precisa, utan att avslöja något av den känslostorm som rasade under den lugna ytan. Att ha honom så nära, men ändå så långt borta, var en utsökt sorts plåga som hon inte hade förutsett när hon gick med på denna lektion, även om hon kanske borde ha gjort det. Virginie verkade fast besluten att briljera med sin seger.

"Uppvisningen ska visst innehålla en kort bana med hinder", sade Virginie medan hon ledde Pegasus genom en serie svängar. "Inget alltför utmanande, förstås, men jag måste medge att jag är ganska nervös. Kanske ni kunde visa mig rätt tillvägagångssätt, Clara? Och Whitmore kunde iaktta och komma med förslag?"

"Självklart", instämde Clara. "Nyckeln är att hålla en jämn rytm i anridningen, varken hasta eller tveka."

När Clara satt upp på Guinevere för att demonstrera, kände hon Matthews blick följa hennes rörelser. Det fanns något i hans uttryck som hon inte riktigt kunde tyda, en komplexitet som gick längre än det artiga intresse han visat sedan sin plötsliga reträtt från deras bekantskap.

"Guinevere och jag visar först", förklarade Clara och samlade tyglarna. "Se hur jag placerar kroppen i anridningen, över hindret och vid landningen."

Guinevere svarade vackert när Clara förde den svarta märren mot en låg häck som bildade ett naturligt hinder, de kraftfulla bakbenen sköt dem över häcken i en mjuk, flytande båge som kändes lika självklar som andningen för Clara. I det korta ögonblicket, svävande i luften med sin pålitliga häst, kände Clara en glimt av äkta glädje, en påminnelse om varför hon alltid hade funnit sådan tröst i ridkonsten.

"Utsökt utfört", sade Matthew lågmält när hon återvände till platsen där han och Virginie väntade.

Något i hans tonfall, en värme som hade saknats i deras senaste samspel, fick Clara att se skarpt på honom. För ett flyktigt ögonblick möttes deras blickar, och Clara anade en känsla som påfallande liknade ånger innan hans uttryck åter slöts till artig neutralitet.

"Sannerligen, mycket imponerande", höll Virginie med, om än med en ton av otålighet. "Nå, ska jag försöka nu? Whitmore, kanske ni kunde gå bredvid mig och ge råd?"

"Självfallet", svarade han, satt av från Ajax och räckte över tyglarna till sin stallkarl. "Även om jag betvivlar att jag kan förbättra fröken Bells undervisning."

När Matthew gick bredvid Virginie mot häcken, hans långa gestalt anpassande stegen till Pegasus takt, såg Clara på med en märklig tomhet i bröstet. De utgjorde ett slående par, både eleganta och aristokratiska, perfekt matchade i status och utseende. Vilken rätt hade hon att känna denna envisa värk vid åsynen av dem tillsammans?

Lektionen avslutades strax därpå, med att Virginie förklarade sig mycket förbättrad och förvissad om uppvisningen. "Jag ska öva dagligen", lovade hon, och lät den behandskade handen vila på Matthews arm med bekant lätthet. "Och kanske ni kunde rida med mig ibland, Whitmore? För att se hur jag fortskrider?"

"Om min tid medger det", svarade han, utan att röja något i uttrycket.

"Vi borde återvända innan parken blir alltför full", sade Clara och samlade Guineveres tyglar. "Den fashionabla timmen är snart över oss."

"Åh, måste ni gå redan?" sade Virginie med en näpen liten min. "Whitmore och jag tänkte rida längs Serpentine. Följer ni med?"

"Tack, men jag har ett annat åtagande", ljög Clara smidigt, ovillig att förlänga detta möte. "En annan gång, kanske."

"Självfallet", sade Virginie, även om hennes lättade uttryck antydde att hon inte var särdeles besviken över Claras avböjande. "Och tack igen för er ovärderliga hjälp. Ses vi på Lady Jerseys bal i morgon kväll?"

"Ja, givetvis", bekräftade Clara och satt upp på Guinevere med kanske mer hast än grace.

När hon gjorde sig redo att rida därifrån, klev Matthew fram och lät handen snudda vid Guineveres träns. "Fröken Bell", sade han, med så låg röst att Virginie, som nu rättade till sin hatt, inte kunde höra. "Er hästkunnighet fortsätter att imponera. Uppvisningen blir desto bättre för ert bidrag till Lady Virginies träning."

Clara mötte hans blick rakt, sökande efter en skymt av den värme som en gång funnits mellan dem. "Tack, Lord Whitmore. Jag är säker på att Lady Virginie kommer att klara sig utmärkt under er vägledning."

Något fladdrade till i hans mörka ögon, en kort glimt av känsla som snabbt kuvades. "God dag, fröken Bell", sade han formellt, klev tillbaka och släppte Guineveres träns.

Clara nickade till svar och vände sedan märren mot stigen som skulle föra henne hem. Bakom sig hörde hon Virginies musikaliska skratt som svar på något Matthew sagt, ljudet bar tydligt i den krispiga höstluften.

När Clara red bort, med stallkarlen på diskret avstånd bakom, lät hon den nogsamt upprätthållna fattningen glida en aning. "Han har gjort sitt val tydligt", mumlade hon till Guinevere, orden avsedda för inga öron utom hennes egna. "Och Virginie vore en fullkomligt passande hertiginna."

Den svarta märren lade ett öra bakåt vid ljudet av hennes röst, ett sympatiskt gnägg mullrade i bringan som om till instämmande eller tröst.

Clara rätade på ryggen och höjde hakan, tvingade sig att se framåt i stället för bakåt. Stigen framför henne låg klar och tom, inte olik hennes framtid. En framtid som inte skulle omfatta markisen av Whitmore, trots de förrädiska förhoppningar hon tillåtit sig att nära en kort tid.

"Kom, Guinevere", sade hon och drev märren i rask trav. "Vi har dröjt nog."

Hon skulle möta denna besvikelse, hon skulle möta den med samma värdighet och beslutsamhet som burit henne så här långt. Hon hade överlevt värre prövningar än obesvarade känslor för en man som uppenbarligen föredrog en annan. Hon skulle överleva detta också, och kanske till och med blomstra, när hon väl hade lagt Matthew Whitmore bestämt ur sitt sinne och sitt hjärta.

"Det är mitt eget dumma fel." Hon blinkade bort tårarna som brände bakom ögonen. "En blivande hertig kan inte gifta sig med någon som jag."

Många hade sagt henne det, somliga med vänligare ord än andra. Och även om Clara inte tyckte mycket om Lady Pemberton, var kanske till och med grevinnan änkan god i sin egen mån när hon varnade Clara för att flyga för nära solen, för då skulle hennes vingar brännas. Hon behövde vara realistisk med sina förväntningar. Även Lord Carroway, hur uppmärksam han än var, hade ännu inte antytt äktenskap.

"Jag måste sikta lägre", sade Clara högt. Till hennes förnöjelse frustade Guinevere och la öronen bakåt, som i protest. "Jag vet att du älskar mig." Clara strök märrens glänsande svarta hals ömt. "Du tycker att jag förtjänar månen på ett silverfat, precis som jag tycker att du gör. Men månen är inget någon av oss kan få, så låt oss tänka på att nöja oss med något vi kan få. Ett varmt stall och en hink havre åt dig, och åt mig... kanske borde jag se om jag kan föra Lord Carroway till saken. Och om inte? Nå, då är London kanske inte platsen där jag hittar en make, trots allt!"

Kapitel sju

MATTHEW RÄCKTE ÖVER AJAX tyglar till en väntande stallknekt och gick med långa steg mot Allanworth House, medan gruset knastrade under stövlarna. Morgonritten i Hyde Park hade gjort honom mer uppskakad än han ville medge. Att se Clara igen, att se hennes naturliga behag när hon förde sitt sto över den där häcken, hade väckt känslor han förgäves försökt tränga undan. Han hade hållit avstånd, uppträtt kyligt artigt, men varje stund i hennes närhet var en självförnekelse som blev mer plågsam för varje dag. Det hade varit omöjligt att låta bli att titta på henne, omöjligt att ge Lady Virginie, kvinnan han påstods uppvakta, den uppmärksamhet som anstod. Bredvid

Clara tedde sig Virginie fadd och intetsägande, och hennes ansträngningar att hålla hans intresse var både genomskinliga och irriterande.

Den stora entréhallen i Allanworth House tog emot honom med den välbekanta doften av bivaxpolish och nyplockade blommor. Matthew tog av sig ridvantarna och slog dem mot handflatan medan han övervägde om han skulle byta om innan han tog itu med sin korrespondens. Virginie hade tryckt på samma morgon för att han skulle acceptera inbjudningar till flera tillställningar hon planerade att närvara vid, med tydlig avsikt: hon ville att de skulle synas tillsammans som ett par. Var han redo att ta det steget, att officiellt inleda uppvaktningen? Han skulle väcka vissa förväntningar om han gjorde det; var han beredd att binda sig och påbörja den process som så småningom skulle göra Virginie till hans hustru? Något djupt inom honom ryggade för tanken.

"Matthew", ropade hans fars röst från bibliotekets håll. "Ett ögonblick, om ni behagar."

Hertigen av Allanworth stod i dörröppningen med ett exemplar av *The Times* vikt under ena armen. Trots att han var i femtioårsåldern var hertigen alltjämt en imponerande gestalt, ryggen rak och det mörka håret bara lätt stänkt av silver vid tinningarna. Han betraktade Matthew med skarpa ögon och ett visst allvar i uttrycket som fick Matthew att plötsligt känna sig som en skolpojke igen, en som ertappats med att smyga in i köket efter syltmunkar.

"Jag har just kommit tillbaka från min ritt, far", svarade Matthew och nickade mot sina dammiga stövlar. "Kanske efter att jag har bytt om?"

"Det här tar inte lång tid", sade hertigen, med en ton som antydde att saken inte var frivillig. "Följ mig till mitt arbetsrum, är ni snäll."

Matthew kvävde en suck och följde sin far nerför korridoren till arbetsrummet som alltid hade varit hertigens privata domän. Det var ett vackert rum, panelat i mörkt trä med bokhyllor från golv till tak och höga fönster som vette mot den lilla privata trädgården. En brasa sprakade i spiselgallret för att mota höstkylan och spred ett varmt sken över de vinröda läderfåtöljerna och det massiva skrivbordet i ek som dominerade ett hörn.

Hertigen stängde dörren bakom dem och gick fram till ett sidobord där en kristallkaraff stod bredvid flera glas. "Konjak?"

"Ganska tidigt på dagen", konstaterade Matthew, men han gjorde ingen min av att tacka nej när fadern slog upp två glas och räckte honom det ena.

"Jag förstår att ni hade sällskap i parken i morse", anmärkte hertigen, slog sig ner i en av läderfåtöljerna och gestikulerade att Matthew skulle ta den andra. "Lady Virginie de Mortimer och fröken Bell."

Matthew stod kvar och gick i stället fram till eldstaden där han kunde stirra in i lågorna i stället för att möta faderns genomträngande blick. "Jag stötte på dem av en tillfällighet", sade han, tog en klunk konjak och undrade hur hans far egentligen visste så väl var han varit och vem han träffat. "Fröken Bell gav Lady Virginie lite vägledning med hennes häst."

"Sannerligen." Hertigen snurrade det bärnstensfärgade innehållet i glaset. "Jag finner det egendomligt hur er uppmärksamhet tycks ha förskjutits från fröken Bell till Lady Virginie de senaste veckorna. Ett synnerligen markant skifte i lojalitet.”

Matthews huvud for upp och greppet om glaset hårdnade omedvetet. ”Lojalitet? Vad menar ni exakt med det, far?”

”Nå, Matthew”, sade fadern med en liten axelryckning. ”Halva London lade märke till ert intresse för Clara Bell under hennes första framträdanden i sällskapslivet. Ni kunde knappt ta ögonen från henne på min trädgårdsbjudning. Sedan, plötsligt, eskorterar ni Lady Virginie överallt och låtsas knappt om att fröken Bell existerar. Folk har kommenterat det.”

”Folk borde sköta sitt”, replikerade Matthew och ställde ifrån sig glaset på spiselkransen med mer kraft än nödvändigt. ”Mina sociala åtaganden är knappast föremål för allmän spekulation.”

”Tvärtom”, rättade fadern milt, ”rörelserna hos den ogifte arvingen till ett hertigdöme är av stort intresse för societeten. Särskilt när de involverar två unga damer av anmärkningsvärd skönhet och begåvning.”

Matthew gick av och an framför eldstaden och lågornas sken skar skarpt i hans spända ansiktsdrag. ”Vad exakt antyder ni, far? Att jag på något sätt skulle ha lekt med fröken Bells känslor? Det är befängt.”

”Är det det?” Hertigen lutade sig framåt, och hans mörka ögon lämnade inte Matthews ansikte. ”Jag påpekar bara att det är obarmhärtigt att väcka en ung dams förhoppningar för att sedan släppa henne utan förklaring.”

"Förhoppningar!" Matthew fnös. "Ni måste vara från vettet om ni tror att Clara Bell någonsin skulle ha hyst förhoppningar om att bli min hustru."

Hertigens ögonbryn höjdes svagt. "Och varför skulle det vara så omöjligt?"

"Det vet ni mycket väl", snäste Matthew och undrade vad i all världen hans far var ute efter. "Och dessutom påminner faster Mary mig vid varje tillfälle om att framtida hertiginnan av Allanworth måste vara bortom varje klander, både vad gäller börd och beteende. Lady Pemberton har gjort det fullständigt klart att vår familjs ställning kräver en brud med oklanderlig härstamning."

"Ah, Mary", mumlade hertigen, plötsligt sval i tonen. "Och ni finner hennes åsikter övertygande, gör ni?"

"Det handlar inte om åsikter", insisterade Matthew, och rösten steg medan han gestikulerade energiskt mot fönstret, som om Londons sällskapsliv kunde skymtas bortom glaset. "Det handlar om ställning, om plikt. *Ton* skulle aldrig acceptera någon som fröken Bell som hertiginna."

"Någon som fröken Bell", upprepade hertigen, nu med farligt låg röst. "Vill ni utveckla vad ni menar med det?"

Matthew stannade i steget och intog en försvarsposition när han vände sig mot fadern. Hela den här frågelinjen var vansinnig, med tanke på vad han trodde om den sanna relationen mellan hans far och Clara Bell, men om hertigen inte kunde eller ville erkänna sanningen... nå, Matthew skulle tillåta honom hans självbedrägeri. Det fanns sannerligen andra skäl till att Clara Bell inte passade att gifta in sig i aristokratins högsta skikt, än mindre bli hertiginna av Allanworth. Hans händer knöt sig vid sidorna och öppnades sedan för att understryka hans ord. "Ni vet mycket väl vad jag menar. Hennes härkomst, hennes bakgrund. Det är allmänt känt att hon är Sir Richards systerdotter, född utom äktenskapet. Visserligen en gentlemans dotter, men illegitim. Hur skulle en sådan kvinna kunna anses lämplig som min hustru?"

Hertigen sänkte glaset. "Jag visste inte att ni satte så stort värde vid födslolyckor."

"Det är inte vad jag tycker som betyder något", kontrade Matthew och stack upp ett finger i luften för att markera orden. "Det är vad societeten kräver. Vad vår ställning fordrar. Dessutom är Lady Virginie fullkomligt lämplig. Hennes far är earl. Hennes härstamning är oklanderlig. Hon är vacker, begåvad och skulle bli en i alla avseenden passande hertiginna."

"Och ändå", noterade hertigen med ett egendomligt halvt leende, "ser ni inte särskilt lycklig ut över detta synnerligen lämpliga parti ni eftersträvar."

Matthews axlar stelnade. "Lycka är en lyx som män i vår position inte alltid har råd med. Vissa saker är viktigare än personligt tycke."

"Som vad?" undrade hertigen.

"Plikt. Ansvar. Att upprätthålla de normer som förväntas av vår rang. Det om något borde ni förstå!"

Hertigens uttryck förändrades i samma ögonblick, från till synes vardaglig fråga till obestridlig vrede. Hans ögon, så lika Matthews egna, mörknade nästan till svart, och en muskel spelade vid käklinjen. Han reste sig och lämnade fåtöljen, sträckte på sig till hela sin längd, och även om han inte var längre än Matthew, tycktes han plötsligt dominera rummet genom ren viljekraft. När han talade var rösten farligt låg, behärskad som hos en man som tyglar en storm.

"Jag förstår mycket väl, men jag hade väntat mig bättre av er, Matthew", sade han och ställde ner sitt konjaksglas med sådan avsiktlig varsamhet att det mjuka klicket mot bordet ekade i rummet. "Att höra min son, min arvinge, tala med sådan förakt om en ung kvinna vars enda 'synd' var att födas utanför äktenskapets helgd, gör mig djupt besviken."

Matthew öppnade munnen för att invända, men hertigen tystade honom med en höjd hand.

"Clara Bells illegitimitet utgör inget hinder i mina ögon", fortsatte han, och rösten vann i styrka för varje ord. "Hennes karaktär är oantastlig. Hon är intelligent, uppfinningsrik, godhjärtad och besitter mer naturlig värdighet än hälften av de så kallade damer med oklanderlig börd som kelar sig igenom Londons salonger."

Matthew stod orörlig framför eldstaden, chockad över faderns kraftfulla reaktion. Han hade väntat sig kanske en mild tillrättavisning, ett erkännande av sociala realiteter, inte detta passionerade försvar.

"Jag väntade mig bättre av er, Matthew", sade hertigen, och besvikelsen lät i varje stavelse. "Jag uppfostrade er att döma människor efter deras handlingar, deras karaktär, inte efter födslolyckor över vilka de saknar all kontroll. Och ändå står ni här och upprepar Mary Pembertons nonsens om lämpliga hertiginnor som om det vore evangelium."

"Faster Mary påpekar bara vad societeten förväntar sig", svarade Matthew, även om rösten saknade sin tidigare övertygelse.

"Mary Pemberton", sade hertigen med plötslig bitterhet, "har utsett sig själv till väktare av vår familjs så kallade normer sedan den dag jag gifte mig med hennes syster." Han skakade på huvudet, uppenbart förgrymmad. "Jag hade hoppats att med er mors bortgång skulle Marys inflytande äntligen avta. Jag ser att jag tog miste."

Matthew stirrade på sin far, förvirringen trängde undan vreden när han försökte förstå denna oväntade reaktion. Hertigen hade alltid varit reserverad, behärskad, en man som satte värde på korrekthet och tradition. Detta varma försvar för Clara Bell, denna förkastelse av sociala förväntningar, verkade helt olikt honom.

"Er mor var ingen varm kvinna", fortsatte hertigen och blicken blev fjärran, som om han såg in i det förflutna. "Vårt äktenskap arrangerades, som så ofta i vår krets, och även om vi kom att hysa ömsesidig respekt fanns där föga tillgivenhet. Jag hade hoppats på bättre för er, Matthew. Jag hade hoppats att ni skulle finna en livskamrat som kunde föra värme och liv in i dessa rum, inte bara ännu en samhällsprydnad som skulle föreviga den kyla och formalitet som präglat hertigdömet alltför länge."

Matthew såg hur fadern gick fram till fönstret och blev stående och blickade ut. Hertigen talade sällan om Matthews mor och aldrig med sådan öppenhet. Något grundläggande skiftade mellan dem i det här samtalet, en sedan länge etablerad gräns korsades.

"Ni synes hysa en anmärkningsvärt hög uppfattning om fröken Bell", observerade Matthew försiktigt.

"Jag har känt henne sedan hon var barn", svarade hertigen, fortfarande vänd mot trädgården. "Jag har sett henne växa till en enastående ung kvinna, en som skulle ära varje familj lycklig nog att få kalla henne sin."

Kaminuret tickade högt i tystnaden som följde, och varje sekund sträckte sig mellan dem som en fysisk närvaro. Matthew studerade faderns profil, den stolta käklinjen, den lätta mjukheten kring ögonen när han talade om Clara. Han kunde inte längre hålla tillbaka frågan; den måste ställas, och kanske skulle faderns reaktion vara svar nog.

"Far", sade Matthew till sist, knappt mer än en viskning. "Är hon er dotter?"

Hertigens huvud for runt, och hans uttryck var av sådan äkta bestörtning att Matthew ångrade orden i samma ögonblick de lämnat hans läppar. Fadern ryggade fysiskt tillbaka och tog ett steg bakåt som om själva frågan varit ett slag.

"Min *vad*?" flämtade han, och färgen rann ur ansiktet. "Vad i Herrans namn får er att tro något sådant?"

Matthew stod fast, även om hans säkerhet vacklade inför faderns uppenbara häpnad. "Era årliga resor till Hampshire och er hemlighetsfullhet kring dem! Ert intresse för hennes debut i London. Sättet ni ser på henne, med sådan stolthet."

Hertigen stirrade på honom, mållös för kanske första gången i Matthews minne. Han öppnade munnen, stängde den igen och skakade sedan på huvudet som för att skingra tankarna.

"Ni tror att jag avlat ett barn med Sir Richards syster?" sade han till sist, med en tom ton av otro. "Att Clara är min... oäkta dotter?"

"Bevisen verkade peka åt det hållet", sade Matthew, nu mindre säker inför faderns uppenbara chock.

"Gode Gud", muttrade hertigen. "Är det därför ni undvikit stackars flickan? Varför ni plötsligt överförde er uppmärksamhet till den där Westbourne-flickan?" En insiktens blick spred sig över hans drag. "Ni trodde att hon var er *syster*."

Matthew nickade stelt, och het skam började stiga som rodnad i ansiktet när han förstod att han fruktansvärt, katastrofalt, hade dragit fel slutsatser. Hur sanningen än såg ut var den inte vad han hade trott. "Det föreföll den mest logiska förklaringen till ert intresse för hennes familj."

Hertigen såg på honom en lång stund och gjorde sedan något Matthew inte hade sett på åratal, kanske inte sedan barndomen. Han skrattade, ett genuint skall av munterhet som tycktes förvåna även honom själv.

"Åh, min pojke", sade han och skakade på huvudet. "Vilket trassligt nät vi väver." Han gick tillbaka till sin fåtölj och sjönk ner, drog handen över ansiktet som för att samla sig. "Jag kan förstå hur ni kom till en sådan slutsats, men jag försäkrar er, den är alldeles felaktig."

"Varför då?" frågade Matthew ivrigt. "Vilken är er förbindelse till familjen Bell? Varför har ni aldrig talat om dem förrän Clara dök upp i London? Varför hemlighetsmakeriet kring era besök hos dem?"

Hertigen sträckte sig efter sitt övergivna konjaksglas, tog en ordentlig klunk och ställde ner det igen. Hans uttryck hade skiftat från chock till något mer sammansatt, en blandning av resignation och vad som kunde vara lättnad.

”Sätt er, Matthew”, sade han och pekade på fåtöljen mittemot. ”Det verkar som om vi sedan länge är skyldiga varandra ett samtal om familjen Bell och min relation till dem.”

Matthew tvekade, men gick sedan till den anvisade fåtöljen och slog sig ner på kanten i stället för att luta sig tillbaka. Faderns reaktion hade varit för äkta för att betvivlas, men någon förklaring måste ges till hans ovanliga intresse för Clara Bell och hennes familj.

”Jag ger er mitt ord”, sade hertigen högtidligt och mötte Matthews blick, ”Clara Bell är inte min dotter. Varken av blod eller på något annat vis.” Han gjorde en paus och valde uppenbart orden med omsorg. ”Även om jag måste medge att jag med åren kommit att hysa något som liknar faderlig ömhet för henne. Liksom för alla Sir Richards adopterade döttrar.”

Matthew lutade sig fram. ”Varför då hemlighetsmakeriet? Varför dessa årliga pilgrimsfärder till Hampshire som ni aldrig talar om?”

Hertigen drog en tung suck och sjönk djupare ner i fåtöljen med minen hos en man som står i begrepp att lätta sitt hjärta. ”Det är inte främst Clara jag har besökt. Det är hennes yngsta adoptivsystrar, Laura Jane och Charlotte Grace.”

”Tvillingarna?” sade Matthew, som mindes att Clara nämnt dem när hon talat om sina systrar. ”Vilken möjlig förbindelse kan ni ha med dem?”

”De är mina syskonbarn”, sade hertigen stilla. ”Min syster Lauras barn.”

Matthew stirrade på sin far, mållös för ett ögonblick. ”Er syster? Moster Laura? Men... hon dog ju, för åratal sedan!” Han hade då fortfarande gått på Eton och sörjt sin moster, som bara varit några få år äldre än han. Vacker och livsglad hade hon varit en solstråle i den kyliga formaliteten på Allanworth Abbey.

”Hon dog”, bekräftade hertigen, och rösten bar spår av gammal sorg. ”Men inte av någon sjukdom, som jag lät societeten tro. Laura var ung, knappt tjugo, när hon förälskade sig djupt i en man som visade sig fullkomligt ovärdig henne. Han var gift, men dolde det tills... tills det var för sent.” Knogarna vitnade där han grep om fåtöljarmstödet. ”Er mor ville att jag skulle förskjuta Laura, kasta ut henne, men det kunde jag inte. Inte min lilla syster. När hennes tillstånd inte längre gick att dölja tog jag henne till Hampshire, till Belle Haven. Sir Richard och hans hustru Theresa var nygifta då, men de öppnade sitt hem för henne utan minsta tvekan.”

”Och fadern?” frågade Matthew, medan han försökte ta in denna avslöjande berättelse.

”En gift diplomat som återvände till sin hustru i Wien i samma stund som Laura berättade att hon väntade barn”, svarade hertigen, med hårdare röst. ”Hon dog i barnsäng när tvillingarna föddes. Richard och Theresa, Gud välsigne dem, tog spädbarnen som sina egna. Laura Jane miste synen efter en feber när hon var liten, men båda flickorna har vuxit upp till fina unga kvinnor. Jag besöker dem varje sommar för att se dem, för att försäkra mig om att de inte saknar något, och under de besöken har familjen Bell öppnat sitt hem och sina hjärtan för mig, och jag mitt för dem. Jag bryr mig om alla deras döttrar som om de vore familj."

Oförmögen att stå still medan han bearbetade chocken, reste sig Matthew och gick av och an över den tjocka mattan fram till fönstret. Sanningen, när den väl lagts i dagen, var både enklare och mer sammansatt än han föreställt sig. Clara var inte faderns oäkta dotter, men hennes yngre systrar *var* familj, Matthews egna kusiner.

"Varför hålla det hemligt?" frågade han. "Det borde väl inte ha funnits någon skam i att erkänna era syskonbarn?"

"Er mor", sade hertigen efter en kort tvekan, "ansåg med stor emfas att saken skulle förbli privat. Skandalen kring Lauras situation... hon fruktade att den skulle kasta skugga över vår familj, och ni var fortfarande ung. Jag respekterade hennes önskan, men såg till att flickorna var väl försörjda. Den hemgift Laura skulle ha fått sattes åt sidan och investerades, att delas mellan dem när de kom i ålder, och jag säkerställde andra möjligheter för Sir Richard att förbättra familjens ställning, om än aldrig något han inte väl förtjänade."

"Och Clara?" Matthew vände sig från fönstret. "Hon är i sanning Sir Richards systerdotter, så som societeten tror?"

"Ja. Dotter till hans syster Elizabeth, som likt min Laura hamnade i ett ömtåligt läge utan make som kunde skydda hennes rykte. Richards far försköt Elizabeth, men Richard höll kontakten med henne genom hela graviditeten. När hon dog i barnsäng tog han lilla Clara till sig och uppfostrade henne som sin egen, precis som han och Theresa senare gjorde med mina syskonbarn."

"Och de andra döttrarna?" frågade Matthew, som mindes att hans vän Lord Debney hade sagt att Sir Richard Bell hade inte mindre än sex adopterade döttrar.

"En skara lyckligt lottade unga kvinnor som livet först gav usla kort, men sedan gottgjorde genom att placera dem i Richards och Theresas vård", svarade hertigen med uppriktig värme. "Richard har ett generöst hjärta. Han ser värde där andra bara ser omständigheter. Det är en egenskap jag alltid beundrat hos honom, och det har även andra – ni vet mycket väl att han är en stor favorit hos prinsregenten, förstås, men det finns många inflytelserika män i societeten som känner hans värde och gärna skulle knyta band till hans familj. Hans äldsta adopterade dotter gifte sig med Bridgnorths yngre son för några månader sedan." Hertigen halvskrattade. "Och Lady Bridgnorth har ännu mer inflytande i societeten än er faster Mary! Om en av Richard Bells döttrar duger åt hennes son, kan Lady Bridgnorth mer än väl övertyga hela världen om att en av de flickorna vore lämpad att gifta in sig i kungahuset självt!"

Matthew stod orörlig vid fönstret, och hans världsbild skakades synbart när han bearbetade allt detta. Lättnaden som sköljde genom honom var så djup att han blev yr. Clara var inte hans syster. De känslor han hade förnekat, tryckt undan och kämpat emot i veckor var inte det avskyvärda han hade fruktat.

"Det verkar som om jag har felbedömt åtskilligt", sade han till sist, ovanligt dämpad.

"Det förefaller så", höll hertigen med och betraktade sin son uppmärksamt. "Men jag tror att den större felbedömningen vore att fortsätta på er nuvarande bana av stolthet eller envishet."

"Min nuvarande bana?"

"Er skenbara uppvaktning av Lady Virginie", förtydligade hertigen. "En ung kvinna för vilken ni uppenbarligen inte känner annat än en pliktskyldig uppskattning för hennes lämpliga härstamning. Jag ser er, min son, jag ser hur ni försöker övertala er själv att gifta er för hertigdömets skull och för vad vissa villfarelser i societeten påstår krävs av er hustru, men jag lovar er att ni har fel. Låt er inte begå samma misstag som jag."

Matthew stirrade på sin far. "Ert misstag?"

"Att lyssna på vad andra ansåg att jag borde göra." Hertigen lade händerna platt på skrivbordet och såg på dem, på den gamla signetringen på lillfingret med hertigens sigill djupt ingraverat. "Blodsband är bedrägliga ting, min son. De uppväger inte karaktär, verkligt sällskap eller ett partnerskap mellan två människor som verkligen respekterar och bryr sig om varandra. Ni ska leva med er hustru ett helt liv. Välj inte någon ni inte vill tillbringa ett helt liv med."

Matthew vände sig åter mot trädgården och stirrade utan att se på de prydligt krattade grusgångarna mellan häckar och vinterbara rabatter. Londons gator låg där bortom, och någonstans på de gatorna fanns Clara, som trodde att han med avsikt hade valt en annan kvinna framför henne. Tanken gav honom en iskall stöt av ånger genom bröstet.

"Jag har varit en narr", medgav han mjukt, mer för sig själv än för fadern.

"Vi är alla narrar i hjärtats angelägenheter", svarade hertigen, med en oväntad mildhet i tonen. "Det är först när vi vägrar erkänna vår dårskap som vi blir verkligt beklagliga."

Matthews fingrar ritade ett abstrakt mönster på fönsterglaset, hans spegelbild bröts och fogades samman på nytt för varje rörelse. "Jag tror", sade han långsamt, knappt hörbart, "att jag kan vara förälskad i henne."

Hertigens spegelbild dök upp bredvid hans egen, och deras gemensamma drag framhävdes av glaset och eftermiddagsljuset. "Clara Bell?" frågade han, även om det uppenbarligen inte var en fråga som krävde svar.

"Ja", svarade Matthew enkelt.

Hertigens ansikte mjuknade i ett obestridligt gillande. "Då föreslår jag att ni inte slösar mer tid på att uppvakta en kvinna ni inte vill ha, medan den ni vill ha tror att ni har förskjutit henne."

"Det kan vara för sent", sade Matthew och vände sig mot fadern. "Mitt uppförande har varit förfärligt. Jag har ignorerat henne, undvikit henne, i det närmaste klippt henne offentligt. Allt för att jag trodde..." Han skakade på huvudet, oförmögen att fullfölja meningen.

"Clara Bell låter sig inte nedslås så lätt", sade hertigen med övertygelse. "Hon tränade en häst att buga för kungligheter, om ni minns. Jag misstänker att hon besitter nog envishet för att uthärda några veckors dåligt uppförande från en förvirrad ung man.”

”Jag måste tala med henne”, sade Matthew, och fötterna bar honom redan mot dörren. ”Förklara, be om ursäkt.”

”Jag skulle föreslå blommor också”, ropade hertigen efter honom, med en tydlig glimt av munterhet i rösten. ”Och kanske en mer sammanhängande förklaring än 'Jag trodde att ni var min syster.' Vissa sanningar, hur upplysande de än är, är inte nödvändigtvis de mest romantiska deklarationerna.”

Matthew stannade med handen på dörrvredet och vände tillbaka blicken mot fadern med nyfunnen respekt. ”Tack”, sade han enkelt.

”För vad?” frågade hertigen.

”För att ni litade på mig och berättade sanningen”, svarade Matthew. ”Och för att ni tänker så gott om Clara.”

”Min pojke”, sade hertigen med ett snett leende, ”ni kan inte få bättre än Clara Bell. Gå nu och försök övertyga henne om den saken innan någon annan ung man med bättre förstånd kommer till samma slutsats. Jag hörde att Carroway har skrivit till sin farbror; den gamle lämnar inte sitt gods i Yorkshire, men om han ger sitt samtycke...”

Matthew nickade och skyndade ut ur arbetsrummet. Tankarna rusade redan i förväg, och han planerade hur han skulle närma sig Clara, vilka ord som möjligen kunde reparera skadan hans felaktiga antagande hade orsakat. Han måste vara ödmjuk, ärlig och framför allt tydlig med sina känslor och avsikter; och han måste skynda, innan Carroways farbror svarade jakande och Carroway friade.

När han styrde stegen mot trappan för att byta sina ridkläder kände Matthew sig lättare än han gjort på veckor. Kunskap som varit en börda hade förvandlats till befrielse, och den barriär han byggt mellan sig och Clara visade sig vara en illusion född ur missförstånd. Nu återstod bara att övertyga henne om att hans hjärta var hennes och att mannen som undvikit henne som pesten var värd en andra chans.

Han upptäckte att han tog sig an utmaningen med oväntad iver. Clara Bell var värd att kämpa för, värd att ödmjuka sig för, värd varje ansträngning det kunde krävas för att vinna hennes förtroende och tillgivenhet. Och den här gången skulle det inte finnas några missförstånd mellan dem, bara den rena, obehindrade sanningen om hans känslor.

Det var först när han satte foten på nedersta trappsteget som Matthew började undra: besvarade hon hans känslor? Var han på väg att lägga sitt hjärta för Claras fötter bara för att se det trampas på? Han grimaserade; om hon nu hade känslor för honom hade han trampat rakt över dem de senaste veckorna, och ett avvisande vore knappast mer än han förtjänade. Trots oron för att Carroway stod i begrepp att fria, måste Matthew gå varsamt fram. En plötslig deklaration skulle sannolikt göra mer skada än nytta.

Först en ursäkt, tillsammans med de blommor hans far föreslagit, och sedan en ärlig förklaring.

Clara förtjänade inget mindre.

Kapitel åtta

NÄSTA MORGON LEDDE CLARA Guinevere in på den väl-
bekanta stigen in i Hyde Park ännu en gång, och stoets
hovar föll mjukt mot den fuktiga marken. Genom den
tunnande dimman fick hon syn på Lady Virginie som
väntade vid den stora eken som tjänade som deras vanliga
mötesplats. Den unga aristokraten gjorde en elegant figur
i en ridkostym i djupt violett, vars rika färg framhävde
mörkret i hennes hår och den krämiga fulländningen i
hennes hy. Hur många ridkostymer ägde Virginie? Hon
hade verkat bära en ny varje gång Clara sett henne; till och
med Clara, som red varje dag och ofta mer än en häst när
hon var hemma på Belle Haven, hade bara två.

Virginie stod bredvid Pegasus med en behandskad hand lätt vilande på hans träns, och den bruna valacken tornade upp sig över hennes slanka gestalt.

"Clara, älskling!" ropade Virginie, hennes långsamma, utdragna tonfall bar över den fuktiga morgonluften. "Ni är alldeles förträffligt punktlig. Jag ber så mycket om ursäkt för att jag inte redan sitter till häst, men Pegasus var i ett sådant tillstånd i morse att jag inte vågade rida honom till parken. Vi gick hela vägen hit!"

Clara satt av med övad lätthet, räckte över Guineveres tyglar till sin stallknekt och gick fram. Hennes tränade blick granskade Pegasus och lade märke till hur hans öron for fram och tillbaka, den lätta spänningen i musklerna när hon kom närmare. Inget i hans uppträdande verkade särskilt oroande, bara den vanliga vaksamheten hos en temperamentsfull häst.

"Han verkar lugn nog nu", konstaterade Clara och lät sin behandskade hand glida längs Pegasus hals, kände värmen i pälsen under fingrarna. "Har något särskilt hänt som har upprört honom?"

Virginie ryckte på sina eleganta axlar. "Inget jag kunde urskilja. Han var hur medgörlig som helst när vi red hem efter er underbara lektion senast, men i morse var han nära att sparka Williams när stalldrängen försökte sadla honom. Synnerligen besynnerligt. Jag undrade om han möjligen har utvecklat en aversion mot tidiga morgnar." Hon skrattade lätt, som om hon delade ett privat skämt. "Det kan jag knappast klandra honom för, förstås."

Clara gick långsamt runt Pegasus, hennes tränade öga sökte efter tecken på skada eller obehag som kunde förklara beteendeförändringen. Hans päls glänste av hälsa, hans hållning var jämn, och hans ögon, även om de var alerta, visade inga tecken på smärta eller rädsla. Han lät henne till och med lyfta varje hov och kontrollera dem utan att trilskas.

”Jag ser inget som är fel”, drog hon slutsatsen och återvände för att ställa sig framför Virginie. ”Hästar, liksom människor, har ibland sina humör.”

”Så trösterikt att veta”, svarade Virginie med ett leende som inte riktigt nådde ögonen. ”Fast jag medger att jag är obenägen att försöka sitta upp efter Williams upplevelse. Kanske kan vi skjuta upp dagens lektion?”

”Nonsens”, sade Clara, och hennes tillförsikt till sin egen förmåga övertrumfade varje tvekan. ”Jag har arbetat med betydligt mer utmanande hästar på Belle Haven. Lite morgonhumör är inget att bekymra sig för. Om ni vill kan jag arbeta med honom först för att lugna honom och sedan leda er genom era övningar när han är stilla igen.”

Virginies uttryck ljusnade genast. ”Skulle ni? Alldeles utmärkt. Jag visste att jag kunde förlita mig på er expertis.”

Clara gick fram till Pegasus huvud och talade mjukt med hästen medan hon gjorde sig redo att leda honom en bit bort för att sitta upp. Under veckorna hon arbetat med Virginie hade den bruna valacken visat sig välutbildad och i regel jämn i humöret, och han svarade vackert på tydlig, trygg hantering. Vilken tillfällig nyck som än drabbat honom denna morgon skulle säkert snabbt gå över under hennes ledning.

”Fröken Bell”, kom en djup röst bakom henne, och den skrämde Clara så att hon närapå tappade Pegasus tyglar. ”Vilken lycklig tillfällighet. Jag hoppades hitta er här.”

Clara vände sig långsamt om, och hennes hjärta gjorde en ovälkommen fladdring av igenkänning trots hennes bestämda order om motsatsen. Matthew Whitmore stod framför henne, hans långa gestalt ritad mot morgonljuset, med Ajax tyglar nonchalant lagda över ena armen. Han hade tagit av sig hatten, och det mörka håret lockade sig lätt av morgondimmans fukt, vilket gav honom en pojkaktig air som stod i kontrast till den allvarliga sättningen i käken.

”Lord Whitmore”, sade hon och var stolt över att rösten var stadig trots den plötsliga åtstramningen över bröstet. ”Jag väntade mig inte att se er i morse.”

”Whitmore!” utropade Virginie och hela hennes uppsyn förändrades när hon snabbt gick fram till hans sida. ”Så förtjusande! Har ni kommit för att se på vår lektion?”

Något fladdrade till i Matthews blick när han kastade en snabb blick på Virginie innan han återvände till Clara. ”Faktiskt tänkte jag att jag kanske kunde vara till hjälp. Lady Virginie nämnde i går att Pegasus har varit ganska hetsig på sistone.”

Claras grepp om Pegasus tyglar hårdnade omärkligt. Självklart red de tillsammans i går, efter att hon ensam åkt hem, fast besluten att få Matthew Whitmore ur tankarna en gång för alla. Den insikten lade sig som en kall sten i magen.

”Så omtänksamt av er”, svarade hon och kunde inte helt dölja skärpan i rösten. ”Men jag försäkrar er, jag klarar Pegasus utmärkt utan assistans.”

"Jag tvivlar inte på er kompetens, fröken Bell", sade Matthew och tog ett steg närmare. "Jag tänkte bara att ett par extra händer kunde vara välkommet, särskilt om hästen verkligen är så orolig som Lady Virginie antyder."

Clara betraktade honom med knappt dold förvåning. Efter veckor av artigt avstånd, av knappt erkända hälsningar vid sällskapligheter, tedde sig denna plötsliga omsorg nästan besynnerlig och malplacerad. Vilket spel spelade han nu? Ena stunden uppvaktade han henne med tydligt intresse, nästa snäste han av henne till förmån för Virginie, och nu denna oväntade uppmärksamhet?

"Jag finner ert bekymmer något förvånande, min herre", sade hon stilla, med rösten så låg att bara han kunde höra medan Virginie för stunden var upptagen med att rätta till sina ridvantar. "Givet er senaste beslutsamhet att låtsas som att jag knappt existerar."

En rodnad steg på Matthews kinder, och han hade anständigheten att se besvärad ut. "Det där förtjänar jag", medgav han lika lågt. "Men jag skulle be er låta mig förklara, vid ett mer lämpligt tillfälle. För nu, snälla, låt mig vara till tjänst. Hästen verkar ovanligt spänd."

Clara kastade en blick på Pegasus och märkte att han verkligen hade blivit mer orolig under deras samtal, hans stora kropp skiftade av återhållen energi, och hans öron for fram och tillbaka allt snabbare. Det förnuftiga vore att acceptera den hjälp som erbjöds, oavsett hennes personliga känslor för mannen som sträckte ut handen.

"Nåväl", medgav hon, och hennes praktiska läggning tog över stoltheten. "Ni kan bistå mig när jag sitter upp."

"Tack", sade Matthew, och de enkla orden bar en uppriktighet som tog Clara på sängen.

Han gick fram till Pegasus sida, talade mjukt till hästen och förde en van hand längs valackens hals och manke. Clara iakttog, motvilligt imponerad av hans uppenbara vana vid hästar, en färdighet som inte alla gentlemän av hans rang besatt trots att de flesta påstod sig älska jakt.

"Redo när ni är det, fröken Bell", sade han och kupade händerna för att bilda ett steg för hennes fot.

Clara kom fram och rustade sig för den oundvikliga beröringen. När hon satte stöveln i hans kupade handflator kändes Matthews händer varma och stadiga även genom ridstöveln. Med en smidig rörelse, född ur många års vana, använde hon hans stöd för att graciöst glida upp i sadeln.

Det hon inte hade räknat med var den plötsliga, våldsamma reaktionen hos hästen under henne, just som hon sökte efter stigbygeln med foten.

I samma stund som Claras tyngd satte sig på Pegasus rygg visste hon att något var fruktansvärt fel. Hästens muskler samlade sig under henne som hoppressade fjädrar, hela kroppen vibrerade av en spänning som inte alls liknade hans vanliga lyhördhet. Han tog två stelbenta steg och stannade sedan, lyfte huvudet tvärt så att näsborrarna fladdrade.

"Lugnt", sade Clara mjukt, glömde stigbygeln för ett ögonblick och tog en lätt förhållning i tyglarna för att försäkra hästen om att hon var där och hade kontroll, med den milda men bestämda kommunikation som alltid hade fungerat förut. I stället för att svara med sin vanliga villiga framåtrörelse gav Pegasus en kort, snabb skakning på huvudet, det vita i ögonen blev plötsligt synligt och hans öron lade sig platt mot skallen.

"Vad är det med dig i dag?" mumlade Clara, med rösten medvetet lugn och len trots att varningsklockorna ringde i hennes huvud. En häst som visade dessa tecken var på gränsen till panik, och en panikslagen häst var farlig för alla i dess närhet. Hon behöll sin sits med perfekt balans, år av träning lät henne instinktivt anpassa sig till valackens spända hållning. Hon flyttade foten lite, sökte stigbygeln och kände lättnad när hon till slut fann den med tån. Den extra stabilitet som stigbygeln gav var en lisa i den rådande situationen.

"Är något fel?" ropade Virginie från platsen där hon stod med Matthew, båda betraktade Claras ansträngningar med uppenbar nyfikenhet.

"Backa, är ni snäll", svarade Clara utan att ta blicken från Pegasus ryckande öron. "Han verkar ovanligt nervös i dag. Jag behöver utrymme för att jobba igenom det här."

Hon strök Pegasus hals med en behandskad hand och fortsatte tala i samma stadiga, milda ton. "Lugnt nu, ståtlige vän. Det finns inget att vara rädd för här. Det här har vi gjort förut, du och jag." Spänningen i djurets kropp gav inte med sig; om något tilltog den, och hans hud ryckte under hennes hand som om plågad av osynliga flugor.

Claras tankar rusade igenom möjliga förklaringar: smärta från en osedd skada, rädsla för något i omgivningen, eller kanske någon kvarvarande upprördhet från morgonens svårigheter med stalldrängen. Oavsett orsaken behövde hon snabbt etablera kontroll innan situationen förvärrades.

”Vi ska bara skritta några steg”, sade hon, lade ett lätt tryck med skänkeln samtidigt som hon behöll en mjuk kontakt i hästens mun genom tyglarna, den rätta balansen av hjälper som hade fungerat felfritt i deras tidigare pass.

Pegasus svarade med att kasta upp huvudet bakåt så att han nästan träffade Claras ansikte. I nästa ögonblick lämnade framhovarna marken när han stegrade sig, och frambenen slog i luften. Clara sköt automatiskt fram vikten, pressade kroppen längs hans hals för att behålla balansen, och lät händerna glida upp över halsen för att ge honom frihet att komma ner igen utan att dra honom i munnen och få honom att stegra högre.

”Håll er undan!” ropade hon skarpt till Matthew och Virginie när Pegasus framhovar återvände till marken med en tung duns. I samma stund som hovarna tog i försökte Clara driva honom framåt, medveten om att rörelse skulle hjälpa till att lösa upp den nervösa energin.

I stället stegrade Pegasus igen, högre denna gång, och balanserade farligt på bakbenen. Clara lutade sig ännu längre fram, kroppen nästan parallell med hans hals, och händerna grep nu tag i manen för stabilitet. Valackens muskler skälvde under henne av ansträngningen att hålla den onaturliga ställningen.

”Vad gör ni med honom?” utbrast Virginie med skärande, uppjagad röst. ”Han har aldrig gjort något sådant här förut!”

"Längre bakåt!" befallde Matthew och drog Virginie flera steg bort från den kämpande hästen och ryttaren. "Clara, vad händer? Varför beter han sig så där?"

Clara hade inte uppmärksamhet nog att svara. När Pegasus kom ner igen försökte hon genast en annan metod, använde innerhand och skänkel för att försöka vända honom på en liten volt, en teknik som ofta hjälpte till att återfå kontrollen över en stökig häst genom att styra om energin och göra det svårt att stegra eller bocka.

Pegasus gjorde motstånd mot vändningen, hela kroppen blev stel i ett hjärtsnörpande ögonblick. Sedan, med en våldsamhet som överraskade även Clara, exploderade han i en serie bocksprång, ryggen välvde sig när han kastade upp bakbenen högt i luften. Clara klämde fast höger ben runt damsadelns horn, satt djupt i sadeln och lutade sig en aning tillbaka för att motverka framåtkastet i rörelsen. Hennes högra hand höll ett fast grepp om tyglarna medan den vänstra tvinnade sig in i manen som ett fäste medan hon kämpade för att sitta kvar.

"Herregud!" hörde hon Virginie utropa; den aristokratiska, välvårdade tonen var som bortblåst i ren chock.

Clara hade ingen luft att svara med. Varje bocksprång drev ur luften ur hennes lungor, den våldsamma rörelsen prövade varenda muskel i kroppen när hon kämpade för att förutse och parera Pegasus rörelser. Det här var inte ett vanligt utslag av glädjesprång eller morgonhumör. Valacken uppförde sig som en häst som aldrig haft en sadel på ryggen, långt ifrån den som hade varit så angenäm att rida i parken så sent som i går.

Samtidigt som hon kämpade för att stanna på hästryggen fortsatte hennes sinne den professionella bedömningen, och år av hästutbildning på Belle Haven gav en ram för att förstå även detta extrema beteende. Smärta kunde framkalla en sådan reaktion, men hon hade kontrollerat honom noga innan hon satt upp och sett inga tecken på skada. Rädsla kunde förklara det, men för vad? Parken var nästan tom vid denna tid, och de vanliga utlösande faktorerna för hästskräck, som hundar eller plötsliga rörelser, var helt frånvarande. Den återstående förklaringen var både den mest oroande och den mest sannolika: någon hade medvetet hetsat upp hästen före hennes ankomst.

Innan hon hann fullfölja denna störande tanke slutade Pegasus tvärt att bocka och kastade sig i ett huvudlöst sken. Clara fann sig klamra sig fast vid en skenande häst, och tyglarna var nära att ryckas ur händerna av rörelsens plötslighet. Hon hämtade sig snabbt, samlade läderremmarna och försökte åtminstone få viss kontroll över riktningen om inte farten.

Parken suddades ut runt dem när Pegasus slet över det öppna fältet, och hans kraftfulla språng åt upp avståndet i alarmerande takt. De få morgontidiga ryttarna och promenerande flydde ur vägen, ropande i skräck. Clara lade all sin uppmärksamhet på att sitta kvar och styra den panikslagna hästen bort från hinder som kunde orsaka allvarlig skada för dem båda.

”Sväng, sväng”, manade hon mellan sammanbitna tänder, lade tryck med tyglar och skänkel för att försöka få Pegasus in på en volt. En häst kan springa rakt nästan hur länge som helst, men arbetet att svänga tröttar dem till slut, vilket gör det lättare att återta kontrollen. Det var en grundprincip i ridkonsten som tjänat henne väl med otaliga svåra hästar.

Pegasus gjorde motstånd mot hennes försök med oväntad styrka, halsen välvd mot bettets tryck, kroppen drev framåt som om jagad av demoner som bara han kunde se. Claras armar värkte av ansträngningen att upprätthålla kontakten i munnen utan att dra så hårt att han blev ännu mer panikslagen. Hennes lår brann av den ständiga spänning som krävdes för att hålla sitsen under hans ryckiga rörelser.

"Stilla nu", sade hon, märkvärdigt lugn trots krisen, och varje ord punktuerades av galoppens skakande rytm. "Låt oss bara sakta ner och fundera på det här."

Den lugnande tonen som brukade stilla även de nervösaste hästar hade ingen verkan på Pegasus. Om något verkade han öka farten och rusade mot en dunge i parkens bortre del med oroande målmedvetenhet. Clara fördubblade sina ansträngningar att få honom att svänga, medveten om att träden innebar en helt ny grad av fara. En låg hängande gren kunde lätt sopa henne ur sadeln, eller värre, Pegasus kunde kollidera med en stam i sin blinda panik.

Hon vågade en blick bakåt och skymtade Matthew uppsutten på Ajax, galopperande efter dem, med ansiktet ristat i strama linjer av oro. Synen varade bara ett ögonblick innan hon var tvungen att ägna all uppmärksamhet åt den alltmer desperata kampen om kontroll.

De närmade sig träden alltför snabbt. Clara gjorde en snabb bedömning av sina krympande alternativ. Hon kunde fortsätta försöka svänga Pegasus och riskera att han i motståndet brakade in bland träden. Hon kunde försöka en mer drastisk metod för att stanna honom, som en växelvis kraftig förhållning, även om kraften som krävdes kunde få honom att välta baklänges. Eller så kunde hon försöka sakta honom gradvis, acceptera att de skulle gå in bland träden men hoppas ha bättre kontroll då.

Hon valde det tredje alternativet och började arbeta rytmiskt med tyglarna, släppte trycket kort för att sedan åter lägga det, en teknik som ibland trängde igenom en hästs panik utan att trigga ytterligare motstånd. Till hennes lättnad kortades Pegasus steg något, och hans huvudlösa rus modererades till en snabb galopp.

"Det var bättre", uppmuntrade hon och fortsatte med den pulserande förhållningen. "Mycket bättre. Nu viker vi bort från de där träden."

Ett ögonblick verkade han svara på hennes guidning. Hans huvud sänktes något, öronen fladdrade bakåt mot hennes röst. Clara tillät sig en lättnadens suck och lindrade trycket i hans mun som belöning för den lilla medgörligheten.

Det var ett misstag. I samma ögonblick som hon mjuknade i handen exploderade Pegasus framåt igen, för att sedan kasta sig tvärt åt höger i en rörelse så plötslig och våldsam att ingen ryttare, hur skicklig den än må vara, hade kunnat förutse den. Clara kände hur hon gled åt sidan, balansen rubbades av den oväntade riktningsändringen.

Hon kämpade för att återfå sin sits, fingrarna slöt sig desperat om Pegasus man, men farten var för stor.

Under ett svävande ögonblick visste Clara att hon skulle falla. I den bråkdelen av tid tog hennes träning över. Hon sparkade loss foten ur stigbygeln, tryckte in hakan mot bröstet och försökte rulla bort från hästens dundrande hovar när hon kände sig ryckas ur sadeln.

Marken kom rusande emot henne med oförsonlig soliditet.

Krocken drev varenda uns luft ur Claras lungor och lämnade henne flämtande som en landad fisk på Hyde Parks fuktiga gräs. Under några förvirrande ögonblick kunde hon bara ligga där och stirra upp mot den bleka morgonhimlen som svindlande snurrade ovanför. Kroppen kändes märkligt frånkopplad, närvarande men inte riktigt lydig hennes befallningar. Sedan vällde smärtan in, en dov värk över höger axel och höft där hon slagit i marken, följd av den skarpare svedan i uppskrapade handflator där handskarna rivits mot den sträva jorden. Inget brutet, bedömde hon per automatik, den erfarna ryttarinnans instinktiva inventering efter ett fall. Bara blåslagen, och kanske var den värsta skadan stoltheten, som kändes fullkomligt krossad när hon hörde de närmande hovslagen som bara kunde vara Matthew på väg att rädda henne för andra gången i deras bekantskap.

Hon kämpade sig upp till sittande och grimaserade när de misshandlade musklerna protesterade. I fjärran såg hon Pegasus fortsätta sin paniska galopp; att han saknade ryttare verkade inte göra det minsta för att stilla hans oförklarliga skräck. Synen sköljde en våg av yrkesmässig förödmjukelse över henne, mer smärtsam än någon fysisk skada hade kunnat vara. Hon, Clara Bell, som hade ridit sedan innan hon kunde gå, som hade hanterat de svåraste hästarna på Belle Haven utan missöden, som hade tränat en häst att buga på kommando för prinsregenten, hade blivit avkastad som en grön amatör inför vittnen. Och till råga på allt fick hon inte luft. Hon var vinddriven, och bristen på syre gjorde henne lite yr, med svärtan krypande in i synfältets kanter.

Det kunde vara hennes livs värsta ögonblick.

Kapitel nio

Matthew såg i hjälplös fasa hur Pegasus stack i väg över parken med Clara klamrande vid hans rygg. Ett ögonblick hade hon visat perfekt kontroll, kroppen i samspel med hästen när hon försökte lugna honom, och i nästa kämpade hon desperat för att sitta kvar när valacken exploderade i ett raseri av bakutsparkar och stegringar. Hjärtat dunkade mot revbenen medan han iakttog hennes skickliga försök att återta kontrollen, varje metod resultatlös mot djurets oförklarliga panik. Något var fruktansvärt fel, och insikten skickade is genom hans ådror.

"Ajax!" ropade han skarpt och vände sig mot sin stalldräng som höll hans fullblod några steg bort. Mannen reagerade genast, ledde den bruna framåt när Matthew kastade sig mot honom, knappt medveten om Virginies teatrala flämtningar vid hans sida.

"Stanna här", befallde han Virginie utan att skänka henne en blick, helt fokuserad på Claras avlägsnande gestalt när Pegasus rusade mot trädridån. Han svingade sig upp i sadeln med inövad snabbhet och samlade tyglarna i en enda flytande rörelse. "Följ Lady Virginie tillbaka till ingången", instruerade han stalldrängarna, redan med hälarna pressade mot Ajax sidor.

Fullblodet svarade omedelbart och sköt fram under honom. Matthew lade sig lågt över halsen, drev på till ännu högre fart när de dundrade över det fuktiga gräset. Framför kunde han se Clara fortfarande kämpa för kontroll, hennes lilla gestalt höll perfekt balans trots Pegasus ryckiga rörelser. Även i detta krisläge kunde Matthew inte låta bli att beundra hennes enastående ryttarkonst. En sämre ryttare hade flugit ur sadeln redan vid valackens första våldsamma stegring.

"Clara!" ropade han, fast han visste att hon omöjligt kunde höra honom på det avståndet över hovtrampets dunder. Ångesten rev i bröstet när han såg henne närma sig lunden av träd i farlig fart. Om Pegasus rusade blint in mellan dem riskerade både häst och ryttare katastrofala skador.

Han drev på Ajax hårdare, det kraftfulla fullblodet sträckte ut i fullt fyrsprång, åt upp marken mellan dem för varje språng. De tog in, men inte tillräckligt snabbt. Matthews käkar hårdnade medan han såg Clara försöka vända bort Pegasus från träden, valacken stod emot hennes försök med retfullt trots.

Ett ögonblick verkade det som om hon skulle lyckas. Den brunas huvudlösa rusning mattades något, steget kortades när Clara tillämpade någon teknik som tycktes tränga igenom hans panik. Matthew kände ett rus av hopp, bara för att i nästa sekund få det krossat när Pegasus plötsligt kastade skarpt åt höger, den våldsamma rörelsen tog Clara fullständigt på sängen.

”Nej!” Skriet slets ur Matthews strupe när han såg hennes smala kropp slungas i sidled, kämpa för balansen och sedan falla i en fruktansvärd slowmotion. Hon slog i marken med en sjuklig kraft, rullade en gång och blev sedan liggande i en hopfallen hög i gräset.

En skräck olik allt Matthew någonsin upplevt grep honom. Han märkte knappt att Pegasus fortsatte sin panikflykt, nu utan ryttare, och försvann mellan träden. Allt han såg var Claras orörliga gestalt, allt han kunde tänka var att hon kunde vara allvarligt skadad, eller värre. Ajax svarade på hans desperata maningar och betade av den återstående sträckan på sekunder som kändes som plågsamma timmar.

Matthew kastade sig ur sadeln innan Ajax helt hade stannat, snavade i sin brådska när han sprang de sista stegen fram till Claras sida. Han föll ner på knä bredvid henne, hjärtat i halsgropen medan han frenetiskt sökte efter livstecken.

”Clara! Hör ni mig? Är ni skadad?” Hans egen röst lät främmande för honom, spänd av en rädsla han inte kunde dölja. Han sträckte ut händerna som skakade, men hejdade dem precis innan han rörde vid henne, plötsligt livrädd att orsaka ytterligare skada.

Till hans oerhörda lättnad rörde Clara på sig, ögonfransarna fladdrade när hon stirrade upp mot himlen. Hon drog ett rosslande andetag, sedan ett till, och färgen återvände gradvis till hennes bleka kinder. Matthew andades ut häftigt, utan att innan ha förstått att han hållit andan.

"Rör er inte", instruerade han, mjukare nu men fortfarande brådskande. "Ni kan ha brutit något. Låt mig skicka efter en doktor."

Clara blinkade, medvetenheten återvände i blicken när hon fokuserade på hans ansikte. En generad rodnad spred sig över hennes drag och ersatte chockens blekhet. "Jag är inte skadad", sade hon, rösten ansträngd men stadig. "Bara vindstött."

Innan Matthew hann hindra henne pressade hon sig upp till sittande, grimaserade lätt när hon rörde sig. Han sträckte sig instinktivt för att stötta henne, men hon vek undan för hans beröring och skakade på huvudet.

"Snälla, gör det inte", sade hon lågt, orden artiga men bestämda. Hon såg sig omkring, uppenbart desorienterad ett ögonblick innan blicken skärptes av professionell oro. "Var är Pegasus? Är han skadad?"

"Han sprang in bland träden", svarade Matthew, fortfarande svävande oroligt över henne. "Men strunta i hästen nu, Clara. Är ni säker på att ni inte är skadad? Det var ett förfärligt fall."

"Jag har varit med om värre på Belle Haven", insisterade hon, även om spänningen kring ögonen antydde att hon hade mer ont än hon ville erkänna. Hon borstade förgäves bort jord och gräs som smutsat ner hennes ridklänning, rörelserna ryckiga av nedtryckta känslor. "Jag förstår inte vad som hände. Jag har aldrig tappat kontrollen över en häst så förut."

Självförebråelsen i hennes röst var olidlig. Matthew skakade kraftigt på huvudet. "Det var inte ert fel. Den hästen betedde sig högst besynnerligt redan innan ni satt upp. Något stämde inte."

"En skicklig ryttarinna ska kunna hantera även en besvärlig häst", svarade Clara. "Jag var övermodig, oförsiktig. Jag borde ha varit grundligare i min bedömning innan jag försökte rida honom."

"Struntprat", invände Matthew, frustrerad över hennes ovilja att erkänna de ovanliga omständigheterna. "Jag såg er kontrollera honom noggrant. Det fanns inget tecken på problem förrän ni satt i sadeln. Ingen hade kunnat förutse en så våldsam reaktion."

Clara lyssnade inte. Hon kämpade sig upp på fötter och avvärjde Matthews utsträckta hand med en huvudskakning. "Jag måste hitta Pegasus", sade hon, och grimaserade igen när hon rätade på sig. "Han kan vara skadad."

"Min stalldräng hittar honom", försäkrade Matthew och reste sig för att stå bredvid henne, tillräckligt nära för att fånga upp henne om hon skulle vackla men med respekt för hennes tydliga önskan att inte bli rörd. "Ni behöver vila ett ögonblick, åtminstone tills vi vet att ni inte ådragit er någon skada."

"Jag mår alldeles utmärkt", sade Clara, med en sprödhet i tonen som motsade orden. Hon såg åt alla håll utom mot Matthew, med axlarna lätt krökta som om hon ville göra sig mindre. "Det här är fullständigt förödmjukande. Att tappa kontrollen så där, och inför... offentligt."

Inför er, menade hon. Matthew kände de outtalade orden som ett fysiskt slag. Hennes stolthet var sårad lika mycket som kroppen, kanske mer, och hans närvaro förvärrade uppenbart hennes plåga. Det stack till, hur logiskt det än var. Efter hur han hade behandlat henne de senaste veckorna ville hon förstås inte ha honom som vittne till denna sårbara stund.

"Clara", sade han milt, "snälla, lyssna på mig. Det som hände var inte ert misslyckande. Jag misstänker att det var något fel på hästen, något vi inte kunde se." Han tvekade och lade sedan försiktigt till: "Eller att någon gjorde något med honom med avsikt."

Det fick henne att reagera. Hennes huvud flög upp, de gröna ögonen smalnade när hon mötte hans blick direkt för första gången. "Vad menar ni?"

Innan Matthew hann utveckla saken avbröts de av ljudet av hovslag som närmade sig. Hans stalldräng dök upp och ledde Pegasus, som nu gick lugnt bakom honom som om den tidigare skräcken aldrig hade inträffat. Kontrasten var så påtaglig att den bara stärkte Matthews misstankar, men det var inte rätt stund att lufta dem.

"Vi borde återvända till Lady Virginie", sade Clara. "Hon kommer att vara orolig för sin häst."

Matthew tvivlade starkt på det, med tanke på vad han sett av Virginies reaktion under krisen, men han nickade. "Kan ni gå, eller vill ni rida tillbaka på Ajax?"

”Jag kan gå alldeles utmärkt”, svarade Clara och höjde hakan i en stolt gest som fick Matthews hjärta att värka för hennes skull. ”Ska vi?”

Han hade inte mycket annat val än att falla in bredvid Clara, med stalldrängen några steg efter som ledde den nu fogliga Pegasus. Förvandlingen hos hästen var anmärkningsvärd, närmast onaturlig; den vildögda, panikslagna varelse som nästan tagit Claras liv lät sig nu lugnt ledas, öronen framåt, stegen jämna och lugna. Matthew kastade en misstänksam blick över axeln mot valacken, och beteendeförändringen förstärkte bara hans växande övertygelse om att något eller någon avsiktligt hade retat upp hästen innan Clara satt upp.

”Han verkar fullständigt normal nu”, konstaterade han, med noga neutral röst. ”Nästan som om ingenting har hänt.”

Clara nickade, tankfull, trots smutsfläcken på kinden och det gyllene hårets oordning. ”Det är besynnerligt. Om han verkligen hade varit rädd för något skulle rädslan dröja kvar. Det här stämmer bättre med en tillfällig irritant.” Hon tvekade och lade sedan motvilligt till: ”Eller medveten provokation.”

Matthew studerade hennes profil och lade märke till hur den professionella analysen övertrumfade hennes personliga förödmjukelse. Även nu angrep hon problemet först som hästkvinna, med egot sekundärt för att förstå vad som gått fel. Det var ännu en egenskap som drog honom till henne, denna förmåga att lägga stoltheten åt sidan för sanningens skull.

"Lady Virginie nämnde att Pegasus varit besvärlig i morse, innan ni kom", sade han varsamt. "Att hennes stalldräng hade svårt att sadla honom."

"Ja, hon sade det", svarade Clara med en lätt rynka mellan ögonbrynen. "Men jag såg inga synliga tecken på skada eller obehag när jag undersökte honom. Jag borde ha varit grundligare, kanske. Kontrollerat sadelgjorden, bettet..."

"Clara", sade Matthew, och det ovanliga att han använde hennes förnamn fick henne att se upp, "jag misstänker starkt att någon gjorde något för att avsiktligt reta upp den hästen, och jag tvivlar mycket på att det var stalldrängens verk."

Innan Clara hann svara nådde röster dem. De hade gått längs en av parkens slingrande gångar, avskärmade från huvudstråket av en rad höga häckar. När de rundade hörnet öppnade sig scenen framför dem: Virginie, nu omgiven av en liten skara tidiga ryttare och promenerande. Hennes röst bar tydligt genom den fuktiga morgonluften, avpassad för största dramatiska effekt.

"...fullständigt hemskt, ni kan inte föreställa er!" sade hon, med en behandskad hand teatraliskt mot hjärtat. "Efter alla hennes stora ord om att hantera svåra hästar tappade hon kontrollen nästan genast. Stackars Pegasus var fullkomligt hanterbar innan hon prompt skulle rida honom."

Matthew kände hur Clara stelnade bredvid honom, stegen hackade till ett ögonblick innan hon tvingade sig att fortsätta framåt. Hans egen steglängd ökade omedvetet, ilskan byggdes upp i bröstet medan Virginies falska berättelse fortsatte.

"Jag försökte varna henne, förstås", suckade Virginie och vände sig till sin fångna publik med stora, oskyldiga ögon. "Pegasus kan vara livlig, sade jag, men hon var så envis. 'Jag har tränat långt besvärligare hästar', sade hon. Vilket självförtroende! Och så att se henne fara som en säck potatis så fort hon satt upp..."

Ett fniss gick genom skaran, av vilka de flesta var ur societeten som brukade rida i parken vid den här tiden. Lord Debney fanns bland dem, och hans vanligtvis glada ansikte var ovanligt allvarligt när han lät blicken vandra mellan Virginie och de annalkande gestalterna av Matthew och Clara.

"Jag befarar att han kan vara förstörd nu", fortsatte Virginie, med rösten sänkt till en tragisk viskning som ändå nådde perfekt till Matthews öron. "Hästar minns sådana upplevelser, vet ni. Jag tvivlar på att någon kan rida honom efter detta. Far blir *rasande*."

Matthews händer knöt sig vid sidorna, vreden växte inom honom. Den medvetna omkastningen av sanningen, den illvilliga avsikten bakom allt – den var häpnadsväckande i sin beräkning. Han hade vetat att Virginie var bortskämd, till och med sett att hon kunde vara småaktig, men denna beräknande grymhet avslöjade ett mörker i hennes karaktär som han inte fullt ut förstått förrän nu. Och om hon hade gjort något med Pegasus för att få hästen att reagera så där, ja, då var det fullständigt över gränsen. Clara hade haft oerhörd tur som undkom allvarlig skada, hon kunde ha dödats.

Han sneglade på Clara, och ilskan mildrades omedelbart av oron över vad han såg. All färg hade runnit ur hennes ansikte, och lämnade hyn askgrå under smutsfläckarna från fallet. Hennes ögon, som vanligtvis lyste av intelligens och liv, hade mattats av en smärta som skar mycket djupare än någon fysisk skada. Ändå fortsatte hon framåt, ryggen rak, hakan lyft i en hållning av värdighet som rörde honom djupt.

När de kom närmare verkade Virginie äntligen lägga märke till deras ankomst. Hennes uppvisning tappade farten ett ögonblick, ett skimmer av något som liknade försiktighet drog över hennes drag innan det inövade leendet återtog sin plats.

"Ah, där är ni äntligen", ropade hon, med rösten drypande av falsk omtanke. "Jag stod just och berättade för alla hur förskräckligt orolig jag har varit för er båda. Och min stackars Pegasus! Är han skadad?"

Matthew öppnade munnen, en skarp replik brände på tungan, men det svaga trycket av Claras fingrar mot hans arm stoppade honom. Han såg ner och fann henne se på honom med en liten skakning på huvudet, ögonen bad tyst. *Gör ingen scen. Dra inte mer uppmärksamhet till den här förödmjukelsen.*

Det kostade honom fysiskt att svälja sin ilska, men han lyckades, och tvingade ansiktet till en mask av lugn som dolde den underliggande vreden. För Claras skull skulle han inte ge Virginie tillfredsställelsen av en offentlig uppgörelse, skulle inte spä på spektaklet som redan hade Clara som ofrivillig huvudperson.

"Pegasus verkar oskadd", svarade han, med kylig men behärskad röst. "Som ni ser är han helt lugn nu."

”Så lyckligt”, svarade Virginie, med ett leende som inte riktigt nådde ögonen. ”Fast jag undrar om det varar när någon försöker rida honom igen. Sådana upplevelser kan traumatisera en häst, vet ni.”

”Sannerligen”, höll Matthew med, och trots hans försök att behärska sig hårdnade tonen. ”Fast enligt min erfarenhet reagerar hästar oftast på det de uppfattar i stunden. Deras minne för enskilda händelser är inte lika utvecklat som människors.” Han fäste blicken skarpt på Virginie. ”Till skillnad från människor, som kan minnas illvilliga handlingar mycket tydligt, ofta i många år.”

En svag rodnad kröp upp över Virginies hals vid den knappt beslöjade varningen, men hon behöll fattningen och vände uppmärksamheten mot Clara i stället. ”Min kära, ni ser fullkomligt eländig ut. Fallet måste ha varit ännu värre än det såg ut på avstånd.”

”Fröken Bell hade tur som undkom allvarlig skada”, sköt Matthew in innan Clara hann svara, ovillig att ge Virginie ytterligare möjlighet att vrida berättelsen. Han nickade åt sin stalldräng. ”Williams ska föra Pegasus tillbaka till era stall, Lady Virginie. Jag föreslår att ni låter er egen stallknekt undersöka honom noggrant innan några fler försök att rida görs.”

Utan att invänta hennes svar vände han sig till Clara, vars fattning förblev obruten trots viskningar och blickar som nu riktades mot henne. ”Får jag erbjuda er mitt sällskap hem, fröken Bell? Jag kan tänka mig att ni skulle uppskatta att få vila efter en sådan pärs.”

”Så ridderligt”, anmärkte Virginie, hennes utdragna, släpiga tonfall förmådde inte dölja skärpan i rösten. ”Fast jag hade hoppats att vi kunde fortsätta vår lektion när ni kom tillbaka, Clara. En liten motgång torde väl inte motivera att vi överger våra planer helt och hållet?"

Matthew kände hur tålamodet fransades farligt av denna nya uppvisning i känslokyla. Han öppnade munnen för att leverera den tillrättavisning Virginie så innerligt förtjänade, vad än allmän opinion kunde tycka, men ännu en gång hann Clara före.

"Jag tror det är bäst att vi bokar om, Lady Virginie", sa hon, rösten anmärkningsvärt stadig trots att ansträngningen syntes i hennes hållning. "Kanske när Pegasus har hunnit lugna sig efter morgonens uppståndelse."

Den stillsamma värdighet med vilken hon levererade denna underdrift, denna generösa beskrivning av vad som uppenbart varit en medvetet iscensatt katastrof, berörde Matthew djupt. Claras vägran att sjunka till Virginies småsinta nivå framhävde bara kontrasten mellan de båda kvinnornas karaktärer.

"Som ni vill", svarade Virginie med en likgiltig axelryckning, även om ögonen smalnade något inför Claras fattning. "Jag antar att vi kan försöka igen nästa vecka, förutsatt att ni känner er... redo."

"Fröken Bell", sa Matthew, och erbjöd sin arm med formell artighet, "ska vi?"

Clara tvekade ett ögonblick innan hon lade sin handskklädda hand på hans ärm, beröringen så lätt att han knappt kände den genom rocktyget. Hon skänkte de församlade åskådarna en artig nick, deras uttryck varierade från deltagande till knappt dold munterhet, och lät sedan

Matthew leda henne bort från platsen för hennes förödmjukelse.

När de gick därifrån hörde Matthew Lord Debneys röst bakom dem, ovanligt skarp när han tilltalade Virginie. "Ganska osportsligt att skylla på ryttaren när hästen klart och tydligt fick en släng av vettstört raseri, eller vad säger ni, Lady Virginie?"

Matthew tillät sig ett litet, bistert leende av tillfredsställelse. Kanske skulle Virginies handlingar få följder trots allt, även om de inte kom direkt från honom.

De gick i obekväm tystnad längs stigen som skulle leda dem ut ur Hyde Park mot Hanover Square. Morgondimman hade nu helt bränts bort och lämnat en krispigt klar, blå hösthimmel som tycktes håna den dämpade stämningen mellan dem. Matthew sneglade gång på gång på Clara, och letade efter något att säga som kunde tränga igenom den mur av tyst värdighet hon rest omkring sig. Styvheten i hennes hållning antydde smärta som hon inte ville erkänna, och han anpassade omärkligt stegen efter hennes långsammare takt utan att dra uppmärksamhet till hänsynen.

"Er stallknekt har fört tillbaka Guinevere till era stall", sa han till sist och bröt tystnaden som sträckt sig mellan dem sedan de lämnade Virginie och hennes publik. "Jag hoppas att det behagar er. Jag tänkte att ni helst inte ville rida mer denna morgon."

Clara nickade, med blicken fäst vid stigen framför sig. "Tack. Det var omtänksamt."

Formaliteten i hennes röst sårade honom mer än han ville medge. Borta var den livliga unga kvinna som utmanat honom vid deras första möte vid floden, ersatt av denna avlägsna, artiga främling som tycktes fast besluten att hålla honom på armlängds avstånd. Han kunde knappast klandra henne, med tanke på hans eget beteende de senaste veckorna, men han längtade desperat efter att återvinna åtminstone en skymt av den förbindelse de en gång delat.

"Jag kan kalla på en hyrvagn, om ni föredrar att inte gå", erbjöd han, och lade åter märke till hur varsamt hon bar sig, som om hon skyddade sig mot stötar. "Eller om ni hellre vill rida står Ajax helt till ert förfogande. Han är anmärkningsvärt mild trots sin storlek."

"Att gå duger alldeles utmärkt", svarade Clara utan att möta hans blick. "Rörelsen hindrar musklerna från att stelna efter fallet."

Matthew nickade och letade efter en annan ingång. "Jag menade vad jag sa tidigare, att jag misstänker att någon gjorde något med Pegasus med avsikt. Hans beteende var alltför extremt, alltför plötsligt för att vara naturligt. Och hur snabbt han lugnade sig efteråt..." Han skakade på huvudet. "Det är minst sagt misstänkt."

Detta fick åtminstone hennes uppmärksamhet, yrkesintresset övertrumfade för ett ögonblick den personliga bedrövelsen. "Vad skulle kunna orsaka en sådan reaktion, tror ni? Jag har funderat på det, men jag måste erkänna att jag står ganska handfallen."

"Det finns ämnen som kan strykas på huden och orsaka intensiv irritation", sa Matthew, lättad över att äntligen ha engagerat henne i samtal. "Vissa oljor eller pulver placerade under sadeln eller sadelgjorden, till exempel. Effekten kan dröja, vilket skulle förklara varför Pegasus verkade relativt lugn tills ni satt upp och sadeln tryckte irritanten mot huden."

Clara rynkade pannan och övervägde detta. "Det vore avsiktligt grymt mot hästen, inte bara mot mig."

"Jag betvivlar att hästens välbefinnande bekymrade den som gjorde det i någon nämnvärd grad", svarade Matthew bistert.

Hennes gröna ögon mötte hans direkt för första gången sedan promenaden började. "Ni tror att Lady Virginie var ansvarig."

Det var ingen fråga, men Matthew nickade ändå. "Jag kan inte komma på någon annan som både hade motiv och möjlighet. Hon hade tillgång till Pegasus hela morgonen före er ankomst, och hon var anmärkningsvärt snabb med att sprida sin version av händelserna när ni blev avkastad."

"Men varför?" frågade Clara, och verklig förvirring skuggade hennes uttryck. "Hon bad om min hjälp. Hon har varit vänlig, välkomnande. Vilken möjlig anledning skulle hon ha för att vilja förödmjuka mig?"

Matthew tvekade, sliten mellan viljan att vara uppriktig och insikten om att svaret oundvikligen skulle kasta en skugga över honom själv. "Jag tror att hon ser er som en möjlig rival", sa han försiktigt.

"En rival?" upprepade Clara, misstroget. "Om vad?"

Tillfället att förklara sig fanns där, ändå blev Matthew plötsligt mållös. Hur skulle han kunna uttrycka att Virginie uppfattade Clara som en konkurrent om hans uppmärksamhet utan att låta odrägligt självgod? Hur skulle han kunna erkänna att han låtit Virginie tro att han besvarade hennes intresse, allt på grund av ett förfärligt missförstånd kring Claras börd?

"Om societetens gunst", sa han i stället och valde en säkrare förklaring som inte var helt osann. "Ni har blivit något av en sensation sedan er debut. Prinsen-regenten själv har visat er påfallande uppmärksamhet. Virginie har varit den obestridda skönheten i tre säsonger, utan utmanare tills nu."

Clara skakade på huvudet, inte övertygad. "Det förefaller som en trivial orsak till en så kalkylerad elakhet."

"Folk har begått långt värre handlingar för betydligt mindre motiv", svarade Matthew. "Särskilt de som är vana vid att stå i centrum."

De hade nu nått parkens kant, och Mayfairs livliga gator bredde ut sig framför dem. Morgonen fortskred, och det fashionabla London började vakna till, med fler ekipage och fotgängare på väg mot Hanover Square. Matthew var smärtsamt medveten om att deras situation, att gå utan förkläde på gatorna, redan tänjde på gränserna för vad som ansågs anständigt. Clara tycktes inse detsamma och ökade takten trots sin uppenbara olust.

"Jag bör snart återvända hem", sa Matthew och höll hennes takt. "Men jag ville tala med er om en annan sak först, om ni tillåter."

Clara kastade en misstänksam blick på honom. "Jag lyssnar."

Detta var hans chans, stunden att börja förklara missförståndet som lett till hans tillbakadragenhet, att be om ursäkt för hans oförsvarliga beteende de senaste veckorna. Han drog ett djupt andetag och letade efter de rätta orden.

"Jag står i skuld till er med en förklaring", började han, och valde orden med omsorg. "Mitt senaste uppförande gentemot er har varit förkastligt, och jag vill uppriktigt be om ursäkt för allt sår jag kan ha orsakat."

Claras steg hejdades en aning, förvåning fladdrade över hennes ansikte innan uttrycket åter gled över i noggrant behärskad neutralitet. "Det behövs inga ursäkter, Lord Whitmore. Ni är mig inget skyldig."

"Det håller jag inte med om", sa Matthew bestämt. "Jag uppförde mig skamligt och drog tillbaka min vänskap utan förklaring efter..."

"Efter vad?" avbröt Clara, och ett flyktigt stänk av den anda han beundrat lyste upp hennes drag. "Efter några slumpmässiga möten? Efter att ni hjälpt mig i en flod och att vi närvarat vid samma tillställningar? Ni tillskriver vår bekantskap för stor betydelse, min herre. Vi var knappast förtroliga vänner vars avsked skulle kräva en förklaring."

Den avsiktliga förringningen av deras samvaro sved, desto mer eftersom Matthew visste att den inte var sann. Det hade funnits en förbindelse mellan dem, en gnista av intresse och förståelse som gick bortom sociala artigheter. Clara skyddade sig nu, låtsades likgiltighet för att värna sin stolthet, och åter kunde han knappt klandra henne.

"Icke desto mindre", fortsatte han, "vill jag gärna förklara mig, om ni vill ge mig tillfälle. Kanske kunde vi tala enskilt så snart som möjligt? I morgon, kanske?"

De hade nått familjen Bells hyrda hus vid Hanover Square, vars eleganta fasad reste sig framför dem. Clara stannade vid foten av trappan som ledde upp till ytterdörren och vände sig äntligen direkt mot Matthew.

"Jag uppskattar ert sällskap, Lord Whitmore, men härifrån klarar jag mig utmärkt", sa hon, med en röst som var formell och avlägsen. Morgonsolen fångade guldet i hennes hår och lyste över den stolta vinkel hennes haka höll, trots smutsfläcken på kinden och det ostyriga yttre. Även tilltufsad och blåslagen hade hon en värdighet som berörde honom djupt.

"Clara", sa han mjukt och övergav formaliteten i sin iver att nå henne. "Snälla, låt mig uppvakta er i morgon. Det finns mycket jag vill säga."

Något fladdrade i hennes blick, en kort sårbarhet som snabbt doldes. "Jag tror det är bäst att vi håller ett artigt avstånd, min herre. Den senaste tidens händelser har gjort det tydligt att våra sociala kretsar, även om de ibland går omlott, i grunden är skilda. Ni har er värld, jag har min."

"Det stämmer inte", invände Matthew, och frustrationen växte inom honom. "Sociala skillnader är inte så oöverstigliga som ni antyder."

"Är de inte?" svarade Clara, med en anstrykning av bitterhet i rösten. "En blivande hertig måste väl beakta sin ställning, eller hur? Sin plikt mot titel och släktlinje?"

Matthew ryckte till, och kände igen orden han hade använt mot sin far. Orden som hans faster satt i hans huvud, och uppenbarligen uttalat högt – inom Claras hörhåll.

"Det var inte så jag menade..." började han, men avbröts av att ytterdörren öppnades.

"Fröken Bell!" utropade betjänten, vars normalt uttryckslösa ansikte nu tydligt visade oro över hennes tilltufsade skick. "Är ni skadad? Ska jag hämta doktorn?"

"Det behövs inte, Phillips", svarade Clara och vände sig från Matthew mot tjänaren. "Jag tog bara en kullerbytta av en häst. Inget allvarligt." Hon kastade en blick tillbaka mot Matthew, och ansiktet hade åter antagit fullkomlig artighet. "Tack för er hjälp i dag, Lord Whitmore. God dag."

Med det skyndade hon in, ryggen rak trots den uppenbara smärtan, och lämnade Matthew ensam kvar på trottoaren. Dörren stängdes bestämt bakom henne, och det mjuka klicket tycktes understryka slutgiltigheten i hennes avvisande.

Han stod kvar där i flera ögonblick, medan motstridiga känslor kämpade inom honom. Omsorgen om Claras fysiska välbefinnande blandades med frustration över att hon vägrade lyssna. Vrede över Virginies medvetna grymhet tävlade med självförebråelse för hans egen del i det inträffade. Och under allt detta: växande visshet om hans känslor för Clara Bell, känslor som nu föreföll allt mindre sannolika att bli besvarade.

En förbipasserande vagn stänkte genom en vattenpöl vid trottoarkanten och var nära att träffa Matthews stövlar, vilket ryckte honom ur tankarna. Dagen gick, och att stå

tungsint utanför familjen Bells bostad skulle inte åstad-
komma något annat än möjligen ge upphov till skvaller.
Med en suck vände han hemåt, och tankarna rusade redan
vidare mot vad hans nästa steg borde vara.

Clara önskade uppenbart distans, och anständigheten
krävde att han respekterade hennes vilja. Ändå kunde
han inte låta saken stanna där, kunde inte låta Virginies
ränker förbli oemotsagda, kunde inte ge upp sina växande
känslor för Clara utan att åtminstone försöka förklara sig
ordentligt.

”Vilket hinder kommer härnäst?” muttrade han medan
han stegade mot Allanworth House, och humöret mörk-
nade för varje steg. Mellan hans egna misstag, Virginies
ondsinthet och Claras sårade stolthet tedde sig vägen till
hennes förtroende allt törnigare. Ändå hade morgonens
händelser bara stärkt hans beslutsamhet. Clara Bell var
värd att kämpa för, även om striden nu tedde sig mer
skrämmande än någonsin.

Kapitel tio

Clara satt ensam i sin sängkammare och stirrade tomt
på sin spegelbild i toalettbordets spegel. Den unga kvinnan
som tittade tillbaka på henne kändes som en främling:
håret föll ur sin prydliga uppsättning, smuts var utsmetad
över ena kinden och ögonen var rödkantade av tårar som
hon äntligen hade tillåtit sig när hon väl var i trygghet
bakom stängda dörrar. Till och med hållningen, vanligtvis
så rak och stolt, hade sjunkit ihop som en blomma som
vissnar i oväntad frost. Fallet i Hyde Park hade lämnat
kroppen öm, men det var stoltheten som värkte skarpare.

Hon lade försiktiga fingrar mot höger höft och gri-
maserade åt den ömma punkt där hon hade slagit i marken.

Ett blåmärke höll på att bildas där, ett spektakulärt sådant om man skulle döma av smärtan. Axeln protesterade också vid varje hastig rörelse, och ett dussin mindre smärtor gjorde sig påminda så fort hon bytte ställning. De fysiska skadorna skulle läka ganska snabbt, bedömde hon utifrån tidigare erfarenheter av sådana fall; en vecka eller två, högst. De andra såren, de mot hennes rykte och självförtroende, skulle ta betydligt längre tid att läka – om de alls gjorde det.

"Kastad som en säck säd", viskade hon och ekade Lady Virginies grymma beskrivning som hade burit så tydligt över parken. Orden brände i hennes sinne och brände sig fast i minnet sida vid sida med de förfärade ansiktena hos åskådarna som hade bevittnat hennes förödmjukelse. Hur snabbt hade inte societetens senaste sensation blivit dess nyaste driftkucku.

Clara slöt ögonen, men det gjorde allt bara värre. Utan distraktionen från den ovårdade spegelbilden spelade hennes sinne upp den katastrofala scenen i perfekt, obarmhärtig detalj. Pegasus, en häst hon hade ridit flera gånger utan minsta problem, som plötsligt förvandlades till en vild varelse med avsikt att kasta av henne. De våldsamma reste- och bocksprången som prövade varje uns av hennes betydande skicklighet. Ögonblicket när hästen tvärt vek av i full galopp, fångade henne i obalans trots hennes år av träning. Den vedervärdiga känslan av att falla, att veta att hon inte skulle kunna återta sitsen. Smällen mot marken som slog luften ur lungorna.

Och värst av allt, ansiktena. Lord Whitmore, vars uttryck var en blandning av oro och något annat hon inte riktigt kunde sätta namn på. Lady Virginie, vars vackra drag hade arrangerats i en mask av falsk medkänsla som inte kunde dölja triumfen i de safirblå ögonen. De församlade åskådarna, några förfärade, andra som knappt dolde sitt nöje över att se lantflickan som stuckit ut hakan bringas på fall. Minnet fick magen att vrida sig av ny förödmjukelse.

"Jag tappar aldrig kontrollen", mumlade hon till sin spegelbild, orden fastnade smärtsamt i halsen. "Aldrig."

Hon hade fallit av förr, förstås; men sällan. Alltid när hon hade överskattat sin förmåga eller forcerat en unghäst till något den inte riktigt var redo för, och inte på flera år allteftersom hon blev mer skicklig och kunnig. Hennes förmåga att korrekt bedöma och hantera varje häst hon satt upp på hade varit hennes stolthet, hennes identitet, det som skilde henne från mängden och gav henne värde trots hennes härkomst. Och nu, på det mest offentliga sätt som tänkas kunde, hade den förmågan svikit henne.

En försiktig knackning på dörren avbröt de allt mörkare tankarna. Clara torkade skyndsamt ögonen med handens baksida, även om hon visste att spåren av tårar fortfarande syntes tydligt i ansiktet.

"Stig in", ropade hon, med en röst som lät stadigare än hon kände sig.

Dörren öppnades och avslöjade hennes föräldrar, med bekymret inristat i ansiktena. Sir Richards vanliga självsäkra uppsyn tycktes ha krympt, som om dotterns smärta hade blivit hans egen. Vid hans sida glänste Theresas goda ögon av moderlig oro.

"Min kära flicka", sade hennes far mjukt och korsade rummet för att ställa sig bakom hennes stol. Han lade händerna varsamt på hennes axlar, noga med att undvika den blåslagna som hon tydligt gynnade. "Phillips berättade vad som hänt. Är du illa skadad? Det var länge sedan du föll av sist. Vi kan kalla på en doktor..."

"Bara blåmärken", svarade Clara och försökte le, ett leende som inte nådde ögonen, medan hon skakade på huvudet för att avfärda hans förslag. "Inget allvarligt."

Theresa satte sig på sängkanten, och hennes milda blick lämnade aldrig Claras ansikte. "De fysiska skadorna kan vara små, men jag misstänker att såret i ditt inre är djupare."

Claras omsorgsfullt uppbyggda behärskning sprack inför den enkla förståelsen i hennes adoptivmors röst. Underläppen började darra trots hennes bästa ansträngningar att hålla den i schack.

"Jag förstår inte vad som hände", erkände hon, och orden forsade fram som om en damm hade brustit. "Pegasus var som han skulle när jag gick igenom honom. Sedan plötsligt, så snart jag hade suttit upp... var det som om han blivit vansinnig. Ingenting jag gjorde hjälpte. Och alla såg på, Lady Virginie såg till det. Hon samlade publik innan jag ens nådde marken."

Sir Richards fingrar slöt sig något hårdare om hennes axlar och uttrycket mörknade. "Lady Virginie de Mortimer har alltid förefallit mig vara en ung kvinna som bryr sig mer om yta än innehåll."

"Hon fick det att låta som att jag skrutit om min förmåga, som om jag insisterat på att rida Pegasus mot hennes råd." Claras röst sprack under ansträngningen att hålla tillbaka nya tårar. "Men det var hennes idé, alltihop. Hon bad om min hjälp med sin ridning."

"Det är klart hon gjorde", sade Theresa, och hennes vanligtvis mjuka röst bar en ovanlig skärpa. "Din skicklighet med hästar är enastående, Clara. En olycklig incident ändrar inte på det."

Clara skakade på huvudet, oförmögen att ta till sig trösten. "Med halva Londons societet som vittnen? Det förändrar allt."

Tårarna hon kämpat emot bröt då fram och rann ohämmat nedför kinderna. "Snälla, kan vi åka hem? Tillbaka till Belle Haven? Jag står inte ut med att möta dem igen, att se medlidandet och hånet i deras ögon."

Sir Richard gick runt stolen och föll på knä framför henne, tog hennes darrande händer i sina. Hans klart blå ögon rymde inget annat än medkänsla.

"Min allra käraste", sade han mjukt, "jag skulle ta dig hem i denna stund om jag kunde. Men vi har förbundit oss att närvara vid Prinsregentens gala om två dagar. Det är ingen inbjudan man kan tacka nej till utan att ge svår oförrätt, inte efter hans särskilda välvilja mot vår familj."

Claras hjärta sjönk. Prinsregentens gala skulle bli kronan på den lilla säsongen, ett glittrande spektakel som skulle dra till sig varje bemärkt medlem av societeten. Tanken på att träda in i den balsalen, att känna tyngden av hundratals nyfikna blickar, att höra viskningarna som säkert skulle följa i hennes spår, var närapå outhärdlig.

"Jag förstår", sade hon tonlöst, fast hon i sanning inte ville något hellre än att fly, att återvända till Belle Havens trygghet och säkerhet där hästar betedde sig förutsägbart och där societetens åsikter inte spelade någon roll.

Theresa steg upp från sängen och ställde sig bredvid sin make, och hon lade handen mot Claras kind med moderlig ömhet. "Du behöver inte gå, min älskade", sade hon bestämt. "Vi ska framföra dina ursäkter, säga att du är lite krasslig. Ingen skulle ifrågasätta det efter ett sådant fall."

Lättnad sköljde över Clara vid denna oväntade respit. "Är ni säkra?" frågade hon och lät blicken vandra mellan dem. "Jag vill inte göra er besvikna."

"Det enda som skulle göra oss besvikna", svarade Sir Richard, "vore att se dig olycklig. Vila, återfå modet. När du är redo att möta societeten igen står vi vid din sida, och det gör också de som är dina sanna vänner, var så säker."

"Tack", viskade Clara och kände den första lilla friden sedan det ödesdigra fallet.

Theresa tog hennes hand och klämde den uppmuntrande. "Vill du ha lite te? Kanske något att äta? Du måste vara utsvulten efter en sådan pärs."

Clara skakade på huvudet. Blotta tanken på mat vände sig i magen, som fortfarande var hopknuten av kvarvarande oro och skam. "Kanske senare. Jag tror att jag vill vila en stund, om ni inte har något emot det."

"Självklart", nickade Sir Richard och tryckte en faderlig kyss mot hennes hjässa. "Vi är nere om du behöver något alls."

"Och jag låter pigorna komma upp med varmt vatten så du kan göra dig i ordning", lade Theresa till praktiskt. "Du kommer att må bättre efter att ha tvättat dig och bytt om."

De gick med en sista bekymrad blick och stängde dörren mjukt bakom sig. Ensam igen vände Clara sig mot spegeln, och såg åter främlingen med de hemsökta ögonen och det ovårdade yttre. På något sätt måste hon finna ett sätt att förena den här skakade, förödmjukade flickan med den självsäkra ryttarinna hon alltid hade trott sig vara.

Men inte i dag. I dag skulle hon unna sig sorgen över något dyrbart som kändes oåterkalleligt förlorat: hennes visshet om sin egen förmåga, den gåva som alltid hade särskilt henne och gett henne värde i en värld som annars kunde ha avfärdat henne.

Senare samma eftermiddag satt Clara vid fönstret i sin sängkammare, med en bok uppslagen men oläst i knät. Orden förmådde inte fånga hennes uppmärksamhet, sinnet spelade fortfarande upp morgonens förödmjukelse i en oändlig, plågsam slinga. Utanför rullade vagnar förbi längs Hanover Square och förde sina passagerare till eftermiddagsvisiter och sociala bestyr. Clara hade aldrig känt sig mer utanför den världen, som om en glasvägg nu skilde henne från societeten som tillfälligt hade omfamnat henne.

En lätt knackning på dörren ryckte henne ur det vemodiga grubblandet. ”Fröken Bell”, sade en piga mjukt, ”Butlern säger att Lady Persephone Pemberton är nere och frågar efter er. Ska jag säga att ni inte är riktigt kry?”

Lady Persephone? Vad kunde få Matthews kusin att komma på visit, i dag av alla dagar? Men plötsligt ville hon träffa Persephone; den andras uppriktighet och genuina vänlighet kunde vara precis den tröst hon behövde just nu. Persephone skulle inte skratta åt henne, det var hon säker på.

"Nej", svarade hon, reste sig hastigt och grimaserade åt protesten från den blåslagna höften. "Jag kommer strax ner."

När pigan gått skyndade Clara till sitt toalettbord så snabbt den ömma kroppen tillät. Spegelbilden bekräftade hennes farhågor: bleka kinder, ögon fortfarande röda av gråt och lockar som smitit ur nålarna. Hon gjorde sig så presentabel hon kunde, nöp sig i kinderna för att få lite färg och slätade till håret till en mer anständig uppsättning. Åtminstone hade hon låtit Benson klä henne igen tidigare efter att hon tvättat bort smutsen; att sitta kringflackande i morgonrock mitt på dagen hade känts löjligt. Hennes gröna morgonklänning dög gott för att ta emot en vän vid ett privat besök.

När hon kom nerför trappan till salongen hade Clara arrangerat ansiktet i en mask av lugn artighet som dolde den oro som jäste under ytan. Hon stannade i dörröppningen och drog ett stadgande andetag innan hon gick in.

Lady Persephone stod vid spiselvrån, söt i en klädsam klänning i mjukt blått. De glansiga bruna lockarna var moderiktigt ordnade under en anspråkslös hätta kantad med band som matchade klänningen. När Clara kom in vände hon sig snabbt om, och de klarblå ögonen lyste av uppenbar lättnad.

"Fröken Bell", sade hon och tog ett steg fram med en iver som inte riktigt stämde med hennes vanligen blyga uppsyn. "Jag hoppas du förlåter mitt intrång. Jag... det vill säga, jag blev orolig efter morgonens uppträde."

Clara åstadkom ett leende som hon hoppades såg mer äkta ut än det kändes. "Lady Persephone, så vänligt av dig att komma. Snälla, vill du inte slå dig ner? Ska jag ringa efter te?"

"Åh, inget te, tack", svarade Persephone och satte sig i soffan, men på kanten, som redo att ge sig av i hast. "Och snälla, jag har bett dig förut att kalla mig Persephone, eller till och med Seph."

Clara tog fåtöljen mitt emot och höll kvar sin artiga min trots situationens pinsamhet. Vad säger man till kusinen till mannen som bevittnat ens mest förödmjukande misslyckande? En man vars intresse hade verkat så lovande innan det plötsligt svalnade av skäl som Clara fortfarande inte kunde begripa, bara för att han återigen skulle börja uppvakta henne i morse? Clara förstod sig inte på Matthew Whitmore det minsta, men han satt inte framför henne nu, så hon knuffade bestämt undan tankarna på den irriterande ombytlige markisen och fokuserade på hans kusin.

"Jag hoppas att du mår bra, Persephone", sade hon och föll tillbaka på social konvention. "Din mor är vid god hälsa, hoppas jag?"

Persephone viftade bort artigheterna med en oväntad bestämdhet. "Clara, snälla. Jag kom inte för att utbyta tomma fraser." Hon lutade sig fram, och hennes vanligtvis mjuka röst bar en ovanlig intensitet. "Jag såg vad som hände i parken i morse."

Clara kände hettan stiga i kinderna. "Var du där? Jag lade inte märke till dig bland..." Hon lät orden rinna ut, oförmögen att säga "åskådarna" utan att ordet smakade bittert på tungan.

"Jag red med min stallknekt på andra sidan gången", förklarade Persephone. "Inte tillräckligt nära för att ingå i Lady Virginies publik, men nära nog för att se allt." Hennes runda ansikte mjuknade i uppriktig medkänsla. "Det var inte ditt fel."

"Du är väldigt vänlig", svarade Clara automatiskt, den replik hon hade förberett för alla som kunde tänkas beklaga hennes förödmjukelse. "Men jag försäkrar dig, jag har återhämtat mig efter incidenten."

"Nej, du förstår inte", insisterade Persephone, med en ovanlig brådska i tonen. "Jag menar inte att det inte var ditt fel i bemärkelsen att olyckor händer även de bästa ryttarna. Jag menar att det bokstavligen inte var ditt fel, därför att det inte var någon olyckshändelse alls."

Claras omsorgsfullt bevarade fattning gled undan, ögonen vidgades när hon studerade Persephones uppriktiga ansikte. "Vad menar du?"

Persephone kastade en blick mot dörren som för att försäkra sig om att de verkligen var ensamma, och sänkte sedan rösten. "Du borde titta i Lord Westbournes stall."

"Lord Westbournes stall?" upprepade Clara, förvirrad. "Lady Virginies fars stall? Varför i all världen?"

Persephones fylliga fingrar tvinnade nervöst i knät, men blicken förblev stadig. "Bara titta. Det är allt jag kan säga."

Clara lutade sig fram och sökte den yngre kvinnans ansikte. "Persephone, om du vet något om vad som hände i morse, snälla berätta. Den där hästen var nära att ta livet av mig."

"Jag vet", svarade Persephone, och oron syntes tydligt i hennes uttryck. "Och jag önskar att jag kunde säga mer, det gör jag verkligen. Men jag har redan riskerat mycket genom att komma hit; min mor skulle bli rasande om hon trodde att jag faktiskt gjort något som kunde skada Lady Virginies utsikter med min kusin." Hon reste sig häftigt och slätade ut kjolen med darrande händer. "Lord Westbournes stall. Det är allt jag kan säga."

Clara reste sig också och ignorerade ilningen från den blåslagna höften. "Men varför? Vad är det jag ska leta efter? Hur ska jag ens ta mig in i ett annat hushålls stall?"

"Du är klipsk", sade Persephone, och ett stänk av ett leende mjukade upp det bekymrade uttrycket. "Och målmedveten. Om någon kan hitta en väg in, så är det du." Hon gick mot dörren men stannade och vände sig om med oväntad beslutsamhet. "Min kusin beundrar dig mycket, ska du veta. Mer än han har tillåtit sig att medge."

Ämnesbytet tog Clara på sängen. "Lord Whitmore har gjort sina preferenser ganska tydliga de senaste veckorna", svarade hon, oförmögen att helt dölja en ton av bitterhet. "Hans uppmärksamhet mot Lady Virginie har varit högst påfallande."

"Saker är inte alltid vad de verkar", sade Persephone gåtfullt. "Ibland är den mest uppenbara förklaringen helt fel."

Innan Clara hann svara på det förbryllande påståendet hade Persephone gjort en hastig nigning och skyndat ut ur rummet, och lämnade Clara att stirra efter henne i förvirring.

Butlern dök upp några ögonblick senare. "Ska jag följa Lady Persephone ut, fröken Bell?"

"Ja, tack, Phillips", svarade Clara distraherat, medan tankarna virvlade kring innebörden av Persephones gåtfulla råd.

När hon blev ensam började Clara vandra av och an i salongen, och smärtan i höften var glömd när förväntan tändes inom henne. Något i Lord Westbournes stall skulle förklara vad som hänt med Pegasus? Vad kunde det vara? Och hur skulle hon undersöka saken utan att bli upptäckt?

Hon gick fram till fönstret och såg Persephones vagn rulla bort från huset. Utanför höll ljuset på att falna när den korta vinterdagen drogs ihop, den grå himlen hotade med regn över Hanover Square. Vagnar fortsatte att passera och förde sina passagerare till middagar och kvällsnöjen. Societetens rytm fortsatte obevekligt, utan hänsyn till Claras tillfälliga reträtt från dess kretsar.

Prinsregentens gala. Tanken slog henne med plötslig klarhet. Om två dagar skulle varje medlem av societeten vara samlad i Carlton House, inklusive earlen av Westbourne och hans familj. Stallen skulle vara minimalt bemannade, hushållets uppmärksamhet riktad åt annat håll. Det var ett perfekt tillfälle.

Clara kände hur modet steg för första gången sedan morgonens katastrof. Här fanns något konkret, en handlingsväg i stället för passivt lidande. Om Lady Virginie faktiskt hade regisserat hennes förödmjukelse, om det fanns bevis i Lord Westbournes stall, skulle Clara hitta dem.

Ett litet, beslutsamt leende krusade läpparna. Hon kanske hade blivit kastad ur sadeln, men Clara Bell var långt ifrån besegrad. Och om Lady Virginie de Mortimer verkligen hade haft en hand i hennes vanära, skulle hon snart få erfara att Clara inte var en fiende man tog lätt på.

Kvällen för Prinsregentens gala kom med febril aktivitet i hela familjen Bells hushåll. Tjänstefolk skyndade genom korridorerna och bar in nystrukna kläder och putsade skor till Sir Richard och Lady Bells rum. Ensam i sin sängkammare gjorde Clara i ordning något helt annat. I stället för att välja juveler eller arrangera håret lade hon fram de mest praktiska ägodelar hon hade: en mörk kappa med djup huva, stadiga halvstövlar som inte skulle höras mot kullerstenarna och en liten lykta som hon lagt beslag på i köket, tillsammans med en fickstor elddosa.

”Perfekt”, mumlade hon och granskade utstyrseln med kritisk blick. Hennes vanliga klädsel i London bestod av modenära musliner och nätta tofflor, plagg skapade för att imponera i salonger och balsalar, inte för att smyga genom mörka mews på jakt efter bevis. Lyckligtvis hade hon packat flera praktiska saker från Belle Haven; hon hade aldrig helt förmått överge de enklare kläder hon föredrog för tidiga morgonritter och stallarbete. Hennes ridkostym var mörkblå och skulle duga för en diskret klädsel.

Clara vek upp en liten karta över Mayfair som hon lånat från sin fars arbetsrum och bredde ut den över sängen. Med fingret följde hon vägen från Hanover Square till Berkeley Square, där earlen av Westbournes eleganta townhouse låg med stallen tillgängliga från gränden bakom. Avståndet var inte stort, kanske femton minuter till fots, även om hon tvekande bet sig i läppen inför tanken på att navigera gatorna ensam i mörkret. Inte ens i dagsljus fick hon gå ut ensam; det var inte säkert. Hennes far skulle aldrig förlåta henne för att ta sådana risker.

Hon tog börsen från byrån och räknade sina mynt. Hon hade inte mycket; hennes far brukade bara säga att hon kunde köpa vad hon önskade och skicka räkningen till honom, så Clara hade aldrig behövt pengar i fickan. Hon trodde att hon hade tillräckligt för en hyrvagn till Berkeley Square och en tillbaka, och stoppade därför börsen i fickan på sin mörka klänning, ett praktiskt plagg i marinblå ull som varken skulle reflektera ljus eller prassla när hon rörde sig.

Clara kastade en blick på den lilla klockan på spiselhyllan. Sir Richard och Theresa skulle avresa inom en timme och lämna henne att till synes vila i sitt rum för kvällen, eftersom hon redan hade ätit middag. Tiden mellan deras avfärd och hennes egen skulle bäst användas till att öva på vad hon kunde säga om hon blev påkommen.

"Åh, jag tog bara lite frisk luft", övade hon och antog ett uttryck av oskyldig förvåning. Nej, det skulle inte förklara hennes närvaro i närheten av Lord Westbournes stall. "Jag tror att hästen kan ha blivit skrämd med avsikt", försökte hon i stället, med en röst som bar rättfärdig indignation. Men det skulle avslöja hennes misstankar alltför tydligt.

"Jag blev orolig för Pegasus efter hans märkliga beteende", mumlade hon och fann den förklaringen mest plausibel. Omtanke om hästen snarare än anklagelser. Det kunde duga om hon blev tillfrågad.

Clara satte sig vid fönstret och såg vagnarna rulla förbi allt tätare, med sina elegant klädda passagerare på väg mot Carlton House där Prinsregentens gala snart skulle ta sin början. Hon lade märke till flera bekanta vapensköldar, bland annat Lady Pembertons distinkta vapen på en förbipasserande vagn. Satt Persephone i den vagnen? Undrade hon just nu om Clara skulle följa hennes mystiska råd?

Till slut hörde Clara de otvetydiga ljuden av föräldrarnas avfärd: faderns djupa röst som gav butlern sista instruktioner, Theresas ljusare ton när hon sade god natt till hushållerskan, ytterdörren som öppnades och slog igen med en dov duns. Hon gick fram till fönstret i tid för att se dem stiga upp i vagnen, Sir Richard strålande i högtidsdräkt när han hjälpte Theresa, som strålade i en klänning av lavendelfärgad siden prydd med silverband.

Clara väntade ytterligare en halv timme. Husets ljud dog undan efter hand när tjänstefolket, med färre uppgifter att slutföra i familjens frånvaro, drog sig tillbaka till sina egna kvarter för en tidig kväll.

Äntligen hade stunden kommit. Clara tog på sig kappan och fäste den ordentligt vid halsen innan hon drog upp huvan över håret. Hon gled ned i halvstövlarna och var tacksam för deras stadiga sulor och stadiga passform. Sist kom handskarna, mjukt läder som inte skulle hindra hennes rörelser men hålla händerna varma i den kyliga nattluften.

Hon öppnade sin dörr med största försiktighet och stannade på tröskeln för att lyssna efter minsta rörelse i korridoren. När hon inte hörde något klev hon ut och stängde dörren tyst bakom sig. Hallen sträckte ut sig framför henne, med matta i mitten och bara brädor vid kanterna. Hon höll sig på mattan och rörde sig snabbt men ljudlöst mot trappan.

Nere stannade hon igen, och hjärtat slog snabbare när uppdragets verklighet gjorde sig påmind. Huset var tyst men inte stilla, små livsljud hördes fortfarande: avlägset klirr från köket, knarrandet från en stol i butlerns skafferi där Phillips sannolikt satt med kvällens sejdel öl. Clara höll andan och räknade sekunderna tills hon var säker på att ingen var på väg ut i korridoren.

Hon gled längs passagen mot Sir Richards arbetsrum, valt för sin bekväma tillgång till trädgården genom ett par franska dörrar. Gångjärnen var barmhärtigt tysta när hon öppnade dörren precis så mycket att hon kunde slinka in.

Nattluften var sval mot ansiktet när hon steg ut och drog huvan längre fram för att hålla ansiktet i skugga. Trädgården var liten men välskött, en typisk stadstomt med prydliga gångar som ledde till en bakre grind som öppnades mot en smal gränd som mestadels användes av handelsmän som gjorde leveranser.

Clara rörde sig snabbt nu, inte längre orolig för att bli överhörd men fortfarande vaksam så att hon inte blev sedd av grannar eller förbipasserande tjänare. Grindens spärr lyfte utan att protestera och lät henne slinka ut i gränden, som låg övergiven i mörkret.

London om natten var en annan värld än den Clara lärt känna under sin säsong. Mayfairs fashionabla gator, vanligtvis fyllda av vagnar och fotgängare, låg nu tysta och i stort sett tomma, de flesta ur societeten samlade i Carlton House för Prinsregentens gala. Det fanns dock några hyrvagnar ute, och Clara samlade sitt mod och vinkade in en.

"Berkeley Square", sade hon och försökte låta säker samtidigt som hon höll huvan lågt för att dölja ansiktet. Kusken knappt ens tittade på henne, utan grymtade till som bekräftelse. Clara klättrade upp i hyrvagnen och log, ett litet triumfens rus vecklade ut sig i henne över hur lätt uppdragets första del hade varit.

Det svåra kommer ännu, tillrättavisade hon sig själv. *Bli inte övermodig nu!*

Berkeley Square dök upp tidigare än väntat, dess centrala trädgård ett myller av svarta siluetter mot natthimlen. Earlen av Westbournes townhouse stod på den östra sidan, en imponerande byggnad vars fönster glödde av den minimala belysning som lämnats åt tjänstefolket i familjens frånvaro. Bakom huset, nåbart genom en smal passage mellan byggnaderna, låg mews där vagnar och hästar hölls.

"Här går bra", ropade hon till kusken, som grymtade igen och tog i tyglarna.

"Två shilling", muttrade han, och Clara nickade, lite lättad över att det inte var dyrare. Hon räknade upp mynten och betalade honom, och väntade tills han hade kört iväg innan hon vände sig för att studera sitt mål. En ensam lykta brann vid infarten till mews och kastade precis tillräckligt med ljus för att leda en återvändande körkarl, men inte nog för att helt lysa upp omgivningen. Perfekt för hennes syften, tillräckligt för att hon skulle se utan att själv lätt bli sedd.

Hon drog ett djupt andetag och stålsatte sig för vad hon kunde komma att upptäcka. Blåmärkena värkte, nerverna dallrade av oro, men beslutsamheten var orubbad. Om det fanns bevis att hitta, skulle hon hitta dem. Om Lady Virginie verkligen hade iscensatt hennes förödmjukelse, skulle Clara avslöja sanningen, även om hon ännu inte visste vad hon skulle göra med den kunskapen.

Med en sista blick omkring sig, för att försäkra sig om att ingen observerade henne, klev Clara fram i skuggorna och närmade sig Westbournes stall med en jägare på tyst, samlat spår.

Kapitel elva

MATTHEW STOD FRAMFÖR SPEGELN i sin klädkammare och rynkade pannan när han rättade till vecken på sin kravatt för tredje gången. Det krispiga vita linnet vägrade samarbeta, precis som hans tankar, som trots alla ansträngningar att fokusera på kvällen fortsatte att kretsa kring Clara Bell. Prinsregentens gala krävde hans närvaro, krävde hans mest formella dräkt och mest polerade uppförande, men allt han kunde tänka på var den sårade värdigheten i Claras blick när han såg henne sist, och de ord hon inte hade låtit honom uttala.

"Förbaskat också", muttrade han och drog upp kravatten igen. Hans kammartjänare, som med tyst ogillande svävat i närheten, trädde fram med en suck som lyckades rymma både medkänsla och irritation.

"Om jag får, ers nåd?" frågade han och räckte redan efter det trilskande tyget.

Matthew nickade, lät händerna falla längs sidorna och stirrade på sin spegelbild medan kammartjänarens smidiga fingrar förvandlade linnet till ett oklanderligt vattenfall av skarpa veck. Ansiktet som såg tillbaka på honom var sig likt – den kraftiga käken han ärvt av sin far, de mörka ögonen som var ett Whitmore-drag – men något i hans uttryck hade förändrats de senaste veckorna. En viss lätthet hade försvunnit, ersatt av en tyngd som fick honom att se äldre ut än sina fem och tjugo år.

"Så, ers nåd", sade kammartjänaren och tog ett steg tillbaka för att granska sitt verk. "Mycket tillfredsställande, om jag får säga det själv."

"Tack, Simmons", svarade Matthew och tog den mörkblå rocken som låg framlagd på sängen. Han knäppte den, rätade på ryggen och nickade för sig själv åt den utmärkta skärningen och passformen. Vilket inre tumult han än upplevde, så skulle åtminstone hans yttre uppenbarelse motsvara Londons samhälles hårda krav.

Tankarna gled åter till Clara när han valde ett par oklanderliga vita handskar ur lådan. Hade hon återhämtat sig från fallet? Blåmärkena skulle fortfarande synas, det var han säker på, om än kanske bleknade från sin första ilsket lila färg. Mer oroande var skadan på hennes självkänsla, förödmjukelsen hon lidit genom Virginies hand. Han hade skickat blommor och en lapp dagen efter händelsen, men hans bud hade kommit tillbaka med båda, sigillet på lappen obrutet. Clara var ännu inte redo att höra hans förklaringar, och han kunde knappast klandra henne.

En mjuk knackning på dörren avbröt hans tankar. "Stig in", kallade han och vände sig om när hans far kom in i rummet, och Simmons skyndade sig att försvinna.

Hertigen av Allanworth stod inramad i dörröppningen, strålande i formell kvällsutstyrsel, med Strumpebandsordens stjärna glimmande på bröstet. Trots sina tilltagande år var han fortfarande en imponerande gestalt, hållningen lika stolt och rak som i ungdomen.

"Nästan klar?" frågade hertigen och lät sin skarpa blick löpa över Matthews uppenbarelse med gillande. "Kärran väntar, och vi får inte komma för sent. Prinsen är särskilt känslig vad gäller punktlighet numera."

"Strax", svarade Matthew medan han drog på sig den andra handsken. "Fast jag måste erkänna att jag bävar något för kvällen."

Hertigens ögonbryn höjdes svagt. "Jaså? Varför då? Ni har aldrig haft något emot kungliga tillställningar förr."

Matthew tvekade, osäker på hur han skulle formulera den komplexa knut av känslor som gjorde att utsikten till ett glittrande sällskapsevenemang plötsligt kändes outhärdlig. "Inget särskilt", slingrade han sig. "Kanske bara ett humör."

"Ett humör vid namn Clara Bell, kanske?" föreslog hans far med en vetande glimt i ögat. "Jag förstår att hon inte kommer i kväll. Jag träffade Sir Richard på klubben, och han nämnde att hon fortfarande återhämtar sig efter sin olycka."

Matthew nickade, inte förvånad men likväl besviken. En liten, ologisk del av honom hade hoppats att hon ändå skulle dyka upp, så att han kunde få en chans till att tala med henne. "Det är nog lika bra", medgav han. "Sällskapslivet kan vara obarmhärtigt mot dem som snavar inför allas ögon."

"Sant", höll hertigen med, "men jag misstänker att fröken Bell har tillräcklig ryggrad för att rida ut just den här stormen. Nå, ska vi? Prinsens tålamod, till skillnad från hans västar, är inte särskilt tänjbart."

Matthew nickade och följde sin far ut ur rummet och nedför den stora trappan som ledde till entréhallen. Butlern höll upp ytterdörren åt dem och bugade när de passerade. Utanför väntade deras vagn, dess svartlackerade yta glänsande i skenet från gaslyktorna som kantade Berkeley Square.

När Matthew gick nedför trappstegen mot vagnen fångade en rörelse på andra sidan torget hans blick. En slank gestalt i mörk kappa klev ner från en hyrvagn och rörde sig med förtrolig målmedvetenhet mot stallgången bakom Lord Westbournes bostad. Det var något bekant med sättet personen rörde sig på, en grace som kändes malplacerad i ett så hemlighetsfullt sammanhang. En rak, aristokratisk hållning, och ändå en längre steglängd än de små trippssteg som de flesta societetsdamer lade sig till med.

Den hållningen kände han igen, det markvinnande steget.

"Clara?" viskade han och stannade tvärt på nedersta trappsteget.

"Vad är det?" frågade hertigen och vände tillbaka från vagndörren som han redan hunnit nå.

Matthew pekade diskret. "Där, vid Westbournes hus. Det där är Clara Bell, jag är säker. Vad i all världen gör hon smygande ute vid den här tiden? Och varför just där?"

Hertigen följde sin sons blick precis i tid för att se den beslöjade gestalten försvinna nerför den smala passagen som ledde till stallarna. Hans uttryck skiftade från förvirring till plötslig insikt, följt av en glimt av munterhet. "Nå, nå", mumlade han. "Det verkar som om fröken Bell bedriver egna efterforskningar."

"Efterforskningar?" upprepade Matthew, redan på väg mot torgets kant med blicken fäst vid platsen där Clara försvunnit. "Vad för sorts efterforskningar skulle föra henne till Westbournes stall?"

Hertigen småskrattade, ett varmt ljud som inte rymde förebråelse utan genuin uppskattning. "Tänk efter, min gosse. Varifrån kom den bruna valacken? Den som kastade av henne så spektakulärt? Och vems dotter verkar ha regisserat hela den förödmjukande uppvisningen?"

Insikten grydde i Matthews ansikte. "Hon misstänker att Virginie medvetet ordnade hennes fall. Hon letar efter bevis."

"Det verkar så", höll hertigen med. "Och alldeles ensam, vilket visar antingen beundransvärd tapperhet eller diskutabel omdömesförmåga, beroende på perspektiv."

Matthew var redan flera steg bort, helt fokuserad på den smala passagen där Clara försvunnit. "Jag borde följa efter henne", sade han och kastade en blick tillbaka på sin far.

"Om hon ertappas med att göra intrång i Westbournes stall..."

Hertigen nickade och gjorde en viftande gest med den handskklädda handen. "För all del, gå.

"Ni har inte något emot det?" frågade Matthew, överraskad över sin fars lätta medgivande. "Vad ska ni säga till Prinsen?"

"Att ni blev ofrånkomligen upphållen av en angelägenhet av yttersta vikt", svarade hertigen med ett svagt leende. "Vilket ju, trots allt, inte är något annat än sanningen. Och Prinsen lär knappast märka en gäst mindre bland hundratals." Hans uttryck blev allvarligare. "Se till att fröken Bell är välbehållen. Sådana äventyr, hur lovvärda de än är till andan, kan vara farliga i utförandet."

Med en tacksam nick vände sig Matthew om och korsade snabbt torget, och hans formella kvällsskor var lyckligtvis tysta mot gatstenarna. När han närmade sig passagen som ledde till Westbournes mews saktade han farten, medveten om behovet av diskretion. Om Clara verkligen jagade bevis på Virginies svek, var det sista hon behövde att han röjde hennes närvaro genom att vara vårdslös.

Passagen var smal och mörk, och det knappa ljuset från torgets lyktor dog snabbt ut ju längre han trängde in. Längre fram kunde han skymta ett svagt sken från den ensamma lykta som lyste upp infarten till stallarna. Någonstans i det dova ljuset riskerade Clara Bell sitt rykte och möjligen sin säkerhet i jakten på svar. Vilka skäl hon än hade för att vara där, vad hon än kände för honom, kunde Matthew inte låta henne möta sådana risker ensam.

Den rika, jordiga doften av hästar och hö blev starkare när han närmade sig stallarna. Framför honom stannade en slank gestalt i en huvkappa framför portarna, och en hand i handske sträckte sig försiktigt mot regeln. Clara.

Han ökade takten, men höll sig i skuggorna. Stallgården verkade övergiven så långt han kunde se; Westbournes kusk hade följt med sina arbetsgivare till prinsregentens gala och stalldrängarna tog sannolikt en välförtjänt vila tills vagnen återvände, men någon kunde ändå vara i närheten och sköta sena sysslor. Om Clara blev upptäckt här, ensam och oinbjuden, skulle skandalen bli omedelbar och förödande. Hennes rykte, redan sårat av det förödmjukande fallet i Hyde Park, kanske aldrig återhämtade sig från en sådan förseelse.

Stallportarna var av tung ek, nötta av många års bruk. Just när Claras fingrar slöt sig runt järnregeln klev Matthew fram in i ljuscirkeln från den ensamma lyktan vid ingången.

"Fröken Bell", sade han stilla, "vad gör ni här?"

Clara for runt med ett kvävt andetag, handen flög upp mot halsen. Huvan gled bakåt och avslöjade ett ansikte blekt av skrämsel i lyktans sken. I ett ögonblick såg hon ut som en skrämd hind beredd att fly, med gröna ögon vidgade av överraskning och bestörtning.

"Lord Whitmore!" utbrast hon i en skarp viskning. "Ni skrämde nästan livet ur mig!"

"Jag ber om ursäkt om jag skrämde er", svarade Matthew och tog ytterligare ett steg närmare. "Fast kanske inte så mycket som jag borde, med tanke på att jag just ertappat er med att försöka ta er in i en annan mans stall."

Claras haka höjdes i den där välbekanta trotsiga gesten som han lärt sig beundra, trots oron som anades i hennes uttryck. ”Jag bryter mig inte in”, invände hon. ”Jag... undersöker bara.”

”Undersöker”, upprepade Matthew, oförmögen att helt hindra en anstrykning av munterhet i tonen. ”I earl Westbournes stall. Nattetid. Ensam. Och klädd som en simpel inbrottstjuv.”

En rodnad steg på Claras kinder, synlig även i det svaga ljuset. ”Jag tror verkligen inte att min klädsel liknar en inbrottstjuvs”, svarade hon vasst. ”Och jag förstår inte hur mina förehavanden angår er, mylord.”

Den frostiga formaliteten i hennes ton sved, även om han visste att han förtjänade det efter sitt senaste uppträdande. Men detta var knappast tid och plats för personliga gräl.

”Era förehavanden angår mig när de innebär möjlig fara”, sade han och kastade en blick omkring sig för att försäkra sig om att de fortfarande var oobserverade. ”För att inte tala om skadan på ert rykte om ni blir upptäckt här.”

Clara tvekade och den självsäkra fasaden sviktade något. ”Jag är väl medveten om riskerna”, sade hon, mjukare nu. ”Men jag har skäl att tro...” Hon tystnade och studerade hans ansikte som om hon försökte avgöra om han gick att lita på.

Spänningen från deras senaste samspel hängde mellan dem som en nästan påtaglig barriär. Matthew väntade och lät henne själv avgöra om hon ville anförtro sig åt honom. Ljuden från stallgården fyllde tystnaden: ett avlägset gnägg, det mjuka dunsandet av hovar mot halm, knarrandet av läder när någon justerade en sele några byggnader bort.

Till slut tycktes Clara fatta ett beslut. "Lady Persephone besökte mig efter mitt fall", sade hon, knappt mer än en viskning.

"Min kusin?" Matthew blinkade, förvånad. Vad han än hade väntat sig att Clara skulle avslöja, så var det inte detta. Vad skulle Persephone kunna ha sagt som skickade Clara hit?

"Hon föreslog att jag skulle titta i de här stallen om jag ville förstå vad som hände med Pegasus. Hon var rätt kryptisk, men undertexten var tydlig."

"Ni tror att Lady Virginie medvetet ordnade så att ni blev avkastad", konstaterade Matthew.

Clara nickade, och lättnad fladdrade över hennes drag när han förstod. "Något stämde inte med den hästen. Jag har ridit Pegasus flera gånger tidigare utan problem, ändå betedde han sig plötsligt som ett obrott bruksföl. Det går inte ihop. Men jag behöver bevis, inte bara misstankar."

Matthew mindes hur våldsamt Clara föll, hur nära hon varit en allvarlig skada. Tanken på att det skulle ha varit iscensatt sände en kall våg av vrede genom honom. "Varför skulle Persephone säga detta? Och hur skulle hon veta?"

Clara sänkte blicken och slätade ut en obefintlig skrynkla i kappan. "Jag tror att Lady Persephone ser och hör mycket mer än folk inser. Hennes mor – er faster, Lady Pemberton – är god vän med grevinnan av Westbourne. Kanske hörde hon något. Hon antydde att vissa... uppfattningar kan vara felaktiga. Att skenet kan bedra." En lätt rodnad färgade hennes kinder igen. "Jag tror att hon kan ha syftat på mer än bara hästar."

Anspelningen var tydlig, även om Matthew inte var säker på hur han borde svara. Det var knappast läge att reda ut missförstånden dem emellan, inte när de stod synliga i stallgången utanför Lord Westbournes stall.

"Vi kan tala om uppfattningar och sken senare", sade han och fattade ett beslut. "Just nu, om ni är fast besluten att undersöka, borde ni inte göra det ensam."

Claras ögonbryn for upp. "Erbjuder ni er att bistå mig i mitt inbrott, Lord Whitmore? Hur chockerande för en blivande hertig."

Trots allvaret i situationen fann sig Matthew kämpa mot ett leende åt hennes retfulla ton, den första antydan till värme hon visat honom på veckor. "Jag föredrar att se det som att jag tryggar säkerheten för en dam som ägnar sig åt en något okonventionell jakt på rättvisa", svarade han. "Dessutom ser två par ögon bättre än ett."

"Och om vi blir tagna?" frågade Clara, lika praktisk som alltid.

"Då erbjuder min närvaro ett visst skydd för ert rykte", sade Matthew. "Lord Westbourne skulle ha svårt att komma med anklagelser mot hertigen av Allanworths son och arvinge, medan en ung dam ensam löper långt större risk."

Clara övervägde detta med en prövande blick. "Er far skulle inte godkänna sådana företag."

Matthew kunde inte låta bli att skratta lågt åt det. "Tvärtom, han beordrade mig praktiskt taget att följa efter er. Han framför förresten sina komplimanger till ert initiativ att söka bevis i stället för att bara godta Lady Virginies version."

Förvåning syntes i Claras ansikte, följt av något som liknade försiktig glädje. "William-farbror sade det?"

"Kallar ni honom William-farbror?" Matthew visste inte varför just den upplysningen överrumplade honom så, efter att hans far avslöjat att han betraktade alla Bells som familj, men han blev verkligen häpen.

Clara rodnade. "Tja... ja, men jag får egentligen inte säga så i London. Vi vill inte att någon ska fråga varför hertigen..." Hon lät orden rinna ut i sanden.

De var nära att halka in på det samtal de redan kommit överens om att skjuta upp. Matthew höjde en hand för att hejda henne. "Ska vi fortsätta med den här undersökningen innan någon märker att vi står här och samtalar fullt synliga?"

Clara nickade och öppnade dörren precis så mycket att de kunde slinka igenom, och gångjärnen protesterade med ett mjukt gnissel som lät oroväckande högt i nattens tystnad. Hon såg upp på Matthew, en blandning av beslutsamhet och ängslan i blicken.

"Redo?" viskade hon.

Matthew nickade och ignorerade anständighetens röst som insisterade på att hela företaget var galenskap. Om Clara hade rätt, om Lady Virginie verkligen hade iscensatt Claras förödmjukelse och potentiella skada, så ville han veta sanningen lika mycket som hon. Och om han under tiden kunde börja reparera den skada hans eget uppträdande vållat deras relation, så mycket bättre.

”Efter er, fröken Bell”, sade han mjukt och gestikulerade mot öppningen. ”Låt oss hitta era bevis.”

Insidan av Westbournes stall var förvånansvärt varm efter den vintriga nattkylan, och luften tung av de rogivande dofterna av hö, oljat läder och häst. Matthew stannade precis innanför dörren och lät ögonen vänja sig vid det dämpade ljuset. En enda, väl skärmad lykta brann i bortre änden av mittgången och kastade långa skuggor genom byggnaden. Allt i utrymmet vittnade om rikedom och minutiös omsorg, från den blänkande utrustningen på väggarna till den fräscha halmen i varje spilta.

”Det verkar som om earlen inte sparar på något åt sina hästar”, mumlade Matthew och lade märke till de polerade mässingsbeslagen och den oklanderliga renligheten i hela byggnaden.

Clara nickade, redan helt fokuserad på uppgiften. ”Stallarna är numrerade”, viskade hon och pekade på mässingsskyltarna. ”Vi borde gå igenom dem systematiskt.”

Stallen var tacksamt stilla; de flesta hästar halvsov vid den sena kvällstimmen. Ett och annat mjukt gnägg eller en försiktig hov mot trä var de enda ljud som bröt tystnaden när de rörde sig försiktigt längs mittgången. Clara stack handen in under kappan och tog fram en liten lykta som hon tände med van hand.

"Jag tog med den hemifrån", förklarade hon medan hon justerade lågan så att den gav precis lagom ljus utan att bli för skarp. "Jag tänkte att jag kunde behöva se detaljer tydligt."

Matthew imponerades av hennes framförhållning. "Ni kom förberedd", noterade han och följde hennes ledning när de började kontrollera varje spilta.

De första spiltorna rymde ståtliga djur: en skimmel med vit bläs, en fux med fyra vita strumpor, en slank svart med nervigt lynne som skyggade för deras lykta, ett par kraftiga, matchade bruna. Alla var uppenbart värdefulla, men ingen stämde med den bruna valack som kastat Clara i parken.

"Pegasus måste vara här någonstans", viskade Clara, och en aning frustration letade sig in i rösten när de nådde mitten av stallbyggnaden. "Lady Persephone skulle inte ha skickat mig hit utan skäl."

Matthew lade en lugnande hand på hennes arm. "Vi har bara sett halva stallet. Vi fortsätter."

De gick djupare in. När de närmade sig byggnadens bortre ända stannade Clara tvärt och grep tag i Matthews ärm med den fria handen.

"Se", andades hon. "Där."

Matthew kisade åt det håll hon pekade. I den näst sista spiltan till höger stod en brun valack, pälsen glänsande i lyktans sken, med en vit stjärnfläck knappt synlig i pannan.

"Här är Pegasus", utbrast de båda samtidigt och såg sedan förvirrat på varandra.

I spiltan rakt mittemot den häst Matthew först sett stod en annan brun valack av nästan identisk storlek och exteriör, även den med en liten vit stjärna.

”Vad menar ni?” frågade Clara med rynkad panna. ”Vilken syftar ni på?”

”Den till höger”, svarade Matthew och pekade på spiltan närmast dem. ”Var det inte den hästen ni red när ni föll?”

Clara skakade långsamt på huvudet och lät blicken pendla mellan de två bruna. ”Jag tyckte det var den till vänster.” Hon gick närmare och höjde lyktan för att bättre lysa upp hästarna. ”De är anmärkningsvärt lika. Nästan identiska vid första anblicken.”

Matthew följde efter och lade nu märke till de subtila skillnaderna mellan djuren. Den till höger hade något mer musklad bakdel, medan den till vänster kanske hade ett något mer förfinat huvud. Men likheterna var verkligen slående, från den övergripande storleken till placeringen av stjärnan i pannan.

”De skulle kunna vara tvillingar”, konstaterade han och såg hur båda hästarna vred huvudena mot ljuset, med spetsade öron av nyfikenhet.

Clara räckte honom sin lykta. ”Håll den här åt mig, är ni snäll”, bad hon och var redan på väg mot första spiltans dörr. ”Jag måste undersöka dem närmare.”

Matthew tog lyktan och höll den högt för bästa ljus när Clara försiktigt öppnade dörren till spiltan till höger. Valacken innanför frustade mjukt och sträckte mulen mot henne när hon klev in. Claras rörelser var säkra men varsamma när hon närmade sig, och hon talade i låga, lugnande toner.

"Hej, stilige", mumlade hon och lät en van hand glida längs hals och manke. "Minns du mig?"

Hästen stod helt medgörlig under hennes händer och lät sig undersökas. Clara lade flera minuter på att känna igenom benen, och lät händerna löpa nerför vart och ett med noggrann uppmärksamhet. Till sist gick hon till huvudet och tog varsamt valackens mule i händerna.

"Matthew, för ljuset närmare, är ni snäll", sade hon, all formalitet glömd i koncentrationen. "Jag måste se tänderna."

Matthew gick närmare och höll lyktan strax ovanför Claras axel när hon försiktigt särade på hästens läppar. Djuret samarbetade utan protest och lät henne granska munnen noggrant.

"Den här är sex år, därikring", förkunnade hon till slut och klappade hästen tillgivet innan hon gick ut och säkrade regeln.

Hon gick genast till den andra spiltan och upprepade proceduren med valacken till vänster. Den här var något mer skygg och kastade med huvudet när Clara kom fram, men lugnade sig under hennes säkra handlag. Än en gång gjorde hon en grundlig genomgång och ägnade särskild uppmärksamhet åt munnen när Matthew höll lyktan nära.

"Och den här", sade hon och klev tillbaka med en mörk tillfredsställelse i blicken, "kan inte vara mer än tre."

Matthew rynkade pannan utan att genast förstå vidden. Han hade aldrig ridit unghästar, hade alltid köpt djur som redan var förberedda för hans behov, och visste föga om inridning. "Vad säger det oss?"

Claras uttryck hårdnade när hon säkrade den andra spiltan. "Det säger oss allt. En sexåring är fortfarande en ung häst, men kan ha gått två år eller mer under sadel. Även om han är het och ibland känslig för omgivningen lyder han vid rätt hantering på förutsägbart sätt." Hon nickade mot den yngre hästen. "En treåring däremot är sannolikt grön. Han kan ha grundläggande hantering från marken, men saknar erfarenheten och stadgan hos en äldre häst, och han kanske inte ens är inriden."

Insikten grydde hos Matthew. "Hon bytte ut dem", sade han, medan bitarna föll på plats. "De första gångerna ni red med henne satt ni på den här äldre valacken."

"Ja", instämde Clara, med rösten spänd av återhållen vrede. "Men den där dagen i parken gav hon mig den här unga, oinridna hästen. Inte underligt att han fick panik när jag steg upp. Han hade möjligen aldrig ens burit en sadel innan, vilket förklarar att han försökte sparka drängen som sadlade honom. När jag kom upp på ryggen hade den stackars besten ingen aning om vad han skulle göra. Han måste ha varit livrädd."

Matthews ansikte mörknade när konsekvenserna stod klara. "Hon avsåg att ni skulle misslyckas", sade han lågt. "Eller värre, att ni skulle skadas. Hon utsatte er medvetet för fara i vetskap om att en oerfaren häst kunde reagera våldsamt."

"Hon måste ha planerat det länge", konstaterade Clara, och hennes professionella omdöme skar igenom den personliga indignationen. "Att hitta två bruna valacker så lika kan inte vara en slump. Hon måste ha sökt upp en tvilling till sin egen Pegasus."

"Frågan är varför", sade Matthew, även om han redan anade svaret. Lady Virginie hade sett Clara som en rival, inte bara om sällskapslivets gunst utan om hans uppmärksamhet i synnerhet. Den insikten fyllde honom med avsmak över sin egen roll i det hela, hur omedveten den än varit.

Clara vände sig helt mot honom, och lyktans sken fångade beslutsamheten i hennes gröna ögon. "Varför torde vara uppenbart. Hon ville förnedra mig offentligt, förstöra mitt rykte som ryttarinna. Vad passar bättre än att få mig att framstå som inkompetent inför halva London?"

"Det var illvilligt", höll Matthew med, och hans vrede växte för varje ögonblick. "Och mycket farligt. Ni kunde ha skadats svårt i det där fallet, Clara, till och med dödats. Hon spelade med ert liv för sociala fördelars skull."

"Inte bara mitt liv", påpekade Clara och strök åter över den yngre valackens hals. "Den här stackaren kunde också ha kommit till skada. Att utsätta en oförberedd häst för sådan stress och förvirring är grymt."

Hennes omsorg om djuret, även i ljuset av den kränkning hon själv utsatts för, rörde något djupt inom Matthew. Det var så typiskt Clara – denna förmåga att lägga den egna oförrätten åt sidan för medkänsla med en varelse som, hur oskyldigt som helst, orsakat henne skada.

"Vad tänker ni göra med den här kunskapen?" frågade han och såg på när hon gav den unge valacken en sista klapp innan hon backade från spiltan.

Clara sträckte på ryggen, med en beslutsam min. "Jag har inte bestämt mig än. Att avslöja Lady Virginie offentligt skulle skapa en skandal som kan göra mer skada än nytta. Men jag kan inte låta henne tro att hon lyckats förstöra mitt rykte eller mitt självförtroende."

"Vad ni än beslutar", sade Matthew varsamt, "hoppas jag att ni låter mig stödja er. Det hon gjorde var oförlåtligt, och hon förtjänar att möta konsekvenserna."

Clara studerade honom länge, och lyktans flämtande sken lade hennes uttryck i ljus och skugga så att han hade svårt att läsa hennes tankar. "Varför skulle ni ställa er upp mot Lady Virginie för min skull?" frågade hon till slut. "Alla tror att ni har uppvaktat henne de senaste veckorna."

Det var öppningen Matthew hade hoppats på, om än inte under omständigheter han skulle ha valt. Men där, omgiven av hästar i ett stall som doftade av hö och läder, med Clara som såg på honom med de där klara, frågande gröna ögonen, kunde han inte slingra sig längre.

"Jag uppvaktade aldrig Lady Virginie", sade han enkelt. "Jag lät henne tro att jag kunde vara intresserad för att skapa avstånd till er, men mitt hjärta var aldrig med. Det var ett förfärligt misstag, som jag djupt ångrar."

Lyktans sken fångade hur Claras ögon vidgades en aning, hur hennes läppar särades i förvåning. Men innan hon hann svara väckte ljudet av röster utanför stallporten båda till skärpt uppmärksamhet.

"Någon kommer", viskade Matthew, tog Clara om armen och drog henne bort från spiltorna. "Vi måste gå, nu."

När de skyndade mot stallets baksida i jakt på en annan utgång tänkte Matthew att omständigheterna än en gång hade sett till att han inte fått förklara sig ordentligt för Clara. Men åtminstone kände hon nu sanningen om Pegasus, och kanske skulle hon vara villig att höra resten av hans förklaring när de väl var i säkerhet borta från Lord Westbournes stall.

Kapitel tolv

Matthew ledde Clara genom tjänstefolkets ingång på sidan av Allanworth House, med handen lätt vilande i svanken på henne när de smög sig in. Huset låg tyst och svagt upplyst; de flesta i personalen hade dragit sig tillbaka till sina rum när hertigen gav sig av till prinsregentens gala. Bara någon enstaka ljusstump lyste upp deras väg och kastade långa skuggor som dansade över det polerade golvet medan de rörde sig snabbt genom korridorerna. Hans hjärta slog hårt, inte av ansträngning utan av den märkliga intimiteten i att ha Clara i sitt hem under så hemlighetsfulla omständigheter.

"Den här vägen", viskade han och ledde henne förbi dörren till köket där avlägsna röster från tjänstefolk hördes. "Min fars arbetsrum är det säkraste stället för oss att tala. Ingen stör oss där."

Clara nickade, ansiktet delvis dolt av kappen men med ögonen ljusa och alerta. De hade flytt från Lord Westbournes stall när rösterna kom närmare och slunkit ut genom en bakdörr som ledde till en gränd.

"Har din far något emot det?" frågade hon lågt när de svängde in i ännu en korridor.

"Inte det minsta", försäkrade Matthew och stannade vid en hörna för att lyssna efter fotsteg innan han fortsatte. "Faktum är att jag misstänker att han skulle bli rätt besviken om jag inte erbjöd dig en fristad efter vår upptäckt."

De nådde hans arbetsrum utan att stöta på någon tjänare, en lyckoträff som Matthew tillskrev den sena timmen och hertigens frånvaro. Han öppnade den tunga ekdörren och visade in Clara, stängde bestämt bakom dem och vred om nyckeln. Rummet låg nästan i mörker, upplyst bara av glöden från de sista kolen i öppna spisen.

"Ett ögonblick", sa han, gick fram till härden och tog upp eldgaffeln. Han rörde om i glöden och lade till några små vedträn från stapeln bredvid spisen. Elden tog snabbt fyr, flammorna slickade uppåt och spred ett varmt gyllene sken över det bokklädda rummet. Han tog upp en ljusstake, tände ljuset och gick runt och tände fler tills rummet var så upplyst att han tydligt kunde se Clara. Han ville inte missförstå hennes uttryck i samtalet de stod inför.

Clara sköt tillbaka kapuschongen och blottade sina rosiga kinder och det något rufsiga håret. Hon såg anmärkningsvärt vacker ut i eldskenet, tänkte Matthew, medan han såg henne börja gå fram och tillbaka över den persiska mattan som täckte rummets mitt.

”Jag kan fortfarande inte fatta det”, sa hon, rösten spänd av behärskad vrede. ”Att medvetet ge mig en otränad häst, med vetskap om faran... det är oförsvarligt.”

Matthew nickade och lutade sig mot sin fars skrivbord medan han såg henne röra sig. ”Det var en beräknad grymhet som kunde ha lett till allvarliga skador för både dig och hästen”, höll han med. ”Jag är häpen över din ridkonst, Clara. De flesta ryttare hade blivit avkastade i samma stund som ett så ungt, grönt djur kände tyngd på ryggen, kanske för första gången, utan rätt förberedelser.”

”År av träning med svåra hästar”, svarade hon distraherat, tankarna fortfarande uppfyllda av deras upptäckt. ”Det jag inte förstår är hur hon trodde att hon skulle komma undan med det. Någon borde väl märka två nästan identiska bruna i samma stall.”

”Jag betvivlar att earlen ens går in i sina stall regelbundet”, påpekade Matthew. ”Han överlåter allt sådant till sina stallkarlar, som Virginie förmodligen har betalat för att hålla tyst. Och likheten är egentligen tydlig först när de står sida vid sida. Lady Virginie räknade nog med att ingen skulle göra kopplingen. Och faktiskt är två liknande hästar långt ifrån ovanligt – vagnshästar säljs ju i par. Den enda som hade skäl att ifrågasätta att Pegasus hade en uppenbar dubbelgångare är du.”

Clara slutade gå och vände sig rakt mot honom. Hennes gröna ögon flammade av indignation, men där fanns också något annat, en beslutsamhet som mer talade om eftertanke än impuls.

”Jag kommer inte att avslöja henne offentligt”, förklarade hon, även om händerna knöt sig vid sidorna i uppenbar frustration. ”Det skulle skapa en skandal som föll tillbaka på alla inblandade, inte bara Lady Virginie.”

Matthew kunde inte dölja sin förvåning. Efter en sådan medveten förödmjukelse, sådan beräknad ondska, framstod Claras återhållsamhet som anmärkningsvärd. ”Du har all rätt att kräva upprättelse”, sa han försiktigt. ”Det hon gjorde var inte bara okindt utan aktivt farligt.”

”Jag tänker inte sjunka till hennes nivå”, svarade Clara bestämt. ”Att ropa ut hennes svek skulle bara få mig att framstå som hämndlysten och kanske till och med ge henne sympati. Hon skulle till och med kunna förneka allt och kalla mig lögnerska, låtsas tycka synd om mig för att jag hittar på förklaringar till mitt misslyckande, och vissa skulle tro henne, det vet du. Dessutom”, lade hon till med ett litet, sorgset leende, ”är skadan på mitt rykte redan skedd. Halva London såg mig flyga av som en nybörjare.”

Matthew kände beundran stiga för hennes integritet, samtidigt som han anade smärtan under hennes behärskade yta. Lady Virginies plan hade fungerat precis som tänkt och offentligt förödmjukat Clara just när hon borde ha stått på höjden av sin sociala framgång. Att Clara vägrade ge igen med samma mynt sa allt om hennes karaktär.

”Du är enastående”, sa han mjukt, orden undslapp honom innan han hann väga deras lämplighet.

Clara såg upp, ett ögonblick tagen på sängen av den öppna beundran i hans tonfall. En rodnad steg över hennes kinder som inte hade med eldens värme att göra. "Jag är bara praktisk", invände hon. "Hämnd gynnar sällan den som söker den."

"Kanske", medgav Matthew, "men det minskar inte min beundran för din återhållsamhet." Han sköt ifrån från skrivbordet, en idé tog form. "Tänk om det fanns ett sätt att se till att Lady Virginie möter konsekvenser utan att det blir en offentlig skandal?"

Claras ögonbryn höjdes frågande. "Vad tänker du på?"

"White's vadslagningsbok", svarade Matthew, medan ett långsamt leende spred sig över hans ansikte. "En anonym notis som varnar gentlemän för att ta emot en häst av Lady Virginie utan att först titta den i munnen för att se om åldern stämmer med vad som påstås. Vinkeln skulle vara tydlig för alla som kan hästar, men utan någon direkt anklagelse som kan leda till skandal."

"Budskapet skulle sprida sig i herrekretsarna", sa Clara långsamt, medan förståelsen gick upp för henne. "Alla som räknas skulle veta att de ska vara försiktiga med henne, men utan någon offentlig konfrontation."

"Precis", bekräftade Matthew. "Det är en gentleman-namässig hantering. Subtil men effektiv."

Clara övervägde förslaget, uttrycket tankfullt medan hon vägde dess förtjänster. Till slut nickade hon, och en del av spänningen lämnade hennes axlar. "Det verkar vara en rimlig kompromiss", höll hon med. "Jag vill inte förgöra Lady Virginie, bara se till att hon inte kan upprepa sitt bedrägeri mot någon som kanske inte har samma tur att undkomma allvarlig skada.”

”Jag ordnar det i morgon”, lovade Matthew.

Clara gav honom ett tacksamt leende som värmde honom mer än elden. ”Tack”, sa hon mjukt. ”Inte bara för lösningen, utan för att du trodde mig tillräckligt mycket för att följa mig till de där stallen från första början.”

Matthew kände hur hjärtat drogs samman av den enkla uppriktigheten i hennes röst. Efter veckor av att undvika henne, av att vårda sina löjliga farhågor och låta henne tro att han hade avvisat henne till förmån för Lady Virginie, kändes hennes tacksamhet oförtjänt. Men den erbjöd en väg till upprättelse, en chans att förklara sig och kanske, om han hade stor tur, laga det som hans handlingar hade skadat.

”Jag har mycket att förklara”, sa han och mötte hennes blick. ”Om mitt beteende de senaste veckorna. Om varför jag drog mig undan från ditt sällskap så abrupt.”

Clara vände sig helt mot Matthew, och hennes uttryck skiftade från tacksamhet till nyfikenhet i ett slag. Eldskenet fångade guldet i hennes hår när hon klev närmare, så nära att han kunde se bärnstensfläckarna i hennes gröna ögon. ”Varför har du undvikit mig?” krävde hon, rösten stadig men med en ton av sårad känsla som hon inte helt kunde dölja. ”Ena stunden är du överallt jag vänder mig, nästa ögonblick fjäskar du för Lady Virginie och låtsas som att jag inte ens finns, om du inte tvingas erkänna mig. Jag tycker att jag förtjänar en förklaring.”

Direktheten i hennes fråga gjorde Matthew mållös för ett ögonblick. Han hade tänkt närma sig ämnet gradvis, mjuka upp sin bekännelse med noga valda ord. Men Clara, trogen sin rättframma natur, gick rakt på sak. Han skruvade på sig obekvämt och lade ifrån sig fjädern han distraherat hade lekt med sedan de kom in i arbetsrummet.

"Du har rätt", medgav han och kunde inte möta hennes blick. "Mitt uppförande har varit oförsvarligt, och du förtjänar en förklaring."

Hon väntade, med armarna korsade över bröstet, och hennes stadiga blick gjorde det omöjligt att slingra sig vidare. Matthew drog ett djupt andetag och letade efter en startpunkt som inte omedelbart blottade hela vidden av hans dårskap.

"Det började med något Lord Debney nämnde", sa han till slut och lämnade skrivbordet för att ställa sig framför elden, behövde distraktionen i att peta i vedträna. "Om din bakgrund, om omständigheterna kring din födelse."

Han riskerade en blick på Clara och noterade hur hennes axlar stelnade en aning. "Min oäkta börd är knappast någon hemlighet", sa hon försiktigt. "Även om jag är förvånad över att Lord Debney fann det värt att skvallra om."

"Det var inte det", skyndade sig Matthew att klargöra. "Det var mer... han nämnde att ingen verkade säker på vem din far var." Eldgaffeln i hans hand skrapade mot stenvalvet med onödig kraft. "Att Sir Richard aldrig hade avslöjat den informationen, inte ens för sina närmaste vänner."

Claras uttryck förblev avvaktande. "Och det störde dig på något sätt? Att min fars identitet är okänd i sällskapslivet?"

Matthew lade ifrån sig eldgaffeln, väl medveten om att han inte kunde skjuta upp sanningen längre. "Det sammanföll med egna iakttagelser", fortsatte han, och varje ord var svårare än det förra. "Min fars årliga resor till Hampshire, tydligen till Belle Haven. Hans ovanliga hemlighetsmakeri kring dem. Hans uppenbara värme för din familj, särskilt för dig."

Förståelsen började gry i Claras ögon. "Whitmore", sa hon långsamt, "vad exakt antyder du?"

Han drog handen genom håret och förstörde dess omsorgsfulla ordning. "Jag trodde... det vill säga, jag fruktade... att du kunde vara min fars dotter." Orden hängde mellan dem, lika löjliga uttalade som de varit i hans huvud. "Min halvsyster", lade han till i onödan, om nu innebörden inte var tydlig.

Clara stirrade på honom i förlamad tystnad, läpparna särade i bestörtning. I flera långa ögonblick var eldens knaster och klockans tickande på spiselkransen de enda ljuden i rummet. Matthew såg en parad av känslor dra över hennes ansikte: förstämning, förvirring, gryende insikt och slutligen, till hans förvåning, förtjusning.

Ett litet ljud undslapp henne, något mellan en flämtning och ett skratt. Hon pressade fingertopparna mot läpparna som för att hålla tillbaka det, men förgäves. Skrattet växte, och sedan ett till, tills Clara övermannades av munterhet och grep tag i ryggen på en läderfåtölj för stöd medan klingande skratt ekade i det bokklädda rummet.

"Min far", fick hon fram mellan fnissattackerna, "var lakej!" Den upplysningen tycktes bara spä på hennes munterhet; tårar samlades i ögonvrårna medan hon fortsatte skratta. "En lakej i min morfars hushåll, som förförde min mor, Sir Richards syster."

Matthew kände hur hettan steg i ansiktet, skammen sköljde över honom när han insåg hur fullständigt fel hans antagande hade varit. Men han kände också lättnad, kraftfull och omedelbar, över att hans farhågor hade varit helt ogrundade.

"En lakej?" upprepade han svagt.

Clara nickade och kämpade fortfarande för att hejda skrattet. "Ja, en stilig ung man som försvann så fort min mor berättade att hon väntade barn, för att undkomma min morfars vrede. Sir Richard talar aldrig om honom för att det inte finns något värt att säga, inte för att det finns någon stor hemlighet att skydda." Hon torkade ögonen, axlarna skakade ännu av återhållet skratt. "Åh, Matthew, att du kunde tro att hertigen av Allanworth..."

Hennes skratt fördubblades, och den här gången kunde Matthew inte låta bli att stämma in, när absurditeten i hans misstankar slog honom med full kraft. Spänningen som hållit honom i ett järngrepp i veckor löstes upp i deras gemensamma skratt, och i stället kom en lätthet han inte känt sedan deras första möten.

"Jag frågade faktiskt min far rakt ut", erkände han när deras skratt lagt sig så pass att de kunde tala. "Gjorde mig till ett fullständigt åtlöje. Du skulle ha sett hans min när jag antydde att du kunde vara hans dotter."

"Det kan jag tänka mig", svarade Clara, kinderna rosiga av skratt. "Vad sa han?"

"Han blev chockad och sedan ganska road", erkände Matthew. "Sedan förklarade han sanningen om Laura Jane och Charlotte Grace, att de är hans syskonbarn, hans syster Lauras döttrar. Att din familj tog emot dem när hon dog i barnsäng.”

Claras uttryck mjuknade vid nämnandet av hennes yngre systrar. ”Ja, de är skälet till hans sommarbesök. Han kommer för att se dem, för att försäkra sig om att de inte saknar något och för att de ska veta att de är älskade av sin blods- såväl som sin adoptivfamilj.” Hon skakade på huvudet, fortfarande med glimten kvar i ögonen. ”Fast jag undrar vad som över huvud taget fick dig att dra en så märklig slutsats.”

Matthew lutade sig mot spiselkransen, kände sig fånig men alltför lättad för att bry sig. ”En kombination av saker”, förklarade han. ”Min fars uppenbara tillgivenhet för dig. Hemlighetsmakeriet kring hans resor till Belle Haven. Min mors tydliga ogillande av de resorna.” Han ryckte hjälplöst på axlarna. ”Och kanske spelade mina egna känslor in också.”

”Dina känslor?” manade Clara, och hennes munterhet övergick i nyfikenhet.

”Jag märkte att jag... drogs till dig”, erkände Matthew, lättare att bekänna nu när hans största rädsla var skingrad. ”Från vårt första möte vid floden. Det föreföll som den mest logiska förklaringen till varför jag genast kände en sådan samhörighet med någon jag knappt kände. Att kanske någon omedveten igenkänning av gemensamt blod...”

”Hur förfärligt gotiskt”, retades Clara, även om hennes uttryck skiftade igen, den här gången till något han inte helt kunde tyda men som han hoppades var ett erkännande av att känslorna varit ömsesidiga. ”Som något ur fru

Radcliffes romaner. Hemligt ursprung, förbjuden dragning.”

”Det låter allt ganska absurt när du säger det så”, medgav Matthew med ett snett leende. ”Men det plågade mig svårt då. Så pass att jag tyckte mig tvungen att ta avstånd från dig.”

”Genom att knyta dig till Lady Virginie”, observerade Clara, med en skymt av den gamla sårade tonen.

”Ett beslut jag ångrade nästan omedelbart”, försäkrade Matthew snabbt. ”Jag hade aldrig något verkligt intresse för henne. Jag försökte bara övertyga mig själv, och alla andra, om att mina känslor för dig inte var något märkvärdigt.”

Clara skakade på huvudet, fortfarande tydligt road av hela situationen. ”Hela tiden trodde jag att du funnit mig bristfällig på något sätt. För lantlig, kanske, eller för frispråkig för London-societeten.” Hon började skratta igen, mjukare nu. ”Och i stället plågade du dig själv med fruktan för oavsiktlig incest. Det är faktiskt rätt löjligt.”

”Fullständigt löjligt”, höll Matthew med, med mungiporna uppdragna. ”Jag kan bara hoppas att du förlåter mig för att jag betett mig som en sådan komplett dumbom.”

Clara betraktade honom eftertänksamt; skrattet lade sig men nöjet glittrade fortfarande i hennes ögon. ”Jag kan tänka mig det”, sa hon med skenbart nonchalant ton. ”Fast jag vet inte om jag borde göra det alltför lätt för dig, med tanke på de veckor av förvirring du orsakat mig.”

Den lekfulla tonen gav Matthew hopp om att hans absurda farhågor inte oåterkalleligt skadat hans chanser hos henne. Medan han såg eldskenet leka över hennes leende ansikte, beslöt han sig för att gottgöra sin dårskap, att bevisa sig värdig hennes förlåtelse.

"Min far förklarade om dina systrar kvällen före ditt fall i parken", sa han och tänkte tillbaka på samtalet som förändrat allt. "Jag hade tänkt tala med dig genast, för att förklara mig, men då regisserade Lady Virginie den där katastrofala ridlektionen, och sedan ville du inte träffa mig."

"Jag var förödmjukad", medgav Clara tyst. "Och förvirrad av din till synes plötsliga helomvändning. Det kändes enklare att hålla avstånd."

Matthew nickade, fullt förstående. "Jag har rört till allt så bedrövligt", erkände han och drog handen genom det redan rufsiga håret. "Att tänka på de veckor som slösats bort på grund av min löjliga misstanke... Jag kan bara hoppas att du låter mig gottgöra det."

"Jag är nyfiken på exakt vad din far berättade", sa hon och gick för att sätta sig i en av läderfåtöljerna som flankerade spisen. Eldskenet mjukade upp hennes drag och fick henne att se vackrare ut än någonsin. "Om Laura Jane och Charlotte Grace."

Matthew kände hur en börda lättade från axlarna av det avspända sätt på vilket hon förde samtalet vidare och gav honom en ärlighetens väg till upprättelse. Han satte sig i fåtöljen mittemot, lutade sig fram med armbågarna på knäna.

"Han förklarade att de är hans syskonbarn, min faster Lauras barn", började han, tacksam över fastare samtalsmark. "Att Laura förälskade sig i en gift diplomat som övergav henne när hon berättade att hon väntade barn.

Min far förde henne till Belle Haven när tillståndet inte längre gick att dölja, och dina föräldrar tog emot henne utan att tveka."

Clara nickade och fick ett allvarligare uttryck. "Din faster var så ung", sa hon mjukt. "Och så rädd. Jag var själv bara ett barn då, men jag minns hur vänliga mina föräldrar var mot henne. När hon dog i barnsäng med tvillingarna fanns det aldrig någon fråga om annat än att de skulle bli en del av vår familj."

"Min far besöker dem varje sommar", fortsatte Matthew, "för att se till att de inte saknar något och för att tillbringa tid med familjen som gett dem ett så kärleksfullt hem. Han förklarade att min mor krävde diskretion för att undvika skandal, vilket är skälet till att jag aldrig kände till sanningen förrän nu."

"Och varför hertigen är så fäst vid oss Bell-flickor", lade Clara till med ett litet leende. "Vi har blivit som en andra familj för honom, på sätt och vis."

Matthew nickade och kände ett sting av ånger över relationer han hade kunnat knyta långt tidigare om han känt sanningen. "Jag beklagar att min far inte litade på mig med den kunskapen tidigare", sa han eftertänksamt. "Kanske hade jag kunnat lära känna din familj, och dig, mycket tidigare."

Tanken hängde mellan dem en stund innan Matthew skakade lätt på huvudet. "Men kanske är det bäst att jag inte gjorde det", tillade han. "Att jag mötte dig nu, när du är fullvuxen, i stället för som barn eller mycket ung. Annars hade vår bekantskap blivit något helt annat."

”Sant”, höll Clara med och lät fingertopparna följa mönstret på fåtöljens armstöd. ”Fast jag undrar om jag hade sluppit Lady Virginies ränker om du känt sanningen från början.”

”Jag kommer aldrig förlåta mig själv för den roll jag spelade i hennes plan, om än ovetande. Tanken att hon kunde ha skadat dig svårt...” Han kunde inte fullfölja meningen; minnet av Claras fall var fortfarande brännande klart.

”Det är förbi nu”, sa Clara och viftade bort hans oro med en graciös rörelse. ”Och vi har vår lösning för att se till att hon inte försöker något sådant igen.”

Matthew betraktade henne ett ögonblick, slagen av hennes motståndskraft och generositet. Även efter att ha blivit offentligt förödmjukad av en rival, brydde hon sig mer om att förebygga än att hämnas. Det var en egenskap han beundrade djupt.

”Jag förstår att du har många friare”, sa han, rösten blev allvarligare när han närmade sig ämnet som tyngt honom sedan samtalet med fadern. ”Lord Carroway, till exempel, verkar vara ganska betagen av dig.”

Claras ögonbryn höjdes svagt åt ämnesbytet. ”Lord Carroway har varit uppmärksam”, medgav hon, ”liksom flera andra herrar sedan jag kom till London. Fast ingen har fångat mitt intresse särskilt, måste jag erkänna.”

Hoppet flammade till i Matthews bröst vid hennes ord, även om han försökte tygla det. ”Min far nämnde att Carroway har skrivit till sin farbror i Yorkshire”, sa han och iakttog hennes reaktion noga. ”Det tycks gälla tillstånd att fria till dig.”

"Verkligen?" Clara verkade uppriktigt förvånad. "Han har inte sagt något till mig om allvarliga avsikter. Men det är väl korrekt, att först inhämta familjens godkännande innan han vänder sig direkt till mig."

Matthew lutade sig fram och samlade mod. Nu var stunden kommen att tala klarspråk, att lägga sitt hjärta öppet och hoppas att hon inte stötte bort honom. "Clara", sa han, lågt och innerligt, "jag har uppfört mig uselt de här veckorna, och jag har ingen rätt att be dig om något. Men jag skulle vilja uppvakta dig på riktigt, om du tillåter det. Inte på avstånd, inte med missförstånd mellan oss, utan öppet och ärligt."

Han sökte hennes ansikte efter minsta tecken på känslor, smärtsamt medveten om att hon mycket väl kunde säga nej efter all förvirring och smärta han orsakat. "Jag förstår att du har många val", fortsatte han när hon förblev tyst. "Män utan min historia av dårskap. Men jag hoppas att du kan överväga att ge mig en chans att visa mig värdig din aktning."

Sekunderna medan Clara vägde hans ord kändes som timmar för Matthew. Hon studerade honom eftertänksamt, de gröna ögonen speglade eldens dansande sken.

"Jag tror att jag skulle tycka väldigt mycket om det", svarade hon till slut, rösten mjuk men klar. Hennes fingrar slöt sig något hårdare kring fåtöljens armstöd och avslöjade en glimt av känslan under den samlade ytan. "Fast jag måste erkänna att jag är lite orolig för vilka nya missförstånd som kan uppstå."

Den milda skämttonen löste upp den spänning som hållit Matthews bröst i sitt grepp. "Jag lovar att i fortsättningen rådfråga dig direkt om allt som bekymrar mig", sa han, ett leende bröt fram som soluppgång. "Inga fler gotiska slutsatser."

"Det låter klokt", höll Clara med, och hennes eget leende mjuknade över dragen. "Fast jag måste säga att sanningen om vår historia hittills skulle bli en rätt bra roman. Hemliga syskonbarn, misstag kring börd, hämndlystna r ivaler…"

"Glöm inte räddningen av valparna ur floden, och en djärv midnattsräder mot skurkens stall", lade Matthew till, nästan yr av lättnad och lycka. "Ett synnerligen okonventionellt frieri hela vägen."

Clara skrattade, och ljudet fyllde arbetsrummet med värme. "Sannerligen. Fast kanske kan vi härifrån gå lite mer konventionellt till väga? Min far kommer att förvänta sig att du uppvaktar formellt om dina avsikter är allvarliga."

"De är ytterst allvarliga", försäkrade Matthew. "Jag kommer i morgon, om du tillåter, och talar med Sir Richard. Och jag lovar att komma på en respektabel tid, i stället för att smuggla in dig genom tjänsteingången mitt i natten."

"Så nedslående", svarade Clara med låtsad högtidlighet. "Och jag som just hade börjat uppskatta de äventyrliga sidorna av din karaktär, Lord Whitmore."

Matthew kände hjärtat svälla av den retfulla ömheten i hennes röst. Efter veckor av självplågeri med inbillade hinder tedde sig vägen framåt plötsligt anmärkningsvärt klar. Clara Bell var allt han beundrade: intelligent, principfast, modig och begåvad med en humor som kunde förvandla även hans mest pinsamma bekännelse till ett delat ögonblick av skratt.

”Jag tror att det kommer att finnas gott om äventyr i vår framtid”, sa han mjukt. ”Om än av mindre skandalöst slag.”

Claras blick mötte hans över avståndet mellan dem, med ett löfte i djupet som fick hans andning att haka upp sig. ”Jag ska hålla dig vid ditt ord, Matthew”, svarade hon, och hans dopnamn på hennes läppar lät som ett löfte i sig självt.

Elden sprakade i spiselgallret och sände skuggor dansande över väggarna, men Matthew var medveten bara om Claras närvaro. Han drog ett djupt andetag, fullt på det klara med att situationen redan var långt över anständighetens gräns; hon var ensam med honom, i hans hus, sent på natten och utan förkläde. Om någon fick veta det skulle han tvingas fria omedelbart, och hon tvingas acceptera, för att undvika fullständig ruin. Men han ville inte hasta henne, och därför sträckte han sig fram och tog hennes hand mellan sina båda.

”Jag hyr en hyrvagn och följer dig hem nu”, sa han. ”Och i morgon... börjar vi om.”

Kapitel tretton

Fortfarande för öm för att rida – och dessutom
för nervös för att visa sig rida offentligt där vem som
helst kunde se henne efter den senaste skandalen – hade
Clara i stället tillbringat morgonen i ett märkligt tillstånd
av förväntan. Hon rörde sig rastlöst från fönster till pi-
anoforte till bokhylla, oförmögen att hålla fast vid någon
syssla mer än några minuter i taget. Tankarna återvände
gång på gång till gårdagskvällens utomordentliga hän-
delser: den hemliga spaningen i Lord Westbournes stall,
upptäckten av de två nästan identiska hästarna och, mest
omtumlande av allt, Matthews bekännelse och efterföl-
jande avsiktsförklaring. Minnet av hans hand som slöt sig

om hennes, varm och stadig i skenet från brasan i hans fars arbetsrum, skickade en fladdring genom bröstet som både skrämde och förtjuste. Han hade lovat att komma i dag, för att tala ordentligt med hennes far, och Clara kom på sig själv med att snegla på klockan betydligt oftare än vad anständighet och värdighet tillät.

När Phillips till sist aviserade Lord Whitmores ankomst strax efter klockan tre, var Clara tvungen att tvinga sig att sitta kvar, händerna prydligt vikta i knäet medan hjärtat satte av i en högst opassande galopp. Matthew steg in i salongen med en knappt återhållen energi som motsade hans formella klädsel och perfekt knutna kravatt. Hans mörka ögon fann genast hennes, och ett leende spred sig över hans ansikte med en sådan värme att Clara kände hur kinderna blev varma i svar.

Naturligtvis hälsade han på Theresa först. Claras mor tog emot honom med sin välkända värme, det vänliga leendet som kunde få vem som helst att känna sig trygg, innan hon sade: "Om ni ursäktar mig går jag bara ut i hallen och rådslår med Phillips om en liten hushållsangelägenhet. Jag lämnar dörren öppen för anständighetens skull, förstås."

"Självklart", ekade Clara, förtjust över att Theresa litade tillräckligt på henne för att ge dem denna lilla stund av avskildhet. Hon hade inte berättat om gårdagskvällens händelser för sina föräldrar, utan sagt till sin mor att Lord Whitmore nämnt att han skulle komma i dag. Theresa skänkte henne ett uppmuntrande leende innan hon lämnade rummet.

Matthew väntade inte en sekund till innan han kom och ställde sig framför henne. "Fröken Bell", hälsade han, och bugade med oklanderlig artighet som på något vis förmedlade både respekt och intimitet. "Jag hoppas att du mår väl efter vårt äventyr i går kväll?"

"Helt återställd, tack, Lord Whitmore", svarade hon och gestikulerade åt honom att ta plats mittemot. "Fast jag måste erkänna att det har varit svårt att tänka på något annat."

Glittret i Matthews ögon antydde att han delade denna svårighet. "Jag kommer just från White's", sade han, och sänkte rösten något trots att de var ensamma i salongen. "Och jag tror att vår plan har genomförts synnerligen lyckosamt."

Clara lutade sig ivrigt fram, och glömde för ett ögonblick bort anständigheten. "Du gjorde anteckningen i vadslagningsboken? Berätta allt, snälla. Jag har undrat hela dagen hur den togs emot."

Matthew sjönk bekvämt tillbaka i stolen, märkbart road av hennes intresse. "Jag kom dit tidigt i morse, när klubben brukar vara tyst, förutom några medlemmar som vårdar huvudvärken efter gårdagens utsvävningar. Vadslagningsboken står på en piedestal vid eldstaden, vet du, en stor läderbunden volym där gentlemän skriver in vad de slagit vad om och ibland delar med sig av iakttagelser de anser värda eftervärlden."

Clara kunde tydligt föreställa sig scenen utifrån hans beskrivning: det dämpade, träpanelklädda inre i den exklusiva klubbens lokaler, morgonljuset som silade in genom höga fönster, doften av polerat läder, fransk konjak och dyr tobak som dröjde kvar i luften.

”Jag närmade mig obekymrat”, fortsatte Matthew, ”som om jag bara var nyfiken på de senaste anteckningarna. Sidan var uppslagen på gårdagens datum, och jag tog pennan med en min som jag hoppades signalerade en lättjefull nyfikenhet.” Han imiterade rörelsen, hans aristokratiska fingrar kröktes kring en inbillad fjäderpenna. ”Med min snyggaste handstil skrev jag helt enkelt: 'Ett ord till försiktighet för gentlemän: ta aldrig emot en häst från Lady Virginie de Mortimer utan att först kontrollera tänderna.'”

”Perfekt”, andades Clara, och beundrade budskapets eleganta enkelhet. Tydligt för den som förstod sig på hästar, men tillräckligt vagt för att undvika en direkt anklagelse.

”Jag undertecknade med 'En Uppmärksam Ryttare' i stället för mitt namn”, tillade Matthew. ”Även om jag misstänker att flera närvarande mycket väl visste vem som gjort anteckningen.”

”Och reaktionen?” frågade Clara och lät sig fascineras av denna inblick i gentlemännens värld som annars brukade vara stängd för henne.

Matthews leende blev bredare. ”Framåt förmiddagen var det ovanligt livligt i klubben. Jag slog mig ner i en av läderfåtöljerna nära vadslagningsboken och låtsades läsa The Times, men i själva verket iakttog jag det växande intresset för min anonyma varning. Gentlemän kom fram en och en, läste anteckningen och kallade sedan över sina vänner för att se den.”

"Och var det någon som kopplade det till mitt fall i parken?" frågade Clara, både bävan och förhoppning i rösten.

"Lord Debney", svarade Matthew med en nick. "Jag borde förstås ha väntat mig det. Den mannen har aldrig stött på ett skvaller som han inte genast gjorde till sin egen lilla kelgris. Han postade sig vid vadslagningsboken som en toastmaster och utvecklade ivrigt historien för var och en som ville lyssna."

Claras ögon vidgades. "Vad sade han, exakt?"

"Nå," Matthews uttryck blev en aning generat, "han kan ha nämnt hur en viss ung dam i hans bekantskapskrets, känd för sin utmärkta ridkonst, nyligen råkat ut för ett osedvanligt fall när hon red Lady Virginies häst. Och hur märkligt det var att sagda häst hade skött sig exemplariskt vid tidigare tillfällen, men förvandlades till ett vilddjur i samma stund som vår unga ryttarinna tog tyglarna just denna gång."

Han drog handen genom håret och rubbade dess omsorgsfulla ordning. "Vid tolvtiden gick spekulationerna höga. Flera gentlemän som föder upp hästar diskuterade ingående hur sannolikt det var att medvetet byta ut ett vältränat djur mot ett ohanterat med liknande utseende. Andra återberättade egna erfarenheter av Lady Virginies benägenhet för... ska vi säga, tävlingsinriktat beteende. När jag gick därifrån var herrarnas samsyn tydlig: din ryktbarhet som ryttarinna är fläckfri, medan Lady Virginies karaktär har fått ett avsevärt avbräck."

Clara tog in allt detta, och en tyngd hon inte helt erkänt lyfte från hennes axlar. Hon hade sagt sig att societeten inte spelade någon roll, att hon kände sina egna förmågor oavsett ett offentligt misslyckande, men upprättelsen smakade sötare än hon hade trott.

"Och allt utan att anklaga henne rakt ut", funderade hon. "Ingen skandal som skulle kunna spilla över på oss, men budskapet har ändå gått fram."

"Precis." Matthew sträckte sig över det lilla bordet mellan dem och tog hennes hand, och hans beröring sände den numera välbekanta fladdringen genom hennes bröst. "Ditt goda namn är återupprättat, och det utan behov av konfrontation eller spektakel. Rättvisa har skipats, på det särskilt engelska viset att aldrig riktigt säga vad vi menar men ändå se till att alla förstår."

Clara log tyst och kände igen sanningen i hans iakttagelse. "Tack, Lord Whitmore", sade hon. "Inte bara för anteckningen i vadslagningsboken, utan för att du trodde mig när jag anade att något var fel. För att du följde med mig till de där stallen när de flesta gentlemän helt enkelt hade avfärdat mina farhågor."

Hans fingrar slöt sig hårdare om hennes. "Det är nog jag som ska tacka dig", svarade han, och sänkte rösten till en ton som fick Claras hjärta att slå snabbare, "för att du gav mig en andra chans efter mitt oförlåtliga uppträdande. Jag lovar att du inte kommer att ångra dig."

Värmen i hans mörka ögon rymde sådan uppriktighet att Clara för ett ögonblick blev mållös. I stället kramade hon bara hans hand tillbaka, som ett tyst erkännande av den förståelse som höll på att växa fram mellan dem.

Lady Pembertons salong badade i eftermiddagssol, och de eleganta inredningsdetaljerna i kräm och guld var uppenbart valda för att signalera både rikedom och oklanderlig smak. Clara stod just innanför dörren ett ögonblick och betraktade sällskapet med nyfunnen självsäkerhet. Det hade gått bara fyra dagar sedan Matthews anonyma anteckning i White's vadslagningsbok, men den sociala spelplanen hade skiftat lika dramatiskt som en trädgård efter ett sommaråskväder. Vissa blommor stod rakare, uppfriskade av störtregnet, medan andra hängde, slagna av samma regn som hade gynnat deras grannar. Och i just den här trädgården, noterade Clara med en blandning av tillfredsställelse och obehag, hörde Lady Virginie de Mortimer tydligt till de stukade.

Den vackra brunetten satt ensam på en soffa i blått siden, hållningen perfekt, hennes klänning en utsökt skapelse i safirblå satin som matchade ögonen till fulländning. Men trots det fläckfria yttre hade något väsentligt förändrats. Hovet av beundrare som vanligtvis omgav henne hade skingrats och bildat nya kretsar kring andra unga damer, vars sällskap plötsligt tycktes mer åtråvärt. Virginies leende satt kvar, stelt som tunn is, medan hon låtsades vara fullkomligt upptagen med att justera spetsen på sina handskar.

Rättvisan, tycktes det, hade haft sin gång, och utan att Clara behövde yttra en enda anklagelse. Den gåtfulla notisen i White's vadslagningsbok hade åstadkommit det som en direkt konfrontation aldrig hade kunnat: en subtil men omisskännlig förskjutning i samhällets omdöme. Claras fall från Pegasus sågs inte längre som ett bevis på hennes otillräcklighet, utan som ett utslag av Lady Virginies slughet och svekfullhet. Den insikten borde ha skänkt Clara oblandad glädje, men när hon såg Virginies allt större isolering kände hon, under tillfredsställelsen, en oväntad ilning av medlidande.

"Hon har sig själv att skylla", mumlade Clara, och påminde sig om den kyliga beräkning som fått Virginie att äventyra både henne och en oskyldig häst. Ändå var det något oroande i att bevittna samhällets snabba och obarmhärtiga dom, även när den gynnade ens egen sak.

På andra sidan rummet närmade sig Lord Debney, strålande i en väst i påfågelblått som framhävde hans naturligt änglalika lockar, Lady Persephone med uppenbar entusiasm. För bara en vecka sedan hade han hört till Virginies innersta krets, svävat vid hennes armbåge och skrattat ljudligt åt varje kvickhet. Nu lutade han sig mot Persephone och berömde pianofortframträdandet hon just avslutat, med en sådan äkta uppskattning att den blyga flickans kinder färgades rosiga.

"Jag har alltid tyckt att Mozarts senare verk uppvisar en mognad i uttrycket som saknas i de tidigare kompositionerna", sade Debney innerligt. "Håller du inte med, Lady Persephone?"

"Jag finner hans Requiem särskilt gripande", svarade Persephone mjukt, och hennes vanliga förbehållsamhet gav vika för äkta entusiasm. "Fast det gör ont i hjärtat att tänka på att han aldrig fullbordade det."

Clara följde utbytet med intresse och lade märke till hur Persephone tycktes blomma under uppmärksamheten, hur hennes vanliga skygghet ersattes av stillsam livlighet. Det var en behaglig förvandling, och Clara log åt synen, samtidigt som hon noterade hur Virginies smalnade blick följde samma samspel från sin isolerade plats.

En krusning av medvetenhet gick genom rummet, subtil men omisskännlig, och Clara visste utan att vända sig om att Matthew hade anlänt. Denna nya känslighet för hans närvaro var både kittlande och oroväckande, ett slags sjätte sinne som hon varken hade sökt eller väntat sig att utveckla. Hon motstod impulsen att genast vända sig om och tog i stället en avmätt klunk av sin lemonad medan hälsningarnas sorl flyttade sig närmare.

"Fröken Bell", kom hans röst till sist, varm med undertoner som tycktes avsedda enbart för hennes öron. "Vilken glädje att finna dig här."

Clara vände sig om och fann Matthew stående närmare än vad etiketten strängt taget tillät, hans mörka ögon fästa vid henne med en intensitet som fick hennes andning att haka upp sig. Han var särskilt stilig i dag, hans långa gestalt kom till sin rätt i en rock av djupblått superfin, och kravatten var knuten i en invecklad stil som vittnade om kammarjungens tålamod och skicklighet.

"Lord Whitmore", svarade hon, nöjd över att rösten höll sig stadig trots den plötsliga pulshöjningen. "Jag började nästan tro att du inte skulle komma."

"Och gå miste om chansen att se dig? Jag skulle hellre avstå från att andas." Orden yttrades lätt, nästan retfullt, men uppriktigheten under dem var omisskännlig. "Får jag hämta dig lite te? Jag tror de serverar den där Darjeeling du nämnde att du tyckte om."

Innan Clara hann svara hade han redan vänt sig mot förfriskningsbordet och återvände strax med en skör porslinskopp. "En sockerbit, ingen mjölk", sade han och räckte henne den. "Om jag minns rätt."

"Ditt minne är imponerande", konstaterade Clara, rörd över att han mindes en sådan liten detalj. När hon sträckte sig efter koppen snuddade deras fingrar vid varandra, en flyktig beröring som skickade en egendomlig värme uppför hennes arm. Hon kände hur hon rodnade och blev smärtsamt medveten om hur noga Matthew följde hennes reaktion.

"Inte imponerande", rättade han milt. "Bara selektivt. Jag märker att jag minns allt om dig med kristallklar tydlighet."

Clara tog en klunk te för att dölja sin förlägenhet inför hans ord och lät den fylliga smaken breda ut sig över tungan medan hon samlade sig. Runt dem fortsatte salongen sin eleganta koreografi av socialt samspel, samtal som steg och sjönk som tonerna från stråkkvartetten.

"Har du märkt hur strömningarna skiftar?" frågade Matthew med sänkt röst och böjde huvudet nära hennes.

"Vår lilla anteckning i White's vadslagningsbok tycks ha fått rätt dramatiska följder."

Clara nickade, och blicken gled tillbaka till Virginies ensamma gestalt. "Jag kan inte låta bli att känna lite medlidande med henne", erkände hon. "Fast jag vet att jag inte borde, med tanke på vad hon försökte göra."

"Din medkänsla hedrar dig", svarade Matthew, och uttrycket mjuknade. "Fast jag måste erkänna att jag har svårt att uppbåda mycket sympati själv. Hon riskerade din säkerhet utan att tveka. Det är inget jag lätt förlåter."

Den skyddande tonen i hans röst gav Clara ännu en fladdring i bröstet. Det var fortfarande märkligt att tänka sig att denne man, som så nyligen undvikit hennes sällskap som om hon bar på pesten, nu talade om henne med sådan omtanke, sådan uppenbar ömhet. Förvandlingen var lika svindlande som den var ljuvlig.

"Jag har tänkt tacka Lady Persephone ordentligt", sade Clara, och förde samtalet över till säkrare mark. "Utan hennes vink om Lord Westbournes stall hade vi kanske aldrig upptäckt sanningen."

"Min kusin har alltid varit mer iakttagande än folk ger henne erkännande för", höll Matthew med om, och hans blick följde Claras till platsen där Persephone satt i livlig konversation med Lord Debney. "Fast jag måste medge att jag är förvånad att hon tog en sådan risk. Att stå emot Lady Virginie, även indirekt, krävde avsevärd tapperhet."

De föll in i ett bekvämt samtal, med huvudena tätt ihop medan de avhandlade det senaste skvallret med dämpade röster. Clara märkte hur hon slappnade av i Matthews sällskap på ett sätt som kändes både nytt och märkligt välbekant, som om de hade känt varandra mycket längre än vad deras korta bekantskap medgav.

Lady Pemberton närmade sig dem efter en stund, hennes magra gestalt draperad i dyrbar siden, håret arrangerat i en utsmyckad frisyr som Clara misstänkte krävde minst en timmes uppmärksamhet av hennes kammarjungfru varje morgon.

"Lord Whitmore", hälsade hon varmt på sin systerson innan hon vände en betydligt svalare, om än inte helt fientlig, blick mot Clara. "Fröken Bell. Jag har förstått att ni har haft en synnerligen händelserik vecka."

"Sannerligen, Lady Pemberton", svarade Clara och behöll ett artigt leende. "Men jag är tacksam över att ha så goda vänner under prövande tider."

Den äldre kvinnans blick flackade mellan Clara och Matthew och noterade deras närhet med ett uttryck som blandade uppgivenhet och beräkning. "Ja, nåväl", sa hon efter en stund, "man får väl beundra motståndskraft, även där man minst väntar sig den. Njut av förfriskningarna. Kocken har överträffat sig själv med mandelkakorna."

Med den tvetydiga välsignelsen rörde hon sig bort för att ta hand om andra gäster och lämnade Clara att byta en höjt-ögonbryn-blick med Matthew. "Jag tror att det där är det närmaste ett godkännande jag lär få av din faster", mumlade hon.

"En ren omfamning enligt hennes måttstock", höll Matthew med och lät ett lågt skratt ljuda. "Fast jag misstänker att hennes omsvängning har mindre att göra med att hon verkligen värmts upp för dina behag och mer med att hon inser vartåt den sociala vinden blåser."

Clara skrattade mjukt och uppskattade hans uppriktighet. "Jag tar hellre pragmatisk tolerans än aktivt förakt", svarade hon. "Faktiskt, efter den gångna veckans händelser har jag fått en rätt skarp uppskattning för även små segrar."

När Matthew log ner mot henne, med mörka ögon som glödde av tillgivenhet och något djupare som Clara ännu inte var redo att namnge, slog det henne att vissa segrar dock inte var små alls.

Grevinnan av Harringtons balsal skimrade i stearinljus, hundratals lågor som speglades i förgyllda speglar längs väggarna och skapade en illusion av oändligt utrymme och ljus. Clara stod vid kanten av dansgolvet och såg paren svepa förbi i en strålande virvel av färg och rörelse, medan hennes egen gyllene aftonklänning fångade ljuset vid varje diskret skiftning av kroppen. Den gångna veckan hade fört med sig så extraordinära förändringar i hennes omständigheter att hon ibland kände att hon när som helst kunde vakna och finna att allt bara varit en särskilt livlig dröm. Hennes skam hade förvandlats till upprättelse, hennes isolering till inkludering, och mest anmärkningsvärt av allt hade Matthew Whitmore gått från avlägsen beundrare till ständig följeslagare i en takt som lämnade henne en smula andfådd.

"Fröken Bell, ni tycks vara djupt försjunken i tankar", kom Lady Persephones mjuka röst vid hennes sida. "Tycker ni inte om balen?"

"Tvärtom", försäkrade Clara henne och log varmt mot den unga flicka vars oväntade ingripande hade satt så många av de senaste händelserna i rörelse. "Jag förundrades bara över hur mycket som kan förändras på en vecka."

"Ganska mycket som i en roman, eller hur?" konstaterade Persephone med oväntad skärpa. "En sådan där hjältinnans lycka vänder helt inom loppet av ett kapitel."

Lord Debney, glänsande i aftonklädsel som på något sätt lyckades vara både helt korrekt och diskret särpräglad, anslöt sig till dem med två glas bål. "Vad är det här om romaner och hjältinnor?" frågade han och räckte ett glas till Persephone med en galanteri som fick en vacker rodnad att färga hennes kinder. "Planerar ni två ett litterärt företag? Jag insisterar på att bli inkluderad. Jag har alltid tänkt att jag skulle bli en utmärkt romantisk hjälte."

Clara skrattade uppriktigt; trots Lord Debneys förkärlek för skvaller hade hon kommit att tycka mycket om den elegant världsvane lorden. "Jag tror snarare att ni vore den charmiga birollen, Lord Debney. Den som lättar upp stämningen när berättelsen blir för allvarlig."

"Det tar jag som en komplimang", förkunnade Debney och lade handen över hjärtat med spelad högtidlighet. "Fast jag vidhåller att jag skulle bära upp en roman alldeles förträffligt om jag fick chansen."

"Bära upp vad alldeles förträffligt?" frågade Matthew, som dök upp vid Claras sida så plötsligt att hon undrade om hennes tankar på något sätt hade frammanat honom.

"Huvudrollen i en roman", förklarade Debney glatt. "Fröken Bell har gett mig rollen som komisk avlastning, vilket, även om det erkänner min kvickhet, inte erkänner mitt djup."

Matthews ögon krusade i kanterna när han log, ett privat uttryck avsett enbart för Clara. "Jag är säker på att fröken Bell har bedömt er litterära potential med sin sedvanliga skärpa", sa han, utan att släppa hennes ansikte med blicken.

Clara kände en välbekant värme sprida sig i bröstet av hans närhet, av hur hans uppmärksamhet tycktes utesluta resten av den fullsatta balsalen. Det var fortfarande omvälvande, denna förvandling från artig distans till intim medvetenhet, och hon överraskades ständigt av styrkan i sin reaktion på honom.

Kvartetten slog an en livlig engelska, och par började bilda uppställningar över det blanka golvet. Matthew öppnade munnen som för att säga något, men innan han hann det, närmade sig en ung kvinna i blekblå klänning deras lilla grupp, med blonda lockar konstfullt arrangerade under en krans av sidenblommor.

"Lord Whitmore", sa hon med en musikalisk klang i rösten, "jag tror att min mor nämnde att ni hade lovat mig första dansen i kväll." Hon log kokett, de blekblå ögonen fästa vid Matthew med omisskännligt intresse.

"Lady Amelia", svarade Matthew med en lätt bugning. "Ja, jag minns att jag gav ett sådant löfte till grevinnan. Om ni ursäktar mig", la han till till Clara och de andra, "jag lovade att öppna balen med Lady Harringtons dotter."

Clara nickade artigt och behöll sitt samlade uttryck, även om hon kände en oväntad och högst ovälkommen vridning av något som mycket liknade svartsjuka när Matthew förde Lady Amelia ut på dansgolvet. Den blondas nätta hand vilade på hans arm med självklar lätthet, och hon lutade huvudet för att se upp på honom med ett uttryck av andäktig uppmärksamhet när han talade.

”Fröken Bell, vill ni göra mig äran?” Lord Carroway stod framför henne med handen utsträckt i inbjudan. Clara accepterade med ett älskvärt leende och lät honom föra henne in i den bildade uppställningen, rakt mittemot där Matthew och Lady Amelia hade tagit plats.

Musiken tog fart, och Clara rörde sig genom dansens välbekanta mönster med övad grace. Lord Carroway var en kapabel partner, varken för stel eller för yvig i rörelserna, och under normala omständigheter skulle Clara ha njutit grundligt av deras dans. Men hennes uppmärksamhet drogs ideligen över golvet till Matthews långa gestalt som rörde sig med förvånansvärd vighet för en man av hans storlek, med handen vilande vid Lady Amelias midja när de snodde runt tillsammans.

”Ni verkar distraherad i kväll, fröken Bell”, konstaterade Lord Carroway när de cirklade runt varandra, med lätt ton men skarpsynta ögon. ”Jag hoppas att jag inte har förolämpat på något vis?”

”Inte alls”, försäkrade Clara snabbt och tvingade tillbaka uppmärksamheten till sin partner. ”Jag är bara lite trött. Det har varit en ganska händelserik vecka.”

”Det har jag hört”, svarade han, med en vetande glimt i blicken. ”Fast jag måste säga att er ridförmåga aldrig var ifrågasatt bland oss som förstår sådant. Vissa djur är helt enkelt oförutsägbara, om än desto mer när de medvetet hetsas."

Clara log och uppskattade uppriktigt hans stöd. "Ni är mycket vänlig som säger det, Lord Carroway. Fast jag medger att jag är ivrig att lägga hela incidenten bakom mig."

Dansen förde dem samman, sedan isär, sedan samman igen, och rytmen bar dem över golvet. Varje gång dansens figurer skilde dem åt, gled Claras blick tillbaka till Matthew, och med allt större olust noterade hon hur nära han och Lady Amelia Harrington samtalade, med huvudena böjda mot varandra som om de delade förtroenden.

Lady Amelia var obestridligt vacker, med nätta drag och slank figur, precis den sortens förfinade skönhet som man kunde förvänta sig att en blivande hertig skulle beundra. Och till skillnad från Clara fanns det inget okonventionellt i hennes bakgrund eller uppväxt, ingen skugga av utomäktenskaplighet som skulle kunna komplicera ett äktenskap.

Den oväntade svedan i dessa tankar tog Clara på sängen. Hon hade aldrig ansett sig särskilt mottaglig för svartsjuka, hade alltid varit stolt över sin praktiska läggning och klarsynta bedömning av situationer. Ändå stod hon här, med koncentrationen splittrad och sinnesstämningen förmörkad, enbart för att Matthew Whitmore dansade med en annan kvinna, vilket han hade all rätt och social plikt att göra.

Insikten var lika oroväckande som upplysande. Inom loppet av bara veckor hade Matthew på något vis blivit avgörande för hennes lycka på ett sätt som ingen annan någonsin hade varit. Det var skrämmande och upplyftande på samma gång, denna växande medvetenhet om hur djupt hennes känslor gick.

När dansen avslutades neg Clara för Lord Carroway och tackade honom med automatisk artighet innan hon vände sig om och fann Matthew redan på väg fram, med uttrycket som värmdes när deras blickar möttes. Lady Amelia syntes ingenstans.

"Jag tror att nästa dans är min", sa han och räckte handen mot Clara. "Om du inte behöver en stunds vila?"

"Jag klarar alldeles utmärkt att dansa hela natten", svarade Clara med en aning trots som fick Matthews ögonbryn att höjas en smula av förvåning.

"Då får jag anse mig lyckligt lottad som har säkrat din hand åtminstone för en uppställning", sa han och ledde henne tillbaka ut på golvet just som musikerna började en vals.

Hans handflata lade sig vid hennes midja, varm och stadig genom sidenet i hennes klänning. Clara placerade handen på hans axel, smärtsamt medveten om hans längd, hans stadga, det subtila sätt på vilket hans kropp ledde hennes när de började röra sig i perfekt samklang.

"Du verkar distraherad i kväll", iakttog Matthew, med rösten sänkt för enbart hennes öron. "Är det något som bekymrar dig?"

Clara övervägde att avleda, att komma med en artig undanflykt, men fann att hon inte ville ta till sådana knep med honom. "Jag iakttar bara följderna av vår lilla avslöjande", svarade hon och försökte hålla tonen lätt trots den kvarhängande olusten i bröstet.

Matthews mörka ögon studerade hennes ansikte med störande skärpa. "Är det allt?" frågade han mjukt. "Du tycktes rätt angelägen om att observera min dans med Lady Amelia."

Värmen steg i Claras kinder över att ha blivit så lätt avslöjad. "Hon är väldigt vacker", sa hon försiktigt, med blicken fäst någonstans i närheten av hans kravatt. "Och uppenbart mycket förtjust i dig."

Ett litet leende lekte i mungiporna på Matthew. "Lord Harrington är en gammal vän till min far", förklarade han, och hans hand slöt sig aningen hårdare om Claras midja när han förde henne genom en sväng. "Jag har känt Lady Amelia sedan hon gick i barns remtyg. Hon bad mig om råd huruvida hon borde acceptera Lord Wexleys förestående frieri."

"Åh", andades Clara, medan lättnaden sköljde genom henne med pinsam intensitet. "Det förstod jag inte ..."

"Att jag gjorde en broderlig tjänst snarare än att ägna mig åt flirt?" avslutade Matthew åt henne, med ögon som gnistrade av knappt återhållen munterhet. "Fröken Bell, kan det vara så att du var svartsjuk?"

"Sannerligen inte", svarade hon med all värdighet hon kunde uppbåda, även om hon misstänkte att hennes flammande kinder förrådde henne. "Jag var bara ... bekymrad över ditt val av danspartner."

Matthew skrattade lågt, ett ljud som vibrerade genom bröstet där deras kroppar nästan vidrörde varandra. "Din omsorg är noterad", sa han, med rösten sjunkande till en ton som sände en behaglig rysning längs Claras ryggrad. "Men helt onödig. Det finns bara en partner i det här rummet som fångar mitt intresse, och jag har lyckan att dansa med henne just nu."

Claras hjärta slog ett synnerligen otillbörligt dubbelslag vid hans ord. Hon kastade en blick upp och fann att han betraktade henne med en intensitet som fick hennes andning att haka upp sig, med mörka ögon som speglade ljusskenet från ljusen och något djupare, varmare, som hon bara började ana.

Tvärs över balsalen stod Sir Richard och Lady Bell och betraktade dansarna, med belåtna uttryck när de såg Clara och Matthew röra sig tillsammans i perfekt harmoni. Theresas hand vilade på makens arm, och hon kramade den lätt i tyst samförstånd.

"Hon ser lycklig ut", mumlade Sir Richard, med klara blå ögon som mjuknade när han såg på sin dotter. "Verkligt lycklig, inte bara tapper i uppsynen som hon var efter den där förskräckliga händelsen i parken."

"Det gör hon", höll Theresa med, med varm blick. "Och Lord Whitmore ser rätt betagen ut, eller hur? Hur han ser på henne, som om hon vore den enda kvinnan i rummet."

Sir Richards uttryck blev eftertänksamt. "Tror du att han menar allvar med sina avsikter? Efter hans tidigare uppförande ..."

"Det tror jag", svarade Theresa med stilla visshet. "Det uppstod ett missförstånd dem emellan, men det tycks ha retts ut mycket grundligt."

På balsalens andra sida, delvis skymd bakom en pelare draperad med blommor, stod Lady Virginie ensam, med safirblå ögon smalnade när hon såg på paret på dansgolvet. Hennes solfjäder slog upp och igen med växande oro, ljudet knappt hörbart över musiken men ändå vittnande om hennes frustration. Den gyllene, lantliga ingen som borde ha varit grundligt förödmjukad vid det här laget var i stället i centrum för beundrande uppmärksamhet, medan Virginie själv var förpassad till periferin av ett sällskapsliv hon en gång regerat över.

Men den skarpaste törnen i hennes sida var synen av Matthew Whitmore som såg ner på Clara Bell som om hon vore en sällsynt skatt, med ett uttryck som saknade allt av den artiga likgiltighet han visat under sin korta flirtation med Virginie själv. Solfjädern slog igen med särskild kraft, och dess elfenbensspröt knakade i protest mot behandlingen.

Det här, beslöt Virginie, med läpparna pressade till en tunn linje, var långt ifrån över.

Kapitel fjorton

November, 1812

Den krispiga novembermorgonen förde med sig en frihet Clara hade fruktat att hon kunde ha förlorat för alltid. Gränsle över Guinevere, hennes älskade svarta märr, kände hon den välbekanta rytmen av kraftfulla muskler som rörde sig under henne när de galopperade längs de stillsammare stigarna i Hyde Park. Blåmärkena efter fallet hade bleknat till blekgula skuggor på huden, och stelheten i lederna hade till sist gett vika för ihärdiga tänjningar och varsam motion. Clara andades djupt, fyllde lungorna med den svala luften som doftade av fallna löv och fuktig jord, medan tacksamheten sköljde genom henne för denna enkla återvunna glädje.

"Du ser remarkabelt hemtam ut i den där sadeln", konstaterade Matthew och förde Ajax intill henne. "Man skulle aldrig gissa att du tog ett sådant fall bara för en fjortondag sedan."

Clara log, vinden grep tag i lösa lockar som smitit från ridhatten. "Guinevere och jag förstår varandra utmärkt", svarade hon och klappade märrens glänsande hals. "Till skillnad från Pegasus stackars ersättare har hon inte medvetet blivit förvirrad om sina uppgifter."

Hänvisningen till hennes katastrofala ridtur dröjde endast ett ögonblick mellan dem innan Matthews svarande leende jagade bort den. De hade diskuterat händelsen ingående under dagarna sedan deras upptäckt i Lord Westbournes stall, och Clara hade försonats med det som hänt. Den anonyma anteckningen i White's vadslagningsbok hade gjort sin verkan; hennes rykte som ryttarinna var återupprättat, och Lady Virginies ställning hade fått en knäck som kanske aldrig skulle läka helt.

"Jag måste säga", fortsatte Matthew, hans mörka ögon varma där de vilade på hennes ansikte, "tidiga morgnar klär er, fröken Bell. Det finns en särskild lyster i ert leende när vi är långt från salonger och balsalar."

"Kanske för att jag gör det jag älskar mest", svarade Clara och lät Guinevere sträcka ut för några hisnande språng innan hon samlade henne igen. "Hästar bryr sig inte om någons börd eller förmögenhet. De dömer bara hur man behandlar dem."

”En filosofi som fler i societeten skulle må bra av att anta”, höll Matthew med och höll lätt jämna steg med henne på sin kraftfulla hingst.

De red under tyst kamratskap en stund, följde parkens slingrande stigar. Morgondimman hade lättat och blottade en himmel i perfekt höstblått, och träden hade påbörjat sin förvandling från grönt till guld och purpur. Clara kände en tillfredsställelse hon inte upplevt sedan hon anlände till London, en känsla av att oavsett societeten, oavsett hinder som kunde uppstå ur hennes okonventionella bakgrund, hade hon funnit i Matthew någon som såg henne klart och värderade det han såg.

”Ska vi ta ett varv till innan vi vänder tillbaka?” föreslog hon, ovillig att avsluta deras ridtur trots att hon visste att en full dag av sociala åtaganden väntade dem båda.

”Jag står helt till ditt förfogande”, svarade Matthew med en lätt bugning från sadeln som fick Clara att skratta åt den formella precisionen trots deras informella omgivning.

De vek in på den östra stigen och rörde sig i samlad trav som visade både hästarnas utbildning och ryttarnas skicklighet. Clara lade märke till en och annan beundrande blick från de få andra morgonpigga i parken, en markant kontrast till de förfärade blickar som följt på hennes fall. Det var en angenäm förändring, denna återgång till att bli betraktad för sin skicklighet i stället för sin otur.

När de närmade sig parkens utgång lade Clara märke till en liten samling fotgängare vid grinden. Morgonbesökare och kunder, antog hon, som påbörjade dagens bestyr. Hon ägnade gruppen liten tanke, koncentrerade sig i stället på att leda Guinevere genom den allt trängre stigen, med Matthew fortfarande ridande vid sin sida.

Först när de kom närmare kände hon igen en bekant gestalt bland de välklädda damerna och herrarna. Lady Virginie de Mortimer stod en aning avsides från de andra, den slanka gestalten klädd i en högst moderiktig promenadklänning, det mörka håret ordnat under en matchande hatt. Hon blängde skarpt på Clara, innan hon vände sig bort som om hon låtsades att hon inte sett henne.

Clara nickade artigt till en hälsning från någon annan i sällskapet och höll ett fast grepp om Guineveres tyglar när de tog sig fram genom den plötsligt trängre passagen. Märren rörde sig med sin vanliga lugna grace, oberörd av de gåendes närhet. De hade nästan passerat när Clara lade märke till en diskret rörelse från Lady Virginie, som hade tagit ett halvt steg åt sidan från gruppen.

Angreppet skedde så snabbt att Clara inte hann reagera. En blixtrande glimt av silver i Virginies hand i handske, en snabb stötande rörelse, och så gav Guinevere ifrån sig ett gällt, förvånat skri. Märren, skrämd men utmärkt välskolad, skenade inte. I stället slog hon reflexmässigt bakut med ett bakben, en naturlig försvarsreaktion på oväntad smärta.

Lady Virginies skrik skar genom morgonluften när Guineveres hov träffade hennes hand mitt i prick. Hattnålen flög ur hennes grepp och landade på grusgången fullt synlig för alla närvarande. Virginie tryckte den skadade handen mot bröstet, hennes vackra ansikte förvridet av smärta och raseri.

Chockade utrop och mumlanden spred sig genom de samlade åskådarna, en våg av viskningar som rullade utåt från scenen. Clara kämpade för att behålla kontrollen över Guinevere, som nu sidvärtestrampade nervöst, med öronen fladdrande fram och tillbaka.

”Stuckit hästen med en hattnål, herregud!” utbrast en av herrarna högt. ”Vilket lågt beteende!”

”Lugnt nu, flicka lilla”, mumlade Clara, rösten låg och lugnande trots att hjärtat slog vilt. ”Det är ingen fara.”

Matthew hade varit nere ur sadeln på ett ögonblick, rört sig fram till Guineveres huvud för att hjälpa till att lugna märren medan han höll ett vaksamt öga på Lady Virginie. Hans uttryck hade stelnat till en mask av kall vrede som förvandlade hans vanligtvis varma drag. ”Fröken Bell, mår du väl?” Han såg upp på Clara.

”Vad betyder detta?” dånade en röst från utkanten av folkmassan. Earl of Westbourne trängde sig genom åskådarna, hans imponerande gestalt och aristokratiska hållning fick folk att genast vika undan. Han nådde den lilla frilagda ytan som bildats kring Clara, Matthew och Virginie, och hans blick tog in scenen: hans dotter som höll sin skadade hand, den silverfärgade hattnålen som låg blottad på stigen, märren som fortfarande skiftade nervöst under Claras stadiga händer medan en fin blodstrimma rann nedför hennes blanka bakdel.

Jarlens ansikte mörknade av en vrede som tycktes åldra honom med ett decennium på ett ögonblick. Han böjde sig för att ta upp hattnålen, granskade den kort och vände sig sedan till Lady Virginie.

"Är det här ditt?" krävde han, rösten bar över den nu tystnade skaran.

Virginie höjde hakan trotsigt, även om rösten darrade en aning. "Hon förtjänade det", sade hon och gestikulerade mot Clara med den oskadda handen. "Efter vad hon gjorde mot mig, vände alla emot mig med sina lögner om hästarna."

Jarlens uttryck skiftade från ilska till något kallare, och långt mer fruktansvärt i sin återhållsamhet. "Så du medger att du avsiktligt skadade ett oskyldigt djur i ett försök att skada fröken Bell?" frågade han, varje ord precist och skarpt.

Virginie verkade inse för sent vidden av sitt misstag. Hennes ögon vidgades när hon såg sig omkring på de förfärade ansiktena hos vittnena, många av dem tillhörde Londons mest inflytelserika sällskapsliv. "Jag menade inte att... det vill säga, jag ville bara..."

"Tyst", befallde jarlen, och sådan var auktoriteten i hans röst att Virginie genast teg, kinderna blossande av förödmjukelse. "Du har vanärat vårt namn för sista gången. Du ska genast åka hem och packa dina tillhörigheter. Innan mörkrets inbrott ska du vara på väg till vårt gods i Yorkshire, där du ska stanna tills jag anser att du har lärt dig innebörden av heder och rätt uppförande."

Virginies ansikte tömdes på färg. "Far, du kan väl inte mena..."

"Jag har aldrig menat allvarligare", avbröt han, med en ton som inte lämnade utrymme för invändningar. "Vagnen avgår före mörkrets inbrott. Jag föreslår att du skyndar dig att packa det du vill ha med."

Avfärdad stod Virginie orörlig ett ögonblick, de safirblå ögonen fyllda av förödmjukelse och raseri där de fäste sig vid Clara. Sedan, utan ett ord till, vände hon sig om och skyndade därifrån, kjolarna svishande kring anklarna när hon så gott som flydde platsen.

Jarlen såg efter henne, uttrycket bistert, innan han vände sig till Clara. Han närmade sig med en formell bugning som visade den felfria uppfostran hos en gentleman född till privilegium och ansvar. "Fröken Bell", sade han, rösten nu dämpad till hövlig ånger, "jag måste framföra mina djupaste ursäkter för min dotters oförlåtliga uppförande. Det finns ingen ursäkt för en sådan handling, och jag försäkrar att hon kommer att möta lämpliga konsekvenser."

Clara satt mycket rak i sadeln, medveten om de många blickarna på henne. Hjärtat rusade under ridkostymen, och händerna darrade en aning om tyglarna, men hon höll minen lugn och rösten stadig när hon svarade.

"Tack för er ursäkt, lord Westbourne", sade hon och sänkte artigt på huvudet. "Jag accepterar den med förståelsen att en individs handlingar inte speglar en hel familj." Hon log svagt och tillade: "Och lyckligtvis tycks både Guinevere och jag ha undkommit allvarlig skada."

Ett murrande av bifall drog genom den tittande skaran vid hennes graciösa svar. Lord Westbournes stränga drag mjuknade något, nästan till respekt. "Ni är synnerligen generös, fröken Bell", sade han och bugade på nytt innan han vände sig till de samlade. "Jag tror att denna olyckliga händelse nu är avklarad. Ska vi låta fröken Bell och lord Whitmore fortsätta sin morgon utan fler störningar?"

När folkmassan började skingras, många med medlidsamma blickar åt Claras håll, satt Matthew upp igen och förde Ajax intill Guinevere. "Mår du verkligen väl?" frågade han mjukt, med bekymrad blick som sökte hennes ansikte. "Det där skötte du mästerligt, men det måste ha varit förfärligt påfrestande."

Clara andades långsamt ut och lät en del av spänningen lämna kroppen. "Jag tror att det ska bli bra", svarade hon och strök Guinevere lugnande över halsen. "Men jag medger att mina händer nog inte slutar skaka på en god stund."

Matthews uttryck mjuknade av beundran. "Få skulle se det på dig", sade han. "Du visade lugn som en hertiginna."

Clara log åt det och fann oväntad styrka i hans ord. Morgonens frid hade krossats, men i dess ställe fanns något annat, något som kändes remarkabelt likt triumf. "Kom", sade hon. "Låt oss åka hem. Min far kommer att vilja titta på stackars Guinevere; såret ser litet ut men han kommer att vilja lägga på sina särskilda läkande salvor."

Townhouset på Hanover Place reste sig inför Clara som en fristad, dess välbekanta tegelfasad lovade tröst efter morgonens upprörande händelser. När hon satt av med hjälp av stalldrängen märkte hon att benen var mindre stadiga än hon hade önskat, de fördröjda chockeffekterna gjorde sig gällande nu när hon var tryggt utom allmänhetens blickar. Matthew hade eskorterat henne ända fram till dörren innan han motvilligt tog farväl, efter att ha utverkat ett löfte om att hon skulle skicka bud senare för att bekräfta att allt var väl. Clara lade de fortfarande darrande händerna mot de heta kinderna och samlade sig innan hon gick in i huset där hon visste att hennes föräldrar genast skulle ana att något var fel.

Phillips öppnade dörren innan hon hann sträcka sig efter dörrkläppen, hans vanligtvis uttryckslösa ansikte speglade förvåning över hennes tidiga återkomst. "Fröken Bell", hälsade han och steg åt sidan för att släppa in henne. "Sir Richard och Lady Bell är i morgonrummet."

"Tack, Phillips", svarade Clara och räckte honom sin ridhatt och handskar. "Skulle ni vara vänlig att be en av stalldrängarna titta noga till Guinevere? Hon fick en... en skarp stickning i bakdelen och har ett litet sår som behöver tas om hand, och en av fars läkande salvor."

Butlerns ögonbryn höjdes svagt, men han nickade bara. "Givetvis, fröken Bell. Genast."

Clara drog ett stadgande andetag när hon gick genom entréhallen mot morgonrummet. Hon kunde höra sina föräldrars röster, faderns mörka mummel avbrutet av Theresas mildare ton. Det välbekanta ljudet framkallade en våg av känslor hon inte hade väntat sig, en plötslig längtan efter den enkla tryggheten på Belle Haven, där samhällsopinioner betydde så lite jämfört med det hederliga arbetet med att träna hästar och sköta godset.

Hon stannade i dörröppningen och tog in den fridfulla scenen framför sig. Sir Richard stod vid fönstret med en tidning i handen, medan Theresa satt i sin favoritfåtölj vid elden, ett broderi i knät. De såg upp samtidigt när Clara kom in, och uttrycken skiftade omedelbart från belåtenhet till oro.

"Clara", sade Theresa, lade ifrån sig handarbetet och reste sig snabbt. "Vad har hänt? Du är blek som mjölk."

Sir Richard korsade rummet på tre långa steg, de klara blå ögonen svepte över hennes ansikte. "Är du skadad?" frågade han, rösten skarp av oro. "Föll du igen?"

Clara skakade på huvudet och lyckades få till ett litet leende åt deras omedelbara omsorg. "Jag är inte skadad", försäkrade hon dem. "Men det har inträffat en... incident i parken. Kanske vi kan sätta oss?"

Hon slog sig ner i den blå damastsoffan, Theresa slog sig ner bredvid medan Sir Richard blev stående, den långa gestalten utstrålade beskyddande kraft medan han väntade på att hon skulle förklara.

"Jag red med lord Whitmore i morse", började Clara, med händerna hårt knäppta i knät. "Vi var just på väg ut ur parken när vi stötte på en grupp fotgängare vid grinden. Lady Virginie fanns bland dem."

Theresas milda ansikte hårdnade en aning vid nämnandet av Virginies namn, medan Sir Richards uttryck blev vaksamt. Även om Clara inte hade förklarat detaljerna i den hästbytekupp Virginie iscensatt som lett till Claras fall, anade hon att hennes far hade hört ryktena.

"När vi passerade", fortsatte Clara, rösten anmärkningsvärt stadig trots den kvarvarande chocken, "tog hon medvetet ett steg nära Guinevere och stack henne med en hattnål." Hon pausade, minnet av Guineveres förvånade skri fortfarande skarpt för ögonen. "Guinevere reagerade som vilken häst som helst; hon slog bakut reflexmässigt. Smällen träffade Lady Virginies hand, så att hon tappade hattnålen där alla kunde se den.”

”Herregud”, utbrast Sir Richard och började gå av och an framför eldstaden. ”Hon kunde ha orsakat en allvarlig olycka. Om Guinevere hade skenat ut på gatan...”

”Men det gjorde hon inte”, sköt Clara in, med en ton av stolthet. ”Hon är alldeles för välskolad för det. Hon försvarade sig bara mot smärtan.”

”Och Lady Virginie?” frågade Theresa, de runda händerna vred sig ängsligt i knät. ”Vad hände sedan?”

Claras läppar kröktes i ett litet, belåtet leende. ”Jag gjorde ingenting, det behövdes inte. Hennes far bevittnade alltsammans. Han kom precis när det hände och såg hattnålen på marken.” Hon beskrev lord Westbournes dundrande ankomst, hans offentliga fördömande av dottern och hennes förvisning till Yorkshire. ”Han bad mig mycket formellt om ursäkt inför alla närvarande.”

Sir Richard hade slutat gå av och an, och hans uttryck skiftade från ilska till en glödande stolthet när Clara återgav sitt behärskade svar på jarlens ursäkt. ”Du skötte dig förträffligt”, sade han, med rösten sträv av känsla. ”Bättre än jag hade gjort i ditt ställe. Jag hade varit frestad att använda ridpiska på flickan själv.”

”Richard”, tillrättavisade Theresa, även om det glimmade i de bruna ögonen på ett sätt som antydde att hon inte var helt oense med känslan.

Hon vände sig mot Clara och sträckte ut handen för att krama hennes. ”Du visade en anmärkningsvärd grace under press”, sa hon, rösten varm av moderlig stolthet.

Clara kände hur en rodnad av glädje steg vid moderns ord. "Jag var livrädd inombords", erkände hon. "Mitt hjärta slog så fort att jag trodde att det skulle spränga sig ur bröstet. Men jag mindes vad du alltid har lärt mig om att behålla fattningen, särskilt när andra ser på."

"Du har höjt din ställning i societeten ännu mer med ditt svar", konstaterade Sir Richard och slog sig slutligen ner mitt emot dem. "Lord Westbourne är en inflytelserik man. Hans offentliga ursäkt till dig, i kombination med hans dotters vanära, kommer att se till att ingen vågar ifrågasätta din karaktär igen. Jag tror att du har vunnit, min kära!"

"Det handlar inte om att vinna eller förlora", invände Theresa mjukt. "Det handlar om att avslöja vem du verkligen är genom dina handlingar. Lady Virginies svartsjuka ledde till hennes fall eftersom hon lät den fördärva hennes karaktär. Du segrade inte för att du ränksmidde mot henne, utan för att du förblev sann mot dig själv."

Clara nickade, förstående visheten i moderns ord. "Jag önskade aldrig hennes undergång", sa hon lågt. "Jag ville bara bli bedömd rättvist, efter mina egna meriter."

"Och det ska du bli nu", förklarade Sir Richard med eftertryck. "Societeten älskar inget mer än en dramatisk scen med en tydlig skurk och en hjälte. I dag var du utan tvekan hjälten."

De pratade en stund till, och samtalet gled gradvis från morgonens dramatik till kvällen som väntade. Almacks väntade dem, detta exklusiva tempel för socialt godkännande där endast de med värdinnornas välsignelse släpptes in. Clara hade fått sina biljetter strax efter sin ankomst till

London, och Lady Bridgnorths inflytande hade försäkrat hennes antagning.

Flera timmar senare stod Clara framför spegeln medan hennes kammarjungfru gjorde de sista justeringarna av kvällstoaletten, en ny klänning som hon ännu inte haft tillfälle att bära. Den ljusgröna sidenklänningen föll i graciösa linjer över hennes figur, med modest urringning och korta ärmar prydda med skir guldtrådsbroderi. Hennes ljusa hår var ordnat i en elegant knut av flätor lindade kring huvudet, med några mjuka lockar som fick rama in ansiktet.

Clara studerade sin spegelbild och lade märke till de subtila förändringar som morgonens händelser hade åstadkommit i hennes hållning. Hon stod rakare, hakan lyft inte trotsigt utan med stillsam självsäkerhet. De gröna ögon som såg tillbaka på henne verkade på något vis klarare, mer trygga. Hon var samma Clara Bell som hade kommit till London fylld av bävan inför sitt mottagande, och ändå var hon i grunden förändrad, stärkt av de prövningar hon hade mött och övervunnit.

Benson, hennes kammarjungfru, tog fram hennes födelsemors pärlhalsband och lade det varsamt mot Claras hud innan hon knäppte låset. Pärlorna skimrade mjukt i stearinljuset, deras lyster varken prålig eller skrytig, utan stilla, tryggt vacker. Clara rörde vid dem lätt och tänkte på den unga kvinna som hade burit dem före henne, som hade älskat ovisligt men givit Clara livet.

"Skulle du ha varit stolt över mig?" viskade hon till minnet av modern hon aldrig känt. Pärlorna verkade bli varma mot hennes hud, och även om hon visste att det bara var inbillning valde Clara att ta det som ett svar, för Elizabeth Bell hade också varit en dotter av Belle Haven, en hästkvinna ända in i märgen.

Almacks glödde av det mjuka ljuset från hundratals ljus, vars lågor speglades i kristallkronorna som hängde från taket och mångdubblades i de många speglarna längs väggarna. Effekten blev eteriskt strålande och förvandlade de annars ganska anspråkslösa rummen till en scen ur en saga. Clara gick in mellan sina föräldrar och var medveten om den subtila förskjutningen i uppmärksamhet när huvuden vändes åt deras håll. Morgonens incident i Hyde Park hade uppenbarligen gått före dem; viskningar fladdrade genom mängden som höstlöv, åtföljda av nickar av gillande och beundrande blickar snarare än det medlidande eller den drift hon kunde ha fruktat för bara några dagar sedan.

”Det verkar som att nyheter färdas snabbare än vi anade”, mumlade Sir Richard och klappade hennes hand där den vilade på hans arm. ”Fast, att döma av reaktionerna, har historien inte skadat dig.”

”Tvärtom”, svarade Clara mjukt och skänkte Lady Jersey ett artigt leende och en respektfull nigning när de passerade den formidabla värdinnan. ”Jag tror att jag har blivit utpekad som hjältinnan i just den här dramat.”

Hennes far skrattade, ljudet varmt av stolthet. "Som sig bör. Ah, jag ser att din mor har hittat en plats åt oss nära Lady Pemberton. Ska vi slå oss ner där?"

Innan de hann ta sig över rummet dök Matthew upp framför dem, hans långa gestalt oklanderligt klädd i kvällsdräkt, de mörka ögonen fann Claras med omedelbar värme. Han bugade formellt för Sir Richard innan han vände sig till Clara med knappt dold iver.

"Fröken Bell", sa han, med precis rätt ton av respektfull beundran för offentligheten, även om blicken avslöjade djupare känslor. "Jag hoppades få be om din första dans för kvällen."

Sir Richards ögonbryn höjdes lätt, men hans uttryck förblev behagligt neutralt. "Jag tror att min dotter sköter sina kavaljerer själv", sa han och släppte Claras arm med en diskret nick av gillande.

"Det vore mig ett nöje, Lord Whitmore", svarade Clara med ett lyckligt leende.

När Sir Richard gick bort för att göra Theresa sällskap erbjöd Matthew Clara sin arm och förde henne mot dansgolvet där par redan samlades för den inledande kontredansen. "Du strålar i kväll", sa han med så låg röst att bara hon kunde höra. "Det gröna plockar fram den extraordinära färgen i dina ögon."

Clara kände hur kinderna hettade; hon var fortfarande ovan vid att ta emot så raka komplimanger från honom efter deras veckor av missförstånd. "Tack", svarade hon. "Det var min mors förslag att jag skulle bära min nya klänning i kväll. Hon tyckte att den kunde lyfta humöret efter morgonens uppståndelse."

"Ditt humör verkar föredömligt gott", konstaterade Matthew när han tog sin plats mitt emot henne medan de första tonerna av musik började. "Fast jag måste erkänna att jag har varit orolig för dig sedan vi skildes. En sådan prövning skulle få vem som helst ur balans."

Dansen började och krävde att de skildes åt för att sedan mötas igen i figurernas mönster. Clara rörde sig med naturlig grace, stegen perfekt i takt med musiken. "Jag fann samtalet med mina föräldrar mycket läkande", förklarade hon när de kom nära nog att tala igen. "De har en remarkabel förmåga att sätta saker i perspektiv."

"Ett familjedrag, får man anta", svarade Matthew, ögonen rynkade i ytterkanterna när han log. "Din fattning i morse var inget mindre än extraordinär. Hälften av herrarna på White's är fulla av beundran för dig, ska du veta."

Clara skrattade, ljudet blandade sig med musiken när de rundade varandra. "Och den andra hälften?"

"Fullständigt förtrollade", återkom Matthew genast, uttrycket lekfullt men uppriktigt. "Mig själv inräknad, fast jag vågar säga att jag nådde det tillståndet långt innan dagens händelser."

Dansen skilde dem åt igen innan Clara hann forma ett svar på denna remarkabelt direkta deklaration. När de möttes nästa gång lyckades hon återvinna sin fattning nog för att byta ämne till tryggare mark. "Jag märker att Lady Pemberton iakttar oss rätt intensivt", observerade hon. "Har hennes uppfattning om mig förbättrats?"

Matthew kastade en blick mot sin faster, vars smala ansikte bar ett uttryck som med välvilja kunde beskrivas som motvilligt accepterande. "Hon medgav motsträvigt att ditt sätt att hantera Lady Virginie visar 'en viss medfödd kvalitet som vittnar om gott uppfostran'", svarade han och imiterade fasterns högdragna tonfall med sådan träffsäkerhet att Clara måste kväva ännu ett skratt. "Från faster Mary är det ungefär så mycket gillande man kan hoppas på, fruktar jag."

Dansen tog slut alltför snart, och Matthew överlämnade motvilligt Clara till hennes nästa kavaljer, Lord Carroway, som med tydlig entusiasm kom fram för att göra anspråk på det utlovade paret. Under hela dansen fann Clara sig jämföra hans fullt acceptabla teknik och behagliga samtal med den djupare förbindelse hon hade känt under dansen med Matthew. Lord Carroway var stilig, förmögen och uppenbart intresserad av henne, men hon kände inget mer än artig uppskattning för hans sällskap.

"Ni skötte den där saken i parken utmärkt", anmärkte han när de vände genom en särskilt komplicerad figur. "Fast jag blev inte förvånad. Ni har visat anmärkningsvärd självbehärskning sedan er ankomst till London."

"Ni är mycket vänlig, Lord Carroway", svarade Clara och tog emot komplimangen med en graciös nick.

"Inte vänlig, bara iakttagande", kontrade han med ett leende som kunde ha fått hennes hjärta att fladdra om det hade erbjudits flera veckor tidigare. Nu fann hon sig i stället snegla förbi hans axel, letande efter Matthews långa gestalt i mängden. Hon såg honom stå med Lord Debney, deras huvuden böjda tätt samman i vad som verkade vara ett allvarligt samtal.

Allteftersom kvällen fortskred dansade Clara med flera andra herrar, var och en till synes mer uppmärksam än den förra. Hon blev föremål för komplimanger och beundrande blickar från håll som tidigare hade förbisett henne, ett bevis på hur fullständigt morgonens händelser hade förändrat hennes ställning. Men genom allt återvände hennes blick gång på gång till Matthew; hon fann att han iakttog henne med oförställd värme oavsett med vem hon dansade.

Under en kort paus mellan danserna stod Clara nära förfriskningsbordet och betraktade den glittrande scenen framför sig. Festsalarna hade fyllts till bristningsgränsen, med många av Londons mest prominenta samhällsmedlemmar närvarande. Damerna bar juveler som fångade stearinljuset och kastade regnbågsskimmer över väggar och ansikten, medan herrarnas svarta och vita högtidsdräkter gav den perfekta kontrasten till de färgstarka klänningar som virvlade över dansgolvet.

Just när hon stod och tog in detta eleganta skådespel lade Clara märke till hur Lord Debney ledde Lady Persephone in i en liten, avskild alkov längst bort i salen. Det var något i deras sätt, en viss intensitet i Lord Debneys vanligtvis skämtsamma uttryck och en blyg förväntan i Persephones hållning, som fångade Claras uppmärksamhet. Clara log för sig själv och anade vad som kunde vara på väg att ske.

”Du verkar särskilt belåten över något”, kom Matthews röst vid hennes sida och ryckte Clara ur iakttagelserna. ”Har du fått särskilt goda nyheter, eller är det helt enkelt kvällens allmänna triumf som framkallar ett sådant leende?”

Clara vände sig mot honom och tog emot glaset med lemonad som han räckte henne. ”Lite av bådadera, kanske", svarade hon. "Jag såg just Lady Persephone och Lord Debney dra sig undan till ett avskilt ställe med vad som såg ut att vara högst bestämt syfte."

Matthew följde hennes blick, och hans ögonbryn höjdes en aning. "Jaså? Nå, Edward har varit ovanligt allvarlig de senaste dagarna. När en man som är känd för att göra allt till en stor kvickhet plötsligt utvecklar ett intresse för kolpriset i Newcastle och korrekt förvaltning av arrendegårdar, börjar man misstänka att hans tankar vänder sig mot att skapa ett eget hushåll."

"De skulle passa varandra förträffligt", konstaterade Clara. "Hennes stillsamhet balanserar hans sprudlande sätt perfekt."

"Precis som din praktiska läggning kompletterar min tillfälliga benägenhet för gotiska fantasier", föreslog Matthew, tonen lätt men blicken allvarlig när den mötte hennes.

Innan Clara hann svara på denna ganska tydliga jämförelse stod Persephone själv vid hennes sida, det runda ansiktet rosigt och de klarblå ögonen glittrade av knappt behärskad förtjusning. "Clara", sa hon och glömde formaliteter i sin iver, "kan jag få tala med dig i enrum ett ögonblick?"

Matthew bugade och drog sig taktfullt tillbaka. "Jag låter er damer konferera", sa han, med ett vetande leende riktat mot sin kusin. "Fast jag förbehåller mig rätten att vara bland de första att framföra gratulationer, om det skulle vara på sin plats."

Persephones rodnad fördjupades när hon såg honom gå. "Är det så uppenbart?" viskade hon till Clara.

"Bara för dem som ser särskilt noga efter", försäkrade Clara och ledde henne mot ett relativt lugnt hörn där de kunde tala utan att bli överhörda. "Berätta allt."

Persephones ansikte lyste av glädje när hon lutade sig närmare och sänkte rösten till en upphetsad viskning. "Lord Debney – *Edward* – har friat", anförtrodde hon och kramade Claras handskbeklädda händer med förvånansvärd styrka. "Han säger att han aldrig har träffat någon som lyssnar på honom som jag gör, som ser förbi hans skämtlynne till mannen därunder." Hon tystnade, och förundran fyllde hennes uttryck. "Och jag har aldrig mött någon som får mig att känna mig så bekväm med att vara precis den jag är."

"Åh, Seph", utbrast Clara, och äkta glädje rusade genom henne. Hon omfamnade sin vän varmt, och etiketten glömdes för ett ögonblick inför en sådan lycka. "Ingen förtjänar lycka mer än du!"

När de skildes var Persephones ögon blanka av osynkta glädjetårar. "Jag trodde aldrig... det vill säga, med min blyghet och mammas stränga krav... jag fruktade att jag aldrig skulle hitta någon som verkligen ville ha mig för min egen skull."

"Lord Debney är en mycket lyckligt lottad man", sa Clara bestämt. "Och han har uppenbarligen långt bättre omdöme än de flesta ger honom erkännande för."

"Vi ska gifta oss i vår", fortsatte Persephone, så uppspelt att det spillde över. "På hans familjegods i Somerset. Du måste komma och hälsa på oss efter bröllopet. Edward säger att trädgårdarna är som vackrast i försommaren."

”Det skulle jag älska mer än något annat”, svarade Clara varmt. ”Och du måste komma till Belle Haven. Mina systrar skulle avguda dig, och vi har de underbaraste ritterna över hedarna.”

Persephone nickade ivrigt. ”Edward nämnde hur mycket han tycker om landsbygden. Han säger att Londons societetsliv kan vara förfärligt utmattande med sina ständiga krav på kvick konversation.” Hon skrattade mjukt, ett förvånansvärt melodiskt ljud för någon som brukar vara så reserverad. ”Han påstår att min stilla närvaro är som en balsam för hans överansträngda sociala sensibilitet.”

”Ni kompletterar varandra perfekt”, sa Clara och kände att det var sant i samma stund som hon uttalade orden. ”Hans entusiasm uppmuntrar dig att kliva fram, medan din eftertänksamhet ger honom utrymme att bli allvarlig när han behöver det.”

”Precis så”, höll Persephone med, hennes vanligtvis blyga uttryck förvandlat av lycka. ”Det är som om vi båda tillför det den andre saknar och tillsammans blir något bättre än någon av oss kunde vara ensam.”

Medan de fortsatte samtalet, gjorde upp planer för framtida besök och delade förtroenden så som bara nya vänner på tröskeln till stora livsförändringar kan göra, kände Clara hur en djup tillfredsställelse lade sig över henne. Morgonens uppgörelse med Lady Virginie hade, i stället för att skada hennes ställning, på något vis fullbordat hennes förvandling från osäker lantflicka till trygg ung samhällsdam. Och hon hade funnit en verklig och, hoppades hon, livslång vän i Persephone.

Matthew kom fram för att be om en andra dans, och Clara tackade ja med ett lyckligt leende och fullt hjärta medan Persephone och Lord Debney tog golvet bredvid dem.

Lilla säsongen hade inte varit precis vad hon väntat sig, och ändå, trots allt som hänt, hade hennes Plan fungerat. Den stora majoriteten av societeten hade accepterat henne, oäkta börd och allt, precis för den hon var. Clara var inte så dum att hon trodde att det kunde hända vilken ung dam som helst; hennes fars inflytande hade öppnat dörrar som skulle vara stängda för nästan alla andra, men hon, Clara Bell, den oäkta dottern till en lakej vars namn hon aldrig fått veta, var här på Almacks och dansade med en markis medan värdinnorna såg på med gillande leenden.

Kapitel femton

ANNAS BREV LÅG UPPSLAGET i Claras knä, och de väl-
bekanta bågarna och vinklarna i hennes systers handstil
fick Belle Haven att vakna till liv i hennes fantasi. Brevet
innehöll allt det vanliga: vilka hästar som gick framåt i
träningen, hur höstvädret hade färgat hedarna till en strå-
lande gyllene ton och, viktigast av allt, hur oerhört mycket
Anna såg fram emot att få hem Clara och deras föräldrar
till jul. Theresas äldsta vän, Helen, och hennes make herr
Fallon, kyrkoherden i Belle Haven, bodde i huset för att
Claras yngre systrar skulle ha vuxet sällskap, men Clara var
säker på att de saknade hennes föräldrar. Åtminstone hade

Theresa aldrig varit borta från Belle Haven mer än en vecka så länge Clara kunde minnas.

"Guineveres årsföl har vuxit en hand till, jag svär", hade Anna skrivit. "Du kommer knappt att känna igen henne när du kommer tillbaka. Eliza, Laura och Charlotte frågar varje dag när du kommer hem, och jag har sagt att julen kommer snabbare än de tror. Hela Belle Haven väntar på din triumfartade återkomst efter att du erövrat societeten i London."

Clara log åt sin systers retfulla ton. Anna skulle bli glad över att höra om Claras slutliga triumf över Lady Virginies intriger, även om Clara med avsikt hade hållit sina brev tunna på sådana detaljer för att inte oroa sina systrar. Hon lät fingertopparna glida över pappret, kände en välbekant hemlängtan skölja över sig, men under den lurade en annan känsla, en som fick hennes hjärta att dra ihop sig vid tanken på att lämna London. Eller snarare, vid tanken på att lämna en viss person i London.

Insikten slog henne med häpnadsväckande klarhet: hon skulle sakna Matthew fruktansvärt när hon återvände till Belle Haven. Mer än sakna honom – hon skulle känna hans frånvaro som en fysisk smärta. Tanken på att inte se honom dagligen, att inte dela sina iakttagelser och höra hans kvicka svar, att inte känna den där särskilda värmen som spred sig i henne varje gång deras blickar möttes över ett fullsatt rum – det var näst intill outhärdligt.

Hon kom på sig själv med att vilja dela varje tanke med honom, varje rolig iakttagelse, varje allvarlig fundering. Just i morse hade hon lagt märke till en särskilt fin häst som drog en gigg på torget och genast tänkt: "Det där utmärkta fuxstoet måste jag berätta om för Matthew." En så liten sak, men instinktivt hade hon velat dela den med honom.

Var detta kärlek? Frågan hade cirklat i hennes huvud i flera dagar nu, blivit mer påträngande med varje morgonritt fylld av lättsamt samtal, varje dröjande blick de delade, varje stund i hans sällskap. Hon behövde vägledning av någon som skulle förstå, någon vars omdöme hon litade på utan förbehåll.

Clara reste sig från skrivbordet och gick ner till salongen där hon visste att Theresa skulle sitta med sin broderi. Novembereftermiddagen var kylig, och mycket riktigt hade hennes mor placerat sig nära elden, de knubbiga fingrarna arbetade vant med färgade silkestrådar medan hon skapade ett mönster av höstlöv på spänt linne.

Theresa såg upp när Clara kom in, och hennes vänliga ansikte sprack upp i ett välkomnande leende. "Där är du, min kära. Har du fått nyheter hemifrån? Jag såg att Phillips bar upp posten tidigare."

"Ja, ett brev från Anna", svarade Clara och slog sig ner i fåtöljen mitt emot Theresa. Elden sprakade trösterikt och spred ett gyllene sken över det ombonade rummet. "Alla mår bra, och tydligen räknar de dagarna tills vi kommer hem."

Theresa nickade och lät nålen vila. "Jag måste erkänna att jag själv ser fram emot Belle Haven. Jag saknar dina systrar, och London har varit mer... *händelserikt* än jag väntat mig."

Clara log åt denna underdrift. Mellan hennes offentliga fall, avslöjandet av Lady Virginies svek och hattnålsincidenten i Hyde Park räckte "händelserikt" knappt till för säsongens dramatik.

"Mama", började Clara tveksamt och vred sina fingrar i knät. "Får jag fråga dig något ganska personligt?"

Theresas uttryck skiftade till mjuk nyfikenhet. "Självklart, min kära. Vad som helst."

Clara drog ett djupt andetag och samlade mod. "Hur visste du att du var förälskad i far?"

Theresas ögonbryn höjdes svagt, men snart spred sig ett igenkännande leende över hennes ansikte. Hon lade varsamt ifrån sig broderiet och ägnade Clara hela sin uppmärksamhet. "Nåväl", sade hon mjukt. "Det var sannerligen en personlig fråga, men inte oväntad, med tanke på det senaste."

Clara kände hur värmen steg i kinderna men höll Theresas blick. "Jag är... förvirrad av vissa känslor. Jag tänkte att du kanske kunde hjälpa mig att förstå dem bättre."

"Jag kan bara försöka. Det finns olika sorters kärlek, vet du", började Theresa eftertänksamt. "Den vilda, passionerade sorten som poeterna skriver om, som brinner starkt men ofta brinner ut lika fort – och jag tror att det kanske var den sorten din mor kände för sin lakej. Och så finns den djupare, stadigare sorten som växer fram med tiden." Hon log, och en fjärran blick smög sig in i ögonen. "Med din far var det den andra sorten. Jag kände mig... i ro i hans sällskap, redan från början när jag bara var guvernant i hans hem."

Clara nickade och uppmuntrade henne att fortsätta.

"Jag visste att jag älskade honom när jag märkte att hans närvaro gjorde varje rum ljusare, varje syssla lättare", fortsatte Theresa. "När han var borta kändes huset tommare på något vis, som om något väsentligt saknades. Och jag ville dela allt med honom; varje tanke, varje glädje, varje sorg." Hon sträckte sig över och tog Claras hand. "När du märker att du vill dela varje liten triumf och besvikelse med någon, när deras frånvaro lämnar en värk i bröstet... då är det kärlek, min kära."

Claras hjärta slog snabbare när Theresas ord fann genklang i hennes egna känslor. "Ja", viskade hon. "Precis så."

Theresa kramade hennes hand mjukt. "Lord Whitmore har blivit ganska viktig för dig, eller hur?"

"Syns det så tydligt?" frågade Clara, halvt skrattande, halvt förfärad.

"Bara för den som känner dig väl", försäkrade Theresa. "Och som själv upplevt liknande känslor." Hon gjorde en paus, och hennes uttryck blev tankfullt. "Du vet, Clara, det finns inget som hindrar oss från att bjuda Whitmore och hans far till Belle Haven över jul."

Clara drog efter andan. "Tror du att de skulle komma?"

"Nu när hertiginnan är borta finns inget som hindrar det", påpekade Theresa praktiskt. "Och hertigen har alltid uppskattat sina sommarbesök hos tvillingarna. Varför inte jul också? Det vore underbart för oss alla, tror jag."

Förslaget skickade en våg av glädje genom Clara. Julen på Belle Haven var alltid en magisk tid, med huset smyckat med vintergrönt och röda band, doften av kryddat vin och pepparkakor i luften och familjen samlad framför elden för att berätta historier långt in på kvällen. Tanken på att få dela de traditionerna med Matthew, att få visa honom hemmet hon älskade så innerligt, fyllde henne med förväntansglädje.

”Tror du verkligen att far skulle gå med på det?” frågade hon, med rösten ljus av hopp.

”Jag tror att han skulle bli mycket förtjust i idén”, svarade Theresa med ett leende som antydde att hon visste mer än hon sade. ”Ska vi föreslå det för honom när han kommer hem?”

Clara nickade ivrigt, med hjärtat lättare än på hela dagen. Utsikten att Matthew skulle komma till Belle Haven över jul tycktes överbrygga klyftan mellan hennes två världar och erbjöd en glimt av en framtid där hon kanske inte behövde välja mellan hemmet hon älskade och mannen som snabbt erövrade hennes hjärta.

Klicket från salongsdörren förkunnade Sir Richards ankomst innan Clara eller Theresa hann fortsätta sitt samtal. Han kom in med den något trötta men belåtna uppsynen hos en man som avslutat en produktiv arbetsdag, hans långa gestalt skar för ett ögonblick en siluett i dörröppningen innan han steg in i rummet. Clara lade märke till något tankfullt i hans uttryck när hans klarblå ögon vandrade mellan henne och Theresa, som om också han hade viktiga saker att tala om.

”Där är ni båda”, sade han, och ett leende mjuknade hans drag när han gick fram och kysste Theresas kind innan han slog sig ner i sin favoritfåtölj i läder vid elden. "Har jag stört er? Ni ser båda hemskt allvarliga ut."

"Inte alls", svarade Theresa och grep efter sitt broderi igen. "Faktum är att vi just diskuterade möjligheten att bjuda hertigen av Allanworth och Lord Whitmore till Belle Haven över jul."

Sir Richard höjde ögonbrynen. "Det gjorde ni verkligen? En utmärkt idé, tycker jag. William trivs alltid på sina besök, och jag vågar säga att hans son också skulle uppskatta att se Belle Haven." Han gjorde en paus, och blicken stannade på Clara med oväntad tyngd. "Faktiskt är tidpunkten ganska lyckosam, eftersom jag hade en besökare i dag som fick mig att överväga vissa frågor rörande din framtid, min kära."

Clara kände en fläkt av oro. "Vad för besökare, far?"

Sir Richard lutade sig tillbaka i stolen och satte fingertopparna mot varandra under hakan i sin karakteristiska eftertänksamma gest. "Lord Carroway uppvaktade mig i morse", sade han och iakttog noga Claras ansikte. "Han kom för att be om tillåtelse att få uppvakta dig formellt."

Claras läppar särades av förvåning. Även om Lord Carroway hade varit uppmärksam under säsongen, hade han inte gett henne något tecken på att hans intresse gått så långt.

"Jag avrådde honom tillfälligt", fortsatte Sir Richard. "Jag sade att även om jag uppskattar hans intresse, har vi planer på att återvända till Hampshire över jul, och föreslog att han kunde återkomma i vår om hans känslor bestod." Han gjorde en paus och höll blicken stadigt på Claras ansikte. "Jag tyckte det var rättvist att ge dig tid att överväga hans frieri ordentligt, utan press. Och kanske att avgöra var dina känslor egentligen hör hemma."

Elden sprakade i tystnaden som följde och skickade skuggor dansande över salongens väggar. Clara var smärtsamt medveten om hur båda hennes föräldrar iakttog henne och väntade på hennes svar. Hon vred fingrarna i knät och blev plötsligt medveten om hur stort samtalet faktiskt var.

"Det var väldigt omtänksamt av dig, far", sade hon till sist. "Lord Carroway är... onekligen mycket älskvärd."

"Älskvärd, ja", höll Sir Richard med med ett litet leende. "Också förmögen, väl förankrad i societeten och tämligen stilig. Men det besvarar inte min fråga, Clara. Vad vill du att jag ska göra? Ska jag uppmuntra honom att förnya sitt frieri när vi återvänder till stan? Eller", lade han till, med mjukare röst, "ska jag kanske i stället förvänta mig ett liknande besök av Lord Whitmore?"

Direktheten i hans fråga tog Clara på sängen, även om hon insåg att hon inte borde ha blivit överraskad. Hennes far hade alltid varit klarsynt, särskilt när det gällde hans döttrars lycka. Hon kände värmen stiga i kinderna men mötte hans blick stadigt medan hon övervägde sitt svar.

Lord Carroway var sannerligen allt det hennes far beskrivit: förmögen, stilig och med en lättsam charm som gjorde honom till behagligt sällskap. Vilken ung dam som helst kunde känna sig smickrad av hans uppmärksamhet, särskilt en med Claras okonventionella bakgrund. Han skulle erbjuda henne trygghet, anseende och ett bekvämt liv. Ändå, när hon försökte föreställa sig en framtid med honom, kände hon inget annat än ett milt, distanserat intresse, som om hon funderade på en romankaraktär snarare än sin blivande make.

I kontrast till det väckte till och med tanken på Matthew en värme i hennes bröst som inte hade något med elden att göra. Hon hade ingen aning om han avsåg att fria, trots hans uppenbara intresse och uppvaktning. Deras förhållande hade varit komplicerat från början, fylld av missförstånd och yttre hinder. Ändå visste hon nu, med plötslig och slående klarhet, att hon hellre mötte osäkerhet med möjligheten till Matthew än säkerhet med vissheten om Carroway.

”Det spelar ingen roll”, sade hon till sist, och orden kom med nyfunnen övertygelse. ”Jag hyser inga känslor för Lord Carroway, och oavsett om en begäran kommer från Lord Whitmore eller inte, vet jag nu att jag inte kan gifta mig utan de känslorna.” Hon såg mellan sina föräldrar, och rösten växte sig starkare. ”Jag stannar hellre ogift än går in i ett äktenskap utan verklig tillgivenhet, hur fördelaktigt det än kan vara i andra avseenden.”

Sir Richards ansikte mjuknade, och ett godkännande leende värmde hans drag. ”Väl talat, min kära. Mycket väl talat.” Han kastade en blick på Theresa, vars uttryck speglade hans eget. ”Då var det avgjort. Vi skickar inbjudan till Allanworth och hans son och ser vad som händer.”

”Är du inte besviken?” frågade Clara, något överraskad av hans snabba acceptans.

”Besviken?” Sir Richard skakade på huvudet. ”Min kära flicka, hur skulle jag kunna bli besviken på en dotter som värnar sitt eget hjärta tillräckligt för att tala ärligt om det? Jag gifte mig själv av kärlek”, lade han till och lät blicken vila ömt på Theresa, "mot ansenliga förväntningar från omvärlden. Jag skulle aldrig förneka dig samma chans till lycka."

"Vi vill bara det som gör dig verkligt lycklig, Clara", fyllde Theresa mjukt i. "Och om det innebär att vänta på rätt match, eller inte gifta sig alls, så får det bli så."

Clara kände en våg av tacksamhet över sina föräldrars förståelse. Hon hade förstås vetat att de skulle stötta henne, men deras orubbliga acceptans rörde henne ändå djupt. "Tack", sade hon enkelt, oförmögen att sätta ord på allt hon kände.

"Nu, om denna julinbjudan", fortsatte Sir Richard och återvände till deras ursprungliga ämne med praktiskt gott humör. "Ska vi skicka den formellt, eller vill du att jag nämner det för William när vi äter middag på Allanworth House i kväll?"

"Ska vi äta där i kväll?" frågade Clara, och hjärtat gjorde ett skutt vid den plötsliga utsikten att få se Matthew.

"Det ska vi", bekräftade hennes mor. "Ett litet sällskap, bara tjugo till bords, tror jag. Inbjudan kom i går när du var ute hos Lady Persephone. Och faktiskt," Theresa såg på klockan på spiselkransen och lade ifrån sig broderiet, "Clara, vi måste börja klä om snart."

Medan modern skyndade ut ur rummet och ropade på sin kammarjungfru stod Clara kvar vid elden, med tankarna i behagligt virrvarr. Samtalet med hennes föräldrar hade lyft en tyngd hon inte insett förrän den försvann. Att tala så öppet ur hjärtat hade varit befriande och låtit henne erkänna sina känslor för Matthew, om så bara för sig själv.

Men under lättnaden fanns ett fladder av nervös förväntan. Middagen på Allanworth House, julinbjudan, den växande vissheten i hennes eget hjärta; allt var steg mot en framtid hon inte kunde förutsäga. Tänk om Matthew inte delade hennes känslor? Tänk om den förbindelse hon kände bara fanns i hennes fantasi?

"Rynka inte pannan så, Clara", sade hennes far milt och avbröt hennes tankar. "Vad som än händer eller inte händer med unge Whitmore, har du beslutat att vara sann mot dig själv. Det är aldrig något att ångra."

Clara log, återigen tacksam för sin fars klarsyn. "Du har förstås rätt", höll hon med och reste sig ur fåtöljen. "Och i vilket fall blir julen i Belle Haven underbar, eller hur?"

"Det är den alltid", svarade Sir Richard, och hans klarblå ögon glittrade. "Fast jag misstänker att den här gången kan bli särskilt minnesvärd."

Allanworth House reste sig framför dem när vagnen rullade fram, och den ståtliga fasaden mjuknade av det varma skenet från lyktorna som kantade den cirkelformade uppfarten. Clara kände ett pirr av förväntan i magen när vagnen stannade vid de breda marmortropparna. Det var inte hennes första besök i hertigens Londonresidens, men i kväll kändes annorlunda, laddad med ny betydelse efter samtalet med hennes föräldrar. När Sir Richard hjälpte henne och Theresa ner ur vagnen slätade Clara ut kjolarna på sin aftonklänning i salviagrönt, medveten om dess enkla elegans jämfört med många societetsdamers pråliga mode.

Butlern som tog emot dem vid dörren ledde dem genom entréhallen med dess svindlande takhöjd och imponerande konst till platsen där hertigen av Allanworth stod och välkomnade sina gäster. Hertigens formella uppsyn ljusnade synbart när han fick syn på dem.

”Sir Richard, Lady Bell, fröken Bell”, hälsade han varmt och tog Theresas hand mellan båda sina. ”Så förtjusande att se er alla. Vi är ett litet sällskap i kväll, bara nära vänner.”

Clara neg och lade märke till hur hertigens blick dröjde vid henne med särskild värme. Var det hennes inbillning, eller fanns det ett visst vetande skimmer i hans ögon? Innan hon hann fundera vidare fick hon syn på Matthew över hertigens axel, upptagen i samtal med Lord Debney och Lady Persephone.

Som om han anade hennes närvaro såg Matthew upp och avbröt sitt samtal mitt i en mening. Leendet som spred sig över hans ansikte när han såg henne skickade en våg av värme genom Claras bröst. Han ursäktade sig genast och gick mot dem, hälsade artigt på hennes föräldrar och vände sig sedan till Clara.

”Fröken Bell”, sade han, med rösten sänkt trots den formella tilltalsformen. ”Ni är särskilt strålande i kväll. Den där gröna nyansen klär er ovanligt väl.”

”Tack, Lord Whitmore”, svarade hon och kände hur en rodnad steg i kinderna. ”Det är ett nöje att se dig igen.”

Innan de hann fortsätta meddelade butlern att middagen var uppdukad, och gästerna började röra sig mot matsalen. Till Claras glädje fann hon sig placerad mellan

Matthew och Lord Debney, med Persephone rakt mittemot. Lady Pemberton satt längst bort vid bordet, den smala gestalten svept i en utsirad klänning av djupt bourgogneröd siden, med en min som antydde att hon känt lukten av något obehagligt.

Middagen blev allt Clara kunnat önska. Maten var utmärkt, samtalen livliga och Matthews närvaro vid hennes sida en ständig källa till glädje. Hon fann sig ofta skratta åt Lord Debneys kvicka iakttagelser, utbytte varma blickar med Persephone och fångade då och då Matthews ögon i stunder av delad munterhet.

"Jag har förstått att dina yngsta systrar ser fram emot att du återvänder till Hampshire, fröken Bell", anmärkte hertigen från bordets kortända, med en ton som lät vardaglig men snälla ögon.

"Det stämmer, ers nåd", svarade Clara. "Annas brev är fulla av deras förväntan inför jul. De är i den åldern när årstiden har en alldeles särskild magi."

"Åh, julen på Belle Haven", funderade hertigen, med en skymt av nostalgi i rösten. "Jag har hört mycket om era familjetraditioner genom åren. Uteritten på annandagen låter särskilt förtjusande."

Clara log och kände igen den perfekta öppningen för deras inbjudan, men var medveten om att mitt under middagen inte var rätt tillfälle. Hon mötte faderns blick flyktigt och fick en knappt märkbar nick som antydde att också han väntade på rätt stund.

När måltiden var över drog sig sällskapet tillbaka till salongen för te och kaffe. Clara blev för ett ögonblick åtskild från Matthew när hertigen tog honom i anspråk vid eldstaden. Hon tog emot en tekopp av Lady Pemberton, som stod som värdinna för kvällen, och slog sig ner bredvid Persephone, som satt i en liten soffa med Lord Debney uppmärksamt hovrande i närheten.

”Du verkar särskilt lycklig i kväll”, konstaterade Persephone mjukt. ”Dina ögon riktigt glittrar.”

Clara log, oförmögen att förneka iakttagelsen. ”Det är jag nog. Det är något med att veta sitt eget hjärta som ger ett visst lugn.”

”Och vet du ditt hjärta, Clara?” frågade Persephone, vars vanligtvis blyga sätt gav vika för mild öppenhet.

”Jag tror det”, svarade Clara, och blicken drogs ofrivilligt mot Matthew.

Lord Debney följde hennes blick och log vetskapligt. ”Jag tror bestämt att min vän Whitmore varit lika tankfull på sistone”, sade han i förbigående. ”Fullkomligt distraherad när vi försökte spela biljard på White's tidigare. Han stod och stirrade bort i fjärran med den mest fåniga uppsyn och glömde att ta sina stötar.”

Clara kände hur kinderna hettade, men innan hon hann svara märkte hon att hertigen och Matthew avslutat sitt samtal. Hon reste sig, drog ett djupt andetag och samlade mod. Nu var ögonblicket att framföra deras inbjudan, innan hon tappade nerverna.

Hon gick fram till eldstaden där Matthew stod ensam. ”Jag hoppas att du trivs i kväll, Lord Whitmore”, började hon, medveten om att bevara korrekt formalitet i en sådan omgivning.

"Oerhört", svarade han, och de mörka ögonen mjuknade när de mötte hennes. "Fast varje kväll i ert sällskap är ett nöje, fröken Bell."

Clara log, stärkt av hans ord. "Mina föräldrar och jag hoppades... alltså, vi ville bjuda dig och ers nåd att fira jul på Belle Haven. Farbror Wil... alltså, hertigen tycker alltid om sina sommarbesök, och vi tänkte att ett vinterbesök kanske kunde vara lika trevligt."

Matthews uttryck ljusnade av uppriktig glädje. "Vilken underbar idé", sade han innerligt. "Jag har hört så mycket om Belle Haven nu att jag måste erkänna att jag är ivrig att se det med egna ögon."

Hertigen anslöt sig till dem, med nyfylld kaffekopp, och snappade upp slutet av deras samtal. "Vad är det jag hör om Belle Haven?" frågade han vänligt.

"Fröken Bell har just bjudit in oss att fira jul där, far", förklarade Matthew, och tonen avslöjade hans entusiasm.

Hertigens ansikte bröts upp i ett brett leende. "Har hon verkligen? Så utsökt omtänksamt."

"Ni skämtar väl", kom Lady Pembertons kalla röst bakom dem. Clara hade inte märkt att hon närmat sig och vände sig om för att finna den äldre kvinnan betrakta henne med knappt dold föraktfullhet. "Ers nåd och Lord Whitmore har betydligt mer angelägna åtaganden under julen än ett besök på landet."

Ett ögonblicks obekväm tystnad följde när Lady Pembertons blick svepte avmätt över Claras enkla klänning och det enda halsbandet av små pärlor, innan grevinnan änkans händer demonstrativt ordnade om diamantarmbanden som täckte en god dryg decimeter av vardera han-

dleden med en självgod min. Den underförstådda jäm-
förelsen var tydlig: i Lady Pembertons ögon hade Clara
kanske överlevt Londons säsong, men hon förblev en fattig
lantflicka och förvisso inte någon vars inbjudan borde gå
före mer prestigefyllda engagemang.

Clara kände hur självförtroendet vek under kvinnans
isande granskning, men innan hon hann svara hårdnade
Matthews uttryck när han mötte sin mosters blick.

"Tvärtom, moster Mary", sade han bestämt, med rösten
precis så hög att alla i närheten kunde höra, "kan jag inte
tänka mig ett trevligare sätt att tillbringa julen än på Belle
Haven."

Hertigen nickade instämmande, och ögonen glittrade
av något som kunde vara munterhet över svägerskans för-
lägenhet. "Sannerligen, inget skulle glädja mig mer än att
fira jul på Belle Haven, liksom mina sommarbesök. Jag har
i åratal berättat för Matthew om den utmärkta ridningen
där och familjen Bells varma gästfrihet."

Lady Pembertons läppar smalnade av missnöje, men
hon kunde inte säga mer när hertigen hade talat. Med en
stel nick försvann hon för att ansluta sig till ett annat sam-
tal och lämnade Clara, Matthew och hertigen ensamma
vid eldstaden.

"Ni får ursäkta min svägerska", sade hertigen stilla till
Clara. "Mary har ganska rigida idéer om hur den sociala
kalendern ska ordnas. Men jag försäkrar er, fröken Bell, att
vi skulle känna oss hedrade att ta emot er familjs inbju-
dan."

"Tack, ers nåd", svarade Clara, medan lättnad och glädje
sköljde genom henne. "Vi ska se fram emot det oerhört."

Hertigen ursäktade sig taktfullt för att tala med Theresa, och lämnade Clara och Matthew i relativ avskildhet trots det fullsatta rummet. Matthew flyttade sig en aning närmare och sänkte rösten så att deras samtal förblev dem emellan.

"Jag måste säga er, fröken Bell, att utsikten att få fira jul i ert sällskap gör årstiden oändligt mycket mer lockande", sade han mjukt.

Clara såg upp på honom och fann i hans uttryck en värme och ömhet som fick hennes hjärta att slå snabbare. "Det gläder mig verkligen att höra, Lord Whitmore", svarade hon. "Belle Haven är aldrig vackrare än vid jul, och jag... jag ser mycket fram emot att få dela det med dig."

Deras blickar hölls kvar något längre än vad etiketten egentligen tillät, och en tyst förståelse passerade mellan dem. Vad som än skulle komma ur deras känslor för varandra, skulle julen på Belle Haven ge dem möjlighet att utforska dem bortom Londons vakande ögon och sociala begränsningar.

Lady Pemberton kunde ogilla det, societeten kunde viska, men i denna stund, med julinbjudan antagen och Matthews leende riktat enbart mot henne, kände Clara Bell sig fullständigt, innerligt tillfreds.

Kapitel sexton

JANUARI 1813

MATTHEW KUNDE KNAPPT MINNAS en vintermorgon som varit mer fulländad. Januarisolen hängde lågt på en molnfri himmel och kastade långa blå skuggor över Belle Havens snötäckta marker. Bredvid honom red Clara Guinevere med en självfallen grace, kinderna rosiga av kylan, hennes ljusa hår smet ut i små testar under hatten och fångade ljuset som gyllene trådar. Den lilla ask som låg i Matthews rockficka verkade bli tyngre för varje språng Ajax tog under honom, en påtaglig påminnelse om frågan han ämnade ställa innan de återvände till huset. Om han bara kunde hitta rätt ögonblick, de perfekta orden för att uttrycka det som vuxit så stadigt i hans hjärta de senaste månaderna.

”Jag har alltid tyckt att Belle Haven är som vackrast på vintern”, sade Clara, och hennes andedräkt blev små moln som blandade sig med de som steg ur Guineveres näsborrar. ”Snön gör allting enklare, tycker du inte? Den blottar den sanna strukturen under allt krimskrams.”

Matthew nickade och beundrade hur naturligt hon satt i sadeln, som om hon och stoet var en och samma varelse. ”Lite som klassisk arkitektur”, föreslog han. ”Eller god karaktär, kanske. Skala bort allt överflöd och det som finns kvar är den väsentliga sanningen.”

Clara vände sig mot honom med sådan förtjusning i blicken att Matthew kände hur hjärtat var på väg att spränga bröstet. ”Precis! Det är exakt det jag älskar med klassisk dressyr också. Det handlar inte om utsmyckning eller spektakel, utan om att fullkomna hästens naturliga rörelser genom precision och tålamod.”

Julbesöket på Belle Haven hade redan dragit ut långt förbi Trettondagen, och ändå kände Matthew sig allt mindre hågad att återvända till London. Bell-familjens varma gemyt och den äkta tillgivenhet som flödade mellan alla dess medlemmar hade slutit sig om honom som en favoritrock. Till och med hans far tycktes förvandlad här: han spelade schack med Anna om kvällarna och hjälpte Sir Richard om dagarna, smutsade till och med ner händerna i stallet och byggde snögubbar med sina brorsdöttrar Laura Jane och Charlotte Grace, som Matthew haft en översvallande glädje av att få träffa.

Och så fanns Clara. Långt från Londons societet hade hon slagit ut som en blomma som vänder sig mot solen. Matthew kom på sig själv med att följa henne över ägorna som en förälskad skolpojke, som hängde vid varje ord när hon förklarade träningsupplägg för olika hästar eller visade de precisa rörelserna i den haute école-dressyr hon ivrade så lidelsefullt för.

"Förstår du", sade Clara nu och gestikulerade med handskklädda händer när de lät hästarna följa en stig som slingrade sig mellan snötyngda tallar, "Airs Above the Ground är inte bara trick. De är en konstart som hedrar hästens naturliga förmågor samtidigt som de lyfts till sin högsta uttrycksnivå. Capriolen, courbetten, levaden; alla hämtar de ur rörelser en häst kan göra i det vilda, förädlade genom sekler av omsorgsfull träning."

"Och du hoppas kunna införa mer av den här träningen på Belle Haven?" frågade Matthew, fast han redan visste svaret. Han hade knappt hört henne tala om något annat de senaste veckorna, och hennes gröna ögon hade tindrat av iver så snart ämnet kommit på tal.

"Åh ja", svarade hon och klappade Guineveres hals ömt. "Armén är alldeles begeistrad över att ha kavallerihästar som kan strida vid sina ryttares sida! Men det kräver en väldig massa tålamod och arbete, vet du, tid som vi tyvärr inte har att lägga på de unga hästar som är ämnade för kriget." Hon suckade, och uttrycket blev ett ögonblick vemodigt. "Någon gång skulle jag vilja se Spanska ridskolan i Wien, där de har fulländat konsten. Men med Bonaparte som ställer till det på kontinenten vet man inte när det blir möjligt."

Matthew följde hennes ansikte när hon talade och förundrades över förvandlingen som kom över henne när hon diskuterade sin passion. Han hade sett glimtar av detta i London, visst, men här på Belle Haven, omgiven av hästarna hon älskade och med friheten att tala utan tanke på societetsdomar, strålade Clara med en lyskraft som tog andan ur honom.

De red under några minuter i vänskaplig tystnad, de enda ljuden var snön som knastrade under hästarnas hovar och någon enstaka vinterfågel som kallade. En märklig ro lade sig över Matthew och trängde undan den nervösa energi som hade drivit upp honom ur sängen före gryningen för att vanka av och an i kammaren, repeterande ord som nu kändes otillräckliga för djupet av hans känslor.

”Där”, sade Clara plötsligt och pekade framåt där stigen krökte runt en snötäckt höjd. ”Nu är vi nästan vid min favoritplats på hela egendomen. Utsikten är särskilt fin på vintern.”

De rundade kröken och kom ut på en liten platå. Matthew höll in Ajax och stod för ett ögonblick förstummad av vyn framför dem. Belle Haven bredde ut sig där nere som en tavla av en stor mästare: det eleganta georgianska huset inbäddat bland snötäckta trädgårdar, stallängor och hagar bakom, och längre bort mjuka kullar som rullade bort mot horisonten, allt badande i det kristallklara ljuset från en vintermorgon.

”Det är bedårande vackert”, sade han lågt.

”Det är hit jag kommer när jag behöver tänka”, svarade Clara, mjuk i rösten av tillgivenhet när hon blickade ut över sitt hem. ”När jag var flicka red jag upp hit så snart jag kände mig förvirrad eller bekymrad. Att se Belle Haven på det här avståndet hjälper alltid att få perspektiv."

Matthew sneglade på hennes profil, slagen av den perfekta symmetrin i ögonblicket. Här, med utsikt över hemmet hon älskade, vintersolen som lyste upp hennes ansikte och hästarna de båda höll kära stående tålmodigt under dem – här skulle det ske.

"Ska vi sitta av en stund?" föreslog han och svingade redan benet över Ajax rygg. "Den här utsikten förtjänar att riktigt begrundas."

Han band Ajax tyglar löst vid en närliggande gren innan han gick för att hjälpa Clara ner från Guinevere, fast han visste att hon gott kunde klara det själv. Hon log och tog emot hans hjälp utan invändningar. Hans händer omslöt hennes midja när han lyfte henne, deras blickar möttes hastigt innan han försiktigt satte ner henne på den snöpackade marken. Även genom lager av vinterkläder spred sig värme genom hans kropp av beröringen.

"Tack", mumlade hon och tog ett steg bort för att göra fast Guinevere bredvid Ajax.

Matthew såg på henne och blev plötsligt smärtsamt medveten om sitt bultande hjärta och vikten av den lilla asken i fickan. Han hade burit den med sig varje dag sedan han kom till Belle Haven och väntat på just det rätta ögonblicket, men nu när det var här verkade orden överge honom.

Clara vände sig mot honom, de gröna ögonen frågande. "Matthew? Är det något som är fel?"

Han drog ett djupt andetag, den kalla luften fyllde lungorna med doft av tall och snö. "Inte alls", fick han fram och tog ett steg närmare. "Jag bara... det vill säga... Clara, jag måste tala med dig om något ganska viktigt."

Hennes ögonbryn höjdes en aning, men hon vände inte bort blicken. "Jag lyssnar."

Matthew tog hennes händer mellan sina. Även genom handskarna kände han värmen från hennes hud och det lätta darrandet som antydde att hon kanske inte var fullt så samlad som hon verkade.

"De här månaderna har varit enastående", började han, och rösten blev stadigare när han höll sig till sanningen i orden snarare än oron över att säga dem. "Från vårt första möte vid floden, genom alla missförstånd och komplikationer, till de här veckorna här på Belle Haven... Jag har lärt känna dig på ett sätt jag aldrig trodde jag skulle lära känna någon. Och när jag lärt känna dig har jag kommit att älska dig med ett djup som ibland skrämmer mig."

Claras andning hakade upp sig hörbart, läpparna särades lätt, men hon förblev tyst och lät honom fortsätta.

"Jag älskar din intelligens, ditt mod, din medkänsla", sade han, och orden flöt allt friare. "Jag älskar din målmedvetenhet och din skicklighet med hästar. Jag älskar hur du säger din mening utan rädsla och ändå är vänlig, till och med mot dem som gjort dig orätt. Kort sagt, Clara Bell, jag inser att jag älskar allt med dig, och jag kan inte föreställa mig mitt liv utan dig i det."

Han släppte den ena handen för att stoppa ner fingrarna i fickan och tog fram den lilla sammetsask som varit hans ständiga följeslagare de senaste veckorna. Claras ögon vidgades när han öppnade den och visade en ring: en perfekt smaragd omgiven av små diamanter, infattad i nätt guld.

”Det här är ett arvegods från Allanworths valv”, förklarade han mjukt. ”Men jag valde den åt dig framför alla andra för att den påminde mig om färgen på dina ögon. Och för att grönt är vårens färg, nya början, liv och växtkraft och allt det jag hoppas att vår framtid ska rymma.”

Hjärtat slog så hårt att han undrade om hon kunde höra det. ”Jag vet att du har drömmar, Clara. Drömmar om din dressyrskola. Jag skulle aldrig be dig att överge dem.” Han drog ännu ett djupt andetag. ”I stället vill jag hjälpa dig att förverkliga dem. Vi kan grunda din skola på Allanworth, där det finns gott om plats och redan utmärkt avelsmaterial, och jag köper dig gärna vilken häst du än önskar för att vidga din vision. Och när det här eländiga kriget äntligen tar slut, lovar jag att själv ta dig till Wien för att se de berömda dansande hästarna du talar om med sådan glöd.”

Han kramade hennes händer varsamt och fann mod i tårarna som börjat samla sig i hennes ögon. ”Jag kan inte lova dig ett perfekt liv, Clara. Jag lär säkert fortsätta att begå misstag, kanske till och med inbilla mig gotiska scenarier där det inte finns några.” Det gav honom ett leende genom tårar som stärkte hans tillförsikt. ”Men jag kan lova att älska dig, att respektera dig, att stödja dina drömmar lika innerligt som mina egna. Och jag kan lova att varje dag med dig blir ett äventyr jag vårdar ömt.”

Han sjönk långsamt ner på ett knä i snön, oberörd av kylan som trängde genom byxorna, med blicken orubbligt fäst vid hennes ansikte. ”Clara Bell, vill du ge mig den enastående äran att bli min hustru?”

Ett ögonblick som tycktes sträcka sig till en evighet stod Clara alldeles stilla, tårar rann nu fritt nerför hennes blossande kinder. Sedan, med ett utrop som var hälften skratt, hälften snyftning, kastade hon sig fram i hans armar och höll på att fälla honom bakåt i snön.

”Ja”, viskade hon mot hans hals, med armarna hårt kring honom. ”Ja, Matthew. Tusen gånger ja.”

Glädjen svallade genom honom, så stark och ren att han för ett ögonblick varken kunde tala eller röra sig, bara hålla henne tätt intill sig som om hon kunde försvinna om han lättade på omfamningen. När han till sist litade på rösten, lutade han sig tillbaka tillräckligt för att se in i hennes ögon.

”Du har gjort mig till den lyckligaste av män”, sade han mjukt och strök bort en tår från hennes kind med tummen.

”Och jag till den lyckligaste av kvinnor”, svarade hon, leendet strålande trots tårarna.

Med lätt darrande händer tog Matthew ringen ur asken och sköt den på hennes finger, den gröna stenen fångade vintersolen och kastade tillbaka den i briljanta gnistor.

I närheten frustade Ajax mjukt, som om han ville framföra sina gratulationer. Clara skrattade, ljudet klart och ljust i den stilla morgonluften. ”Till och med hästarna godkänner”, sade hon och sneglade mot Guinevere och Ajax som tålmodigt såg på sina människors märkliga beteende.

"Såklart de gör", svarade Matthew, reste sig och drog upp Clara med sig. "De vet bättre än någon hur väl vi passar."

Han drog henne tätt intill igen och förundrades över hur rätt det kändes att hålla henne så här, hur fullständigt hans farhågor hade skingrats av vissheten om hennes kärlek. Där nedanför fortsatte Belle Haven sin vinterslummer, ovetande om att dess älskade dotter nyss hade förbundit sig till en framtid som skulle föra henne långt bortom dess gränser, men aldrig bort från dess hjärta.

Våren hade förvandlat Belle Haven till oigenkännlighet. Där januari hade bjudit på snötäckt mark och vilande trädgårdar, bredde nu smaragdgröna gräsmattor ut sig mot rabatter som exploderade av tulpaner och påskliljor, körsbärsträden släppte skira rosa blomblad som svävade i den milda brisen som naturens egen högtid, och följstallarna var fyllda till brädden av långbenta ungar som diade vid sina mödrars sidor. På andra sidan kanalen malde kriget mot Frankrike vidare, men här, denna fulländade aprilmorgon, rådde frid när de sista förberedelserna för vigseln nådde sin fullbordan. Matthew stod vid fönstret i gästrummet som varit hans hem de senaste dagarna och rättade till sin halsduk med ovänligt nervösa fingrar; det var nätt och jämnt att han kunde fatta att Clara Bell om mindre än en timme skulle bli hans hustru.

"Du håller fortfarande på med den där halsduken, ser jag", kom hans fars röst från dörröppningen. "Din betjänt blir nog inte glad om du gör om allt hans arbete."

Matthew vände sig om och fann hertigen betrakta honom med ohöljd tillgivenhet, en sällsynt mjukhet i de annars så formella dragen. "Jag kan inte stå still", erkände han. "Kände du likadant, far? När du gifte dig med mor?"

Hertigens uttryck blev eftertänksamt. "På vissa sätt, ja. Även om vårt parti var... annorlunda till sin natur." Han gick över rummet och ställde sig intill Matthew, lade en stadig hand på hans axel. "Det du och Clara har funnit är något långt mer dyrbart än vad din mor och jag delade. Vårda det, Matthew. Sådana band är sannerligen sällsynta."

"Det tänker jag", svarade Matthew, rörd av sin fars uppriktighet. Sedan julen på Belle Haven hade deras förhållande fördjupats på sätt Matthew aldrig trott möjliga; gammal formalitet hade gett vika för genuin förståelse.

En diskret knackning på dörren tillkännagav Sir Richard, strålande i sin finaste rock. "Det är nästan dags, mina herrar", meddelade han, de klara blå ögonen lyste av glädje. "Er vagn väntar utanför."

Matthew följde sin far nerför trappan och ut till den väntande hertigliga vagnen. "Nervös?" frågade hertigen när vagnen rullade nerför landsvägen.

"Märkligt nog inte alls", svarade Matthew och såg byn träda fram, kyrkspiran resa sig över de halmtäckta taken.

Vagnen stannade framför den urgamla stenkyrkan, där Matthew och hans far steg ur och fann herr Fallon, Belle

Havens vänlige kyrkoherde, väntande vid grinden för att hälsa dem välkomna.

"En perfekt dag för ett bröllop", konstaterade herr Fallon, ögonen tindrade när han visade dem in.

Nästan hundra gäster hade redan samlats till ceremonin. Bänkarna var pyntade med pastellband och vårblommor som bildade en förtjusande gång mot altaret. Ljuset som strömmade genom de målade glasfönstren kastade färgrika mönster över stengolvet när Matthew tog sin plats, med fadern vid sin sida som bestman.

Han lät blicken svepa över de församlade och lade märke till bekanta ansikten från Londons societet blandade med den lokala adeln och arrendatorer från både Belle Haven och Allanworth. Lady Pemberton satt i främsta bänk, uttrycket antydde att hon hade förlikat sig med partiet, om än inte omfamnat det med någon större entusiasm. Vid hennes sida strålade Lady Persephone och Lord Debney, själva nyligen gifta, av uppriktig glädje. Matthews blick gled till Claras yngre systrar som satt på rad, knappt i stånd att tygla sin upprymdhet, och vidare till Lady Bell, vars ögon glänste av stolthet när hon nickade uppskattande åt Matthew.

En stråkkvartett började spela från läktaren och signalerade ankomsten av ännu en vagn utanför. Alla huvuden vändes mot kyrkporten.

Matthews andning stockade sig när Clara syntes i dörröppningen, handen vilade lätt på hennes fars arm. Hennes klänning var enklare än dem som Londonbrudar brukade favorisera, de eleganta linjerna utan överdrivet spetsverk eller volanger. Det blekt gyllene silket tycktes

lysa när hon rörde sig uppför gången. Hennes ljusa hår
var ordnat i en krans av små vårblommor, och hon bar
en anspråkslös bukett av liljekonvalj. Men det var hennes
ansikte som höll Matthew trollbunden, de gröna ögonen
lyste av lycka, leendet så strålande att han kände hur hans
eget svarsleende spred sig över hans ansikte utan att han
ansträngde sig.

Hon tycktes sväva uppför gången mot honom, stegen
stadiga och säkra trots alla blickar. När Sir Richard lade
hennes hand i Matthews vid altarets trappsteg, sände vär-
men genom handskarna en så intensiv våg av lycka genom
hans bröst att det nästan gjorde ont.

"Du är bedårande", viskade han just innan de vände sig
mot herr Fallon, som log mot paret med äkta tillgivenhet
medan han gjorde sig redo att förena dem under Belle
Havens älskade kyrkas valv.

Själva ceremonin förflöt i ett töcken av uråldriga ord
och högtidliga löften. Matthew uttalade sina löften klart,
rösten stadig trots känslorna som hotade att strypa hon-
om. När det var dags att byta ringar sköt han den en-
kla guldringen på Claras finger med händer som bara
darrade lite grand, och såg den lägga sig bredvid hennes
smaragdgröna förlovningsring som om den alltid hade
hört hemma där.

"Jag förklarar er nu man och hustru", förkunnade
kyrkoherden till sist, rösten bar över den tystade försam-
lingen. "Min herre, ni får kyssa er brud."

Matthew kupade varsamt Claras ansikte mellan hän-
derna, överväldigad av vissheten att denna märkvärdiga
kvinna nu var hans hustru. Hennes ögon, så gröna och

klara och fyllda av kärlek, mötte hans utan minsta tvekan. När deras läppar möttes tycktes de församlade gästerna försvinna, och bara de två fanns kvar i ett fullkomligt ögonblick av samhörighet.

Theresa hade verkligen gjort dem stolta med bröllopsfrukosten; Belle Havens bord bågnade under tyngden av faten som dukats fram till den storslagna festen. Till och med Lady Pemberton mjuknade så pass att hon berömde Theresa, lade Matthew märke till medan han och Clara tog emot ännu fler lyckönskningar.

När måltiden led mot sitt slut lutade sig Matthew fram och viskade i Claras öra. "Jag har något till dig", sade han. "En gåva jag inte kunde ge före ceremonin."

Nyfikenheten glimmade till i hennes ögon. "Jag är säker på att vi kan smita iväg några minuter."

"Sannerligen, du är skicklig på att smyga", retades han, och båda skrattade åt minnet av natten då de smög in i Westbournes stall tillsammans. Hand i hand gled de ut ur rummet, och även om Sir Richard såg dem försvinna sade han ingenting, bara log och låtsades som om han inte sett dem.

Claras kjolar prasslade mot grusgången, handen varm i hans när han ledde henne mot stallen.

"Matthew, vad har du i görningen?" frågade hon med skrattet i rösten. "Om du har ordnat något avancerat upptåg tillsammans med Lord Debney varnar jag dig, då blir jag mycket förargad på min bröllopsdag."

"Inga upptåg", lovade han och stannade framför hingststallets dörrar. "Något betydligt mer bestående, hoppas jag."

Han sköt upp dörren och ledde henne in, där de välbekanta dofterna av hö och häst mötte dem. Claras andning hävde sig när hon lade märke till något ovanligt: den stora boxen längst in, vanligtvis för gästande hingstar, var smyckad med vårblommor flätade i de trärena spjälorna.

"Vad har du gjort?" viskade hon och greppade hårdare om hans arm.

Matthew log och nickade åt en stalldräng som väntade i närheten. Mannen försvann in i boxen och kom ut ledande en häst som fick Clara att dra efter andan av förundran.

Lipizzanerhingsten stod stolt framför dem, hans päls så vit att den tycktes lysa i det silade solljuset som föll in genom stallfönstren. Den välvda halsen och de kraftfulla bakpartierna vittnade om generationer av omsorgsfull avel, medan de kloka ögonen granskade nykomlingarna med aristokratisk nyfikenhet.

"Det här är Maestro", sade Matthew och såg Claras ansikte förvandlas av häpnad. "Han kommer ur de finaste blodslinjerna i Österrike. Far och jag fick anropa flera diplomatiska tjänster för att ordna hans passage till England, med tanke på den rådande obehagligheten med Bonaparte."

Clara klev fram som i trance, händerna sträcktes ut mot det magnifika djuret. "Han är... han är perfekt", viskade hon, tjock i rösten av känslor. "Matthew, jag kan inte fatta att du gjorde detta."

Hingsten sänkte sitt ädla huvud för att undersöka Clara, näsborrarna fladdrade när han tog in hennes doft. Efter ett ögonblicks begrundande stötte han varsamt pannan mot hennes axel, en hästlig godkännandegest som fick tårarna att stiga i Claras ögon.

"Eftersom du gav Snowstorm till prinsregenten", sade Matthew, med hänvisning till den skimmel hon hade tränat som gåva till den kungliga personen, "tänkte jag att Maestro kunde bli en värdig ersättare. Fast jag vågar påstå att han blir ännu bättre lämpad för din dressyrskola."

Clara vände sig mot honom, tårarna rann ohämmat nerför kinderna. "Det här är den underbaraste gåva någon någonsin har gett mig", sade hon, rösten brast av rörelse. "Hur lyckades du?"

Matthew sträckte ut handen och strök bort en tår från hennes kind. "Låt oss säga att det händer att det har sina fördelar att vara son till en hertig, särskilt när det gäller att övertyga vissa österrikiska diplomater om att en prishingst har det bättre i England än att riskera att hamna i franska händer. Han hade en ansenlig resa för att ta sig hit, kan jag försäkra, men verkar inte ha tagit skada. Eller så försäkrade din far mig; Sir Richard gick igenom honom grundligt."

Clara skrattade genom tårarna, ett ljud av ren glädje som ekade i stallet. Hon vände sig tillbaka till Maestro och lät händerna vördnadsfullt glida över den kraftiga halsen. Hingsten stod helt stilla under hennes beröring, redan beredd att acceptera henne som sin fru. Matthew betraktade dem tillsammans och kände en djup tillfredsställelse över att ha funnit en gåva som så fullkomligt motsvarade hans bruds passioner.

"Han är bara fem, men redan välskolad", fortsatte Matthew och klev närmare för att stryka hästens blanka sida. "Österrikaren som sålde honom försäkrade mig att han kan göra levaden och courbetten, även om capriolen ännu är under arbete."

"Jag kan knappt tro att han är verklig", mumlade Clara och lutade pannan mot Maestros hals. "Att han är min."

"Lika verklig som min kärlek till dig", svarade Matthew mjukt. "Och lika varaktig, hoppas jag."

Clara vände sig mot honom, ansiktet glödde av lycka trots tårarna som ännu glittrade på fransarna. "Matthew Whitmore", sade hon, nu stadig i rösten trots känslorna, "jag tror minsann att du förstår mig bättre än någon någonsin har gjort."

Hon nådde honom då och slog armarna om hans nacke. "Tack", viskade hon mot hans öra. "Inte bara för Maestro, utan för allt. För att du ser mig, verkligen ser mig."

När Matthew höll sin brud i sina armar, med den magnifika lipizzanern som betraktade dem med kloka ögon, kände han en så fullkomlig tillfredsställelse att den nästan blev övermäktig. Resan som fört dem hit hade varit full av missförstånd och hinder, men på något vis hade just de prövningarna lett fram till detta perfekta ögonblick.

"Vi borde gå tillbaka till gästerna", sade Clara till slut, även om hon inte gjorde minsta ansats att släppa honom. "De kommer att undra var vi tagit vägen."

"Låt dem undra lite till", svarade Matthew och drog henne närmare. "Jag är inte riktigt redo att dela dig än, Lady Whitmore."

Den nya titeln fick Clara att skratta mjukt. "Det kommer att ta sin tid att vänja sig vid", medgav hon. "Nästan lika mycket som att ha denna praktfulla varelse som en del av vår familj."

Matthew log och tänkte på framtiden som bredde ut sig framför dem, fylld av löften och möjligheter. "Jag misstänker att vi båda har en hel del att vänja oss vid", sade han. "Och jag kan inte vara mer ivrig att börja."

"Nå, är han inte en ståtlig karl!" Molly Blair-Fortescues röst ljöd från stallöppningen och avbröt det privata ögonblicket mellan Matthew och hans brud. Hon kom emot dem med den säkra gången hos en kvinna som tillbringat sitt liv bland hästar, den enkla blå klänningen stod i skarp kontrast till de flesta av bröllopsgästernas stass utanför. Efter henne följde hennes make, Lord Timothy Blair-Fortescue, med ett överseende uttryck åt hustruns upptåg i ansiktet, även om minen förvandlades till bävan vid åsynen av den magnifika lipizzanern. Matthew kände Claras leende mot sin axel innan hon vände sig om, fortfarande inom hans armar, för att möta sin äldsta adoptivsyster.

"Molly! Jag undrade när du skulle få nys om den här gentlemannen", sade Clara, varmt.

Molly log brett, de mörka ögonen glittrade av bus. "Älskade, jag visste om honom för månader sedan. Tim och jag var delaktiga i arrangemangen för att få honom hit."

"Var ni?" Clara såg upp på Matthew i förvåning. Han log tillbaka. Han hade träffat makarna Blair-Fortescue vid jul och sett potentiella bundsförvanter; Tim, före detta major i kavalleriet, hade varit avgörande i planerna.

"Det sagt, jag har inte sett honom förrän nu. Herregud, vilken spektakulär varelse!"

Matthew såg hur Molly närmade sig hingsten med professionellt intresse, den erfarna blicken bedömde exteriören. Fastän Molly var helt av indiskt ursprung och inte kommit till Belle Haven förrän i tidiga tonåren för att adopteras in i familjen, rörde hon sig med den självklara tryggheten hos någon som hörde hemma precis där hon var, en egenskap Matthew lärt sig beundra hos alla Bell-kvinnorna.

"Han är magnifik", slog Molly fast och lät en varsam hand löpa över hästens muskulösa bog. "Titta på den där halsen, Clara. Och hur manken ligger! Han kommer att bära sig utsökt i samlingen." Hon tog ett steg tillbaka, uttrycket godkännande. "En bröllopsgåva värdig en Belle Haven-dotter, Lord Whitmore, jag gratulerar!"

Tim hade flyttat sig för att granska hingstens ben, de vana händerna gled varsamt över de kraftiga senorna. "Starka som järn, de här", kommenterade han. "Och inte en skavank i sikte. Han blir dig till stor nytta i avelsboxen också, när den tiden kommer."

"Har han påbörjats vid pelarna ännu?" frågade Molly, nu helt professionell där hon rörde sig runt hästen. "För levadträningen?"

Matthew lutade sig mot en stallstolpe, nöjd med att bara se på när de tre hästentusiasterna diskuterade Maestros träningsupplägg i allt mer tekniska termer. Det var djupt tillfredsställande att se Clara så fullkomligt i sitt rätta element, hennes kunnande respekterat och värderat av dem som delade hennes passion. Det här var kvinnan han hade förälskat sig i, hon som rörde sig med lika stor säkerhet i Londons balsalar som på stallplanen.

"Vi borde väl återvända till våra gäster", sade Clara till sist och fångade Matthews blick med ett leende som antydde att hon inte glömt deras större åtaganden. "Även om jag måste erkänna att jag hellre stannade här hela eftermiddagen."

"Din mor skulle aldrig förlåta mig om jag höll dig borta från bröllopsfrukosten", svarade Matthew och räckte henne armen. "Dessutom tror jag att det är dags att skära upp tårtan, och jag har fått försäkringar av dina yngsta systrar att den inte får missas."

Molly skrattade och gav Maestro en sista klapp. "De har hållit till i köket i dagar och försökt nalla av glasyren. Kocken har varit förtvivlad i försöken att hålla dem borta." Hon nickade mot Tim. "Vi ser till Maestro här. Ni två går och njuter av er fest."

När de gick tillbaka mot huset lutade sig Clara mot Matthews arm, ansiktet vänt upp mot vårsolen. "Tack", sade hon mjukt. "Inte bara för Maestro, utan för att du förstår vad han betyder för mig. De flesta män hade gett juveler eller päls."

"De flesta män har inte lyckan att gifta sig med Clara Bell", svarade Matthew och lade sin hand över hennes. "Dessutom har jag en stark känsla av att en paryr av diamanter skulle ha väckt betydligt mindre entusiasm än en välskolad lipizzaner."

Claras skratt bekräftade hans misstanke, ljudet så glatt och ohämmat att flera gäster vände sig om och log mot dem när de återvände till bröllopsföljet.

"Och alla juveler i Allanworths valv är hur som helst dina med rätta", fortsatte Matthew.

Hon vände huvudet och såg på honom med höjda ögonbryn. "Alla vilka juveler?"

Han grinade. "Trodde du att den där lilla smaragdringen var allt? Det finns ett halsband och en tiara och ett halvdussin andra delar bara för att matcha den, plus fler diamanter, rubiner och safirer än någon kvinna kan bära på en evighet."

Uttrycket i hennes ansikte var fullkomligt ovärderligt, men han hann knappt njuta av det innan hans far dök upp, glatt krävde en dans med sin nya dotter och svepte iväg Clara.

"Vad är det här om ett valv fullt av juveler, farbror William?" hörde Matthew henne fråga, och han började skratta.

Epilog

Den magnifika fullblodshingsten gick av och an i paddocken med den mjuka grace som ett djur fött till att springa, och hans fuxfärgade päls glänste som koppar i eftermiddagssolen. Matthew lutade sig mot trästaketet bredvid Lord Ashburton, sin vän från Cambridge-tiden, som studerade hästen med den skarpa blick som kännetecknar en livslång entusiast. Bröllopsfesten pågick bakom dem vid huvudbyggnaden, ett behagligt sorl av samtal och skratt som bars av vårvinden, men Ashburton hade insisterat på att få se Belle Havens mest värdefulla hingstar, och Matthew hade varit mer än nöjd med en stunds andrum från trängseln av gratulanter.

”Enastående djur”, bemärkte Ashburton och betraktade hästen med uppriktig beundran. ”Se på djupet i bringan och hur bogarna sitter. Perfekt för fart.”

Matthew nickade, även om hans kunskaper om hästars exteriör var rudimentära jämfört med vännen. Under universitetsåren var Ashburton berömd för sin kusliga förmåga att plocka ut vinnare på kapplöpningarna. Hans passion för hästmaterial hade bara växt sedan dess, medan Matthews intressen snarare hade dragit åt godsförvaltning och jordbruksförbättringar.

”Sir Richard föder upp utmärkt material”, instämde Matthew och lät blicken glida mot huset där han precis kunde urskilja Claras gyllene huvud bland en klunga gäster på terrassen. Även på detta avstånd fick synen av henne hans läppar att le. *Hans hustru. Det nya i ordet skickade fortfarande en behaglig stöt genom honom.*

”Mer än utmärkt”, fortsatte Ashburton, omedveten om Matthews korta distraktion. ”Bakdelen på den här herrn, Whitmore! Vilken kraft där... och de rena linjerna från skuldra till kotled. En kapplöpningsmans dröm.” Han gestikulerade vidlyftigt med en hand i handske. ”Med rätt träning skulle han kunna göra en förmögenhet på banan.”

”Jag tror att de kallar honom Hercules”, upplyste Matthew och erinrade sig ett samtal med Sir Richard föregående vecka. Han vände uppmärksamheten mot hingsten igen, som hade stannat och iakttog dem med intelligenta ögon, huvudet högt och näsborrarna lätt fladdrande när han fångade deras doft.

”Passande namn. Härstamningen måste vara oklanderlig. Eclipse eller Highflyer i stamträdet, skulle jag våga påstå." Ashburton rätade till sin redan oklanderliga väst och talade med den självsäkerhet som tillkommer en man van vid att vara auktoritet i varje ämne. "Jag skulle ge en ansenlig summa för att få in honom i mitt avelsprogram. Fölen efter mina bästa ston skulle betinga astronomiska priser."

Matthew gav ifrån sig ett undvikande ljud, återigen dragen mot huset med blicken. Clara hade rört sig till terrassens kant, och hennes gyllene klänning fångade ljuset när hon skrattade åt något Lady Persephone sagt. Lyckan som strålade från henne var synlig även på detta avstånd, och Matthew kände en svarande värme sprida sig i bröstet.

"Lyssnar du alls, Whitmore?" frågade Ashburton, mer road än irriterad. "Eller har äktenskapet redan gjort dig helt förvirrad?"

"Jag är bara distraherad av synen av min brud", medgav Matthew med ett leende. "Men fortsätt gärna. Du höll på att förklara hur den här hästen skulle göra din förmögenhet?"

Ashburton skrattade och klappade honom på axeln. "Hopplöst fall redan! Men ja, med den exteriören skulle den här hingsten kunna lämna generationer av vinnare. Se hur han rör sig, balansen, fjädern i steget. Perfekt aktion för gräset i Newmarket eller Ascot." Han lutade sig fram och vilade underarmarna på staketets översta bräda medan han fortsatte att bedöma hästen. "Låter Sir Richard honom tävla?"

"Det tror jag inte", svarade Matthew och försökte minnas om Clara hade nämnt hingstens roll i deras avelsprogram. "Jag tror att han..."

”Vi föder inte upp för kapplöpning här.”

Den klara kvinnorösten bakom dem fick båda männen att vända sig om. Anna Bell stod några steg bort, hennes späda gestalt klädd i en anspråkslös klänning i ljusblått, och hennes uttryck var tydligt svalt när hon betraktade Ashburton. Matthew hade inte hört henne komma, alltför uppslukad av att spana mot huset efter skymtar av Clara.

”Vårt avelsprogram tar fram kavallerihästar”, fortsatte Anna och steg fram för att ställa sig hos dem vid staketet. ”Vi korsar fullblodshingstar med utvalda kallblodsston för att få hästar med storlek, hastighet och uthållighet för militärt bruk.”

Matthew såg hur överraskningen flammade över Ashburtons ansikte för att snabbt döljas bakom artigt intresse. Vännen hade uppenbart inte väntat sig sådan auktoritativ kunskap från en ung kvinna, särskilt inte en vars näpna yttre dolde hennes skarpa intellekt och rättframma sätt.

”Fröken Anna”, hälsade Matthew varmt. ”Får jag presentera Lord Ashburton, en vän från Cambridge. Ashburton, det här är fröken Anna Bell, min svägerska.”

Ashburton utförde en perfekt bugning, även om Matthew lade märke till en viss reservation i hans leende. ”En ära, fröken Bell. Ni verkar mycket kunnig om familjens avelsprogram.”

”Jag sköter alla avelsjournaler och beräkningar”, svarade Anna, mer sakligt än skrytsamt. Hennes mörka ögon, vars svaga snedhet avslöjade hennes halvkinesiska härkomst, granskade Ashburton utan omsvep. ”Hercules där är en av våra finaste hingstar för kavallerihästar. Hans avkommor ärver hans starka benstomme och hjärtkapacitet, avgörande egenskaper för hästar som måste bära beväpnade män långa sträckor, ofta i svår terräng."

Ashburton såg tillbaka på hingsten, och hans uttryck gled över i en svag besvikelse. "Förefaller som ett slöseri med god härstamning", anmärkte han och lät blicken kritiskt omvärdera hästen. "En hingst av den kvaliteten skulle kunna vinna lopp och lämna champions i stället för att producera vanliga militärhästar."

Matthew ryckte till inombords åt den nedlåtande tonen. Under den korta tid han känt Anna Bell hade han lärt sig att ifrågasätta hennes expertis i hästar eller matematik var en säker väg till hennes missnöje. Mycket riktigt såg han hur hennes hållning blev stelare och ansiktet hårdnade, förvandlingen från artig presentation till rättmätig indignation på ett ögonblick.

"Vanliga militärhästar?" upprepade Anna med farligt låg röst. En liten rynka dök upp mellan hennes ögonbryn när hon synbart förberedde sig på att plocka isär Ashburtons antaganden. "Kanske är ni omedveten, min herre, om det ekonomiska och strategiska värdet av välavlade kavallerihästar i den pågående konflikten? Eller om dödligheten bland undermåliga hästar under fältförhållanden? Eller om det prispåslag Belle Haven kan ta ut för våra hästar?"

Matthew kände ovädret samla sig. Annas snabba intellekt höll redan på att montera en obeveklig motreplik, komplett med siffror, procenttal och historiska referenser. Han hade sett henne få andra stackars män att stamma fram ursäkter efter just sådana argument, framförda med matematisk precision och orubblig säkerhet.

Ashburton verkade däremot lyckligt omedveten om den lärda tillrättavisning som var på väg att svalla över honom. Han höjde bara ett ögonbryn, som om han fann hennes lidelse milt underhållande snarare än skrämmande. "Jag är säker på att det är ett fullt respektabelt värv, fröken Bell. Jag råkar bara anse att exceptionella djur förtjänar exceptionella möjligheter. Kapplöpning är trots allt det sanna testet av ett fullblods kvalitet."

Matthew såg hur Anna sträckte på sig till sin fulla längd, som ändå var avsevärt mindre än Ashburtons, och hur hennes ögon smalnade när hon samlade sina intellektuella styrkor. Hon drog djupt efter andan, och Matthew gjorde sig beredd på den stundande ordduellen, undrande om han borde försöka ingripa eller helt enkelt njuta av att se sin vän få en välbehövlig lektion i ödmjukhet.

"Jag ser att du har träffat min briljanta syster." Claras röst, varm av tillgivenhet men med en ton av road varning, skar igenom den laddade stämningen innan Anna hann släppa sin formidabla intellekt på Lord Ashburton. Matthew vände sig om och fann sin brud komma emot dem. Hon ställde sig vid Annas sida med målmedveten grace och lade en mild hand på sin systers arm i en gest som på något vis förmedlade både återhållsamhet och solidaritet.

"Lady Whitmore", hälsade Ashburton och bugade betydligt mer respektfullt än han gjort för Anna. "Jag talade just hästar med din syster. Hon förefaller vara rätt... passionerad i ämnet."

Clara skrattade lätt. "Anna sköter alla våra avelsjournaler och kan räkna ut foderstaten för femtio hästar utan att sätta pennan till pappret", berättade hon för Ashburton, och stoltheten över systern var tydlig. "Hennes matematiska förmåga är alldeles extraordinär."

Matthew såg hur överraskningen flimrade över Ashburtons ansikte för att snabbt bytas mot en ny bedömning av den unga kvinnan framför honom. Annas näpna, halvkinesiska drag och anspråkslösa klädsel hade uppenbart fått honom att underskatta henne, ett misstag Matthew sett andra göra när de mötte systrarna Bell för första gången, och han räknade in sig själv i den skaran.

"Det hade jag inte trott..." började Ashburton, men verkade tänka om. "Det vill säga, så komplexa beräkningar måste kräva omfattande träning."

"Självlärd", svarade Anna svalt, även om Matthew lade märke till att hon slappnade av en aning under Claras beröring. "Fast naturligtvis gav min far tillgång till sitt bibliotek och tillfälliga informatorer."

Clara vände sig mot sin syster med ett uttryck av låtsad stränghet. "Du får inte bråka med några av mina bröllopsgäster", förmanade hon milt. "Inte ens de som yttrar olyckliga saker om vårt avelsprogram."

Annas läppar ryckte till när hon kämpade för att dölja ett leende. "Jag bråkade inte", invände hon stilla. "Jag förberedde mig bara på att upplysa Lord Ashburton om de ekonomiska realiteterna kring avel under krigstid."

"Vilket jag är övertygad om hade varit fascinerande", svarade Clara diplomatiskt, "men kanske bättre sparat till ett annat tillfälle? Molly frågade efter dig. Något om dina tankar kring de rätta proportionerna på de nya stallen som hon och Tim planerar att bygga på Willowbrook."

Matthew insåg den subtila manövern för vad den var: en elegant reträtt som lät Anna dra sig tillbaka utan att det såg ut som en reträtt. Hans beundran för Clara fördjupades ytterligare. Hon förstod sin syster perfekt och gav henne ett syfte som tilltalade hennes analytiska sinne samtidigt som hon varsamt styrde henne bort från konflikt.

Anna tvekade, uppenbart vägande viljan att korrigera Ashburtons missuppfattningar mot lojaliteten till Clara. Till slut nickade hon, även om uttrycket förblev svalt när hon såg på Ashburton. "En annan gång kanske, min herre. Jag hoppas att ni får fortsatt trevligt på festen."

Med en kort nigning som var korrekt i formen men något pliktskyldig i utförandet vände sig Anna om och gick tillbaka mot huset, och hennes lilla gestalt försvann snart bland bröllopsgästerna som var utspridda över gräsmattorna.

"Jag ber om ursäkt om jag har väckt anstöt", sade Ashburton när hon kommit utom hörhåll, även om Matthew anade mer nyfikenhet än ånger i tonen. "Jag insåg inte att hästavel var ett så känsligt ämne."

"Belle Havens hästar är mer än bara djur för familjen Bell", förklarade Matthew. "De är grunden för allt här. Sir Richard byggde sin förmögenhet och sitt anseende på kvaliteten hos sina kavallerihästar."

Clara nickade. "Och Anna har varit helt avgörande för våra framgångar de senaste åren. Hennes matematiska modeller för att förutsäga önskvärda egenskaper har förbättrat resultaten avsevärt." Hon log mot Ashburton, idel grace trots hans tidigare nedlåtenhet. "Kanske vill du följa med på en mer grundlig rundtur i stallen innan du reser?

Jag är säker på att min far gärna förklarar vår avelsfilosofi i detalj, även om jag tror att du kommer finna att inget pris skulle kunna fresta honom att skiljas från Hercules."

Matthew lade märke till konflikten i vännen: verkligt intresse för hästarna stred med en ovilja att medge att han kanske varit förhastad i sin bedömning. Till slut vann nyfikenheten. "Det skulle jag uppskatta mycket, Lady Whitmore. Tack."

"Utmärkt. Ska vi återvända till festen nu? Jag tror att de strax ska skära upp bröllopstårtan."

När de började gå tillbaka mot huset erbjöd Matthew Clara sin arm och föll in i steg bredvid henne medan Ashburton höll ett prydligt avstånd framför dem. "Det där skötte du mästerligt", mumlade Matthew, oförmögen att dölja stoltheten i rösten när de följde grusgången i maklig takt. "Jag gjorde mig redo att se Anna plocka isär en av mina äldsta vänner verbalt."

Clara skrattade mjukt och kramade hans arm med sin varma hand. "Hon hade gjort det grundligt också. Anna går aldrig in i en debatt utan full kontroll över fakta. Stackars Lord Ashburton hade inte förstått vad som träffade honom."

"Han förtjänade det", medgav Matthew. "Han kan vara ganska fast i sina uppfattningar. Men jag är tacksam för din intervention ändå. En diplomatisk incident på vårt bröllop hade skänkt Lady Pemberton alltför stor tillfredsställelse."

"Det kan vi inte ha", höll Clara med och log konspiratoriskt. "Fast jag misstänker att det kan vara klokt att hålla Anna och Lord Ashburton ifrån varandra framöver. De verkar ha en rätt omedelbar... effekt på varandra."

Matthew skrattade. "Det ska inte vara svårt. Ashburton ska snart resa utomlands på ett diplomatiskt uppdrag. Han arbetar på Foreign Office, och ryktet säger att han ska skickas till Wien för att bistå förhandlingarna när det här bedrövliga kriget äntligen tar slut."

"Wien?" Claras ögon vidgades av intresse. "Där Spanska ridskolan ligger? Platsen jag alltid har drömt om att besöka?"

"Samma", bekräftade Matthew och insåg plötsligt vad det kunde innebära. "Kanske borde vi ompröva planen att hålla dem isär?"

Clara skrattade, ljust och glädjefullt. "Låt oss spara just den äktenskapsmäklarplanen till en annan dag. I dag är jag fullt nöjd med att ägna mig åt mitt eget äktenskap i stället för att arrangera min systers, och dessutom är Anna inte ens arton än. Kanske kan du och jag ordna så att vi besöker Lord Ashburton under hans vistelse i Österrike."

Bröllopsgästerna hade börjat samlas på terrassen för att skära bröllopstårtan, deras ansikten lyste av festglädje och välvilja. Scenen var fullkomlig, av familjer som förenades och framtider som började, allt badat i vårens gyllene ljus.

"Ska vi?" frågade Clara, och hennes gröna ögon mötte hans med en värme som fortfarande tog andan ur honom.

"Alltid", svarade Matthew enkelt och lade sin hand över hennes när de anslöt till gästerna och tillsammans klev in i den framtid de skulle bygga, sida vid sida.

SLUT

Missa inte Annas historia i *Fröken Annas misstag !*

Fler böcker av Catherine Bilson

Rodnande unga damer

Fröknarna från Belle Haven

En brud för Belle Haven(gratis förhistoria)
    Fröken Molly och kavallerimajoren
    Fröken Clara och markisen
    Fröken Annas misstag
    Fröken Eliza tar kommandot
    Fröken Charlotte ställer till det (kommer snart)
    Fröken Laura förälskar sig (kommer snart)
    Fröken Louise lägger sig i (kommer snart)

Kärlek på Gränsen

Lärarinnan och Cowboyen
    Ranchägarens Dotter och Bankägaren

Bokhandelns Skönheter (med Ebony Oaten)

Matthews Villiga Änka(gratis förhistoria)
    Estelles Eldiga Beundrare
    Maries Glada Herre
    Louises Julhjälte
    Bernadettes Stiliga Läkare

Exklusivt för nyhetsbrevsprenumeranter

St. George och Besten i Floden

Upptäck alla Shenanigans Press-utgivningar på vår webbplats(https://www.shenaniganspress .com/se) !

Eller följ oss på sociala medier – vi finns på Facebook och Instagram (@ShenanigansPressSvenska).

Och glöm inte att prenumerera på vårt nyhetsbrev för att få veta mer om nya släpp, erbjudanden, utlottningar och mycket mer!